雪降る夏空にきみと眠る／上

JASPER FFORDE
ジャスパー・フォード
桐谷知未 訳

竹書房文庫

雪降る夏空にきみと眠る　〔上〕

ルーレン・マーヤ・アイヴィー・アンナ・フォード－ゴリンジに
オーストラリア生まれだが、ウェールズに魅せられ
……しかも冬眠によく通じている人

主な登場人物

チャーリー・ワージング（ウォンキー）……カーディフ地区冬季取締官見習い
トッカータ……〈セクター12〉冬季取締局長
ブロンウェン・ジョーンズ（ジョーンジー）……〈セクター12〉冬季取締局副局長
フォッダー……〈セクター12〉冬季取締官
ジム・トリークル……貸付屋《ボンズマン》兼〈セクター12〉冬季非常勤取締官
ローラ・ストロージャー……〈セクター12〉冬季取締局職員
ジャック・ローガン……カーディフ地区冬季取締局長
シャーロット・グッドナイト……ハイバーテック・インダストリーズ社長
ルーシー・ナップ……ハイバーテック・インダストリーズ社員。チャーリーの幼なじみ
オーロラ……ハイバーテック・インダストリーズ保安部長
フック……ハイバーテック・インダストリーズ保安部副部長
ジョッシュ……ハイバーテック・インダストリーズ受付係
〝ジャーマン〟・ボブ……夢見者《ドリーマー》
ヒューゴー・ファウルナップ……便利屋《フットマン》
ジャジャ・ルシャット……眠らせ屋《ドラウジー》。三代目ネスビット夫人
ムーディー……鉄道技術者《レールテック》
ロイド……〈セーラ・シドンズ睡眠塔〉の守衛
ティフェン夫人……ナイトウォーカー
ベルギッタ・マンダレー……画家

1　ティフェン夫人はブズーキが弾けた

「……冬眠中の生存率は、睡眠塔《ドーミトリウム》と、効率的な体重増加法と、モルフェノックスを導入してから上昇したが、迷信や恐怖は残っている。冬眠には、冬の最極寒を避けるだけでなく休息と回復という目的もあるので、わたしたちは、ねっとりしたタールのような長期睡眠が暖かく心地よく感じられるように微力を尽くして……」
——冬季取締官ランス・ジョーンズ著『十七回めの冬』

ティフェン夫人はブズーキが弾けた。うまくはないし、一曲だけだ。トム・ジョーンズの『ヘルプ・ユアセルフ』。慣れた手つきだが感情をこめずに弦をかき鳴らし、列車の窓から氷と雪をぼんやり眺めている。夫人とぼくは、五時間前に初めて会ってから、意味の通ることばをひとことも交わしていなかった。理由は簡単。ティフェン夫人は死んでいる。数年前からずっと。

「穏やかな冬になりそうね」列車がカーディフ中央駅を出発すると、ティフェン夫人とぼくの向かいに座っている白髪の女が言った。「平均最低気温は、ほんのマイナス四十度くらいじゃないかしら」

「ぽかぽか陽気に近いですね」ぼくは答え、ふたりで笑いあった。あまり、というか、ちっともおもしろくはなかったが。

ぼくはしばらく考えたあと、たぶんこの女性は、大がかりな冬季演劇保存会にかかわる俳優だろうと判断した。観客は少ないけれど、とても目が肥えている。夏季の役者は多数からの薄まった敬意で我慢するしかないが、冬季の役者は少数からの崇拝をほしいままにしていた。

列車はつかの間《ま》クイーン通り駅に停《と》まったあと、北に向かってゆっくり進んだ。もっと速度を上げることもできるだろうが、ウェールズは冬季の前後八日間、七十五デシベルの音量制限を実施していた[1]。

「長いこと越冬してるんですか？」ぼくは世間話としてたずねた。

「三十年くらい、夏を見てないの」女が微笑《ほほえ》んで言った。「初舞台のことを憶《おぼ》えてるわ。ハートルプール、七六年の冬、〈ドン・ヘクター劇場〉。チャックル兄弟の、あの比類ない冬季ツアーの前座として、『リア王』を演じたの。ふたりのショーは満席で——三百人近く入ってたわ。そんな場面、ボンゾ・ドッグ・バンドやヴァル・ドゥーニカンでしか見たことなかったけれど、なにしろふたりは冬季をトレードマークみたいにしてたのよ。昔のモット・ザ・フープルやリチャード・スティルゴー、今のポール・ダニエルズやテイク・ザットのようにね」

夏に興行している人が、寒さへの挑戦を選ぶことはめったになかった。冬は過酷な試練を課してくるからだ。一九七四年のショワディワディのウェールズ・ツアーは、そのよい例だった。バンドはまず、アベリストウィスのホテルで飢えに取りつかれたナイトウォーカーたちに囲まれ、さらにメンバーの半数を吹雪で失った。しかも次の二カ月で、マネージャーが〝ラッキー〟・ネッド・ファーンズワースに誘拐されて身代金を要求され、三人の裏方が凍傷で足を失い、ベーシストは冬の魔物《ウィンターフォルク》に連れ去られたという。生き残ったメンバーたちは、それ以外については屈指の成功を収めたツアーだったと考えている。

「まだ気づいてなかったわ、静寂が、どれほど深く人の心を沈ませるか」話し相手が、ぼくの物思いをさえぎった。「孤独が、どれほど肉体的な苦痛になるか。昔、七週間も人っ子ひとり目にしないで過ごしたことがあった。七八年の長引く寒波のあいだ、〈レッドベリー劇場〉に取り残されたの。グロンクの乳首より冷え冷えとして、ブリザードが四週間続いた。盗賊《ヴィラン》さえ身を潜め、ナイトウォーカーは立ったまま凍りついてしまった。雪解けの時期が来ても、硬直して棒立ちのままで——すねまで解けてから、やっと倒れはじめたの。天職を持たない人たちにとっては、この無慈悲さは骨身にこたえるでしょうね」俳優はしばらく間を

（1）なぜなのかは誰も知らない。たぶん聖デイヴィッドの日と関係がある。

置いてから、続けた。「でも、そう、うまく言えないんだけれど、わたしはそんな環境が好きなの。感覚を養うのに役立つのよ……明晰さの」

長期の越冬者たちはよく、こんなふうに自分の見かたを表現した――寒々しさへのひそかな愛、孤独がどれほど哲学的な深い思考につながりやすいか。冬の美点を褒《ほ》めたたえる人たちのなかには、あまりにもそれが行きすぎて、ついには謝罪を連ねた書き置きを残し、全裸になって氷点下の戸外へ歩みでてしまう者も少なくない。それは〝寒中逃走〟と呼ばれていた。

「ロブスター」ティフェン夫人がなんの脈絡もなく、ブズーキを弾き続けながら言った。また『ヘルプ・ユアセルフ』で、たぶん二百回めだろう。

深い冬眠からの帰還には、危険がつきものだった。もしも、わずかな生命機能を維持している最小限のシナプスのゆるい動きが停止すれば、神経系の崩壊が起こり、眠ったまま死ぬ。必要なエネルギーに代謝される脂肪を使い果たせば、眠ったまま死ぬ。気温があまりにも大きくすばやく下がれば、眠ったまま死ぬ。ネズミなどの害獣に食われたり、体内に二酸化炭素が蓄積したり、カルシウム移動が生じたり、持病やその他十種類ほどの合併症が出れば――眠ったまま死ぬ。

しかし、神経系の崩壊すべてが死につながるわけではなかった。ティフェン夫人のようにモルフェノックスを飲んでいる人の一部は――決まってモルフェノックスを飲んでいる人に起こるのだが――歩いて食べるという記憶のなごりだけを持って目覚めた。たいていの人はナイトウォーカーを、ひとりごとと人食いを趣味とする脳死状態の不気味な冬の住人と考えているが、ぼくたちは彼らを、冬眠の暗い深みにほとんど何もかも置き忘れて帰還した人たちと考えていた。ふつうは一般の人々が目覚める前に駆り集められ、再配置されたあと分配されるが、たまに網から逃れたはぐれ者が見つかることがあった。ビリー・デフロイドは、春蠶《スプリングライズ》の三週間後、〈聖グラナータ〉裏の果樹園で有刺鉄線に引っかかっていたナイトウォーカーを見つけた。ビリーは当局に通報したが、その前に腕時計をかすめとり、死ぬ日までずっとそれを身に着けていた。

「縦の七」俳優が、ティフェン夫人のブズーキに負けないよう声を張りあげて言った。「〝配管工の手引がなかなか書けない〟？」

「クロスワードは不得意なんです」ぼくは大声で答えてから、言い足した。「ブズーキの演奏があまりご迷惑でないといいいんですが」

悲劇役者が微笑んだ。

「だいじょうぶ。とにかく、おかげでバカな連中をこの客車から遠ざけておけるわ」

そのとおりだった。きょうは、公式に冬季が始まる微睡《スランバーダウン》の二日前だ。列車は、自分たちの睡眠塔《ドーミトリウム》をめざす冬眠者や、地位に基づく仕事に向かう越冬者で混雑していた。何人かの乗客は、ぼくたちのコンパートメントの空席に着こうとしたが、ティフェン夫人のナイトウォーカーらしい虚《うつ》ろなまなざしをひと目見ると、急いで通りすぎた。

「じつを言うと、トム・ジョーンズは嫌いじゃないの」俳優がつけ加えた。「『デライラ』や『シーズ・ア・レディ』も弾くのかしら？」

「弾いてくれたら、変化があっていいんですけど」ぼくは答えた。「無理みたいです」

列車は凍った川沿いに北へ進んでコッホ城を通りすぎ、窓の外を流れる機関車のもくもくとした白い蒸気越しに、冬季の活動停止へ向かう様子がとてもはっきり見てとれた。シャッターは閉じられかんぬきを差されて、車は蠟《ろう》を塗った麻布で何重にもくるまれ、水門は油を塗られて自動運転に設定されている。すべては、なんだか背筋がぞくぞくするほど刺激的だった。当初感じた越冬への恐怖は、ほどなく冒険を求める好奇心に変わっていた。いずれ熱意もわいてくるのかもしれないが、ぼくの目標はもっと高いところに定められている。生き延びることだ。冬季取締局の見習い一年生の三分の一は、春を見られなかった。

「それじゃ」俳優が、かつてティフェン夫人だった者を顎で示して言った。「[2]隠匿されてたの？」

「五年間、夫のもとに」

これを聞かされたほとんどの人は嫌悪感を示したが、この俳優は違った。

「奥さんを愛してたんでしょうね」

「ええ」ぼくは同意した。「奥さんを守るために、何もかも差しだしたんです」

ティフェン氏は妻を深刻な神経の病気にかかった人間と考えていたが、ぼくたちは冬の犠牲者のひとりにすぎないと見なした。ブズーキの演奏は、かつて個性や創造力の源だった心にとどまる、ただの気まぐれな記憶のなごりだった。夫人のほとんどすべては失われていた。技能だけが残っている。

列車がシューという音を立てて、アベルカノン駅に入った。乗客たちはプラットフォームを動き回りながら、感心するほど黙りこくっている。理由は簡単。微睡《まどろ》みの心地よい喜びへ向かう者たちは浮かれ騒ぐには疲れすぎていて、越冬を計画する者たちは心細い十六週間への不安だけで頭がいっぱいなのだ。乗り降りする人々はほとんど無言で、信号手がカチリと信号を切り替える音も、いつもの鋭さを失っているようだった。

「家庭の事情がある場合、たいていは寛大な判決が出るものよ」俳優が抑えた声で言った。「もちろん、隠匿《いんとく》は隠匿だけれど」

「裁判はありません」ぼくは言った。「夫は死にました――立派に」

「わたしが思うに、最高の形ね」女が考えこむような顔で言った。「自分もそうできたらと思うわ。あなたはどう？　多くの冬を経験したの？」

（2）　法的に言えば、〝仮性知覚を持つ可動植物状態にある人物を、理由のいかんにかかわらず引き渡さない、もしくは保持すること〟。

「これが初めてなんです」

俳優がいかにも驚いたという顔でこちらを見たので、ぼくはひどく決まりが悪かった。

「初めての冬？」悲劇役者が疑わしげな声でおうむ返しに言った。「なのに、ナイトウォーカーを〈セクター12〉に運ぶ任務に送りだされたの？」

「ひとりきりで、じゃありません」ぼくは答えた。「ほかに――」

「――初めての冬は、必ず屋内で、備忘録をつけて、体を慣らしながら過ごすべきよ」俳優がぼくのことばを無視して言った。「ものすごくたくさんの初心者たちを亡くしてきたから、そのことにだけは確信があるわ。何をされたの？　撃ち殺すと脅された？」

「いいえ」

そんな必要はなかった。ぼくは喜々として自分から志願した。八週間前、〝飽食の木曜日《ファット・サーズデイ》〟を祝う会の最中に。

2　飽食の木曜日《ファット・サーズデイ》

「……人間が冬眠する期間は、おもに気候条件と農業の進歩によって、徐々に変わっていった。〝標準冬季〟が一七七五年に採用され、冬至の前後八週間と定められた。微睡《スランバーダウン》から春蠢《スプリングライズ》まで……人口の九十九・九九パーセントは眠りの暗い深淵《しんえん》に身をゆだね……」

――モリス・デズモンド著『人間の冬眠文化』

〝飽食の木曜日〟は、本格的な食いだめ期間の初日として昔から制定されていた。この期間には、最新の偏食ひと筋の激太りダイエットにいそしみ、体重を奪う運動という罪をきっぱり絶たなくてはならない。きのうはバスを追いかけて走っても誰にも見とがめられなかったかもしれないが、あすになれば犯罪的に不謹慎にとして眉をひそめられる。微睡《スランバーダウン》までの二カ月間、一キロカロリーが尊いものになり、一キログラムを保つ戦いが繰り広げられる。春を迎えられるのは、増量に勤勉に取り組んだ者だけだった。

痩《や》せのピートは眠りに就いた、栄養不良で骨ばって
痩せのピートは眠りに就いた、そしてひとりで死んじゃった

施設副管理人というぼくの仕事は、とかく優柔不断で人任せにしがちなシスター・ジゴシアの監督下にあった。つまり、〝飽食の木曜日〟を祝う会は、ほとんどぼくが仕切らなければならなかった。たぶんいつもよりたくさんの小言があちこちから飛んでくるだろうが、〈聖グラナータ後継養育院《プールド・ペアレンティッジ・ステーション》〉(3)を運営する日々の退屈さから逃れてひと息つけるのはありがたい。基本的に、〝飽食の木曜日〟に必要なものは三つだけだった。じゅうぶんな食物、じゅうぶんな椅子、そしてシスター・プラセンシアをジンに近づけないようにすること。

メーガン・ヒューズがいちばんに到着した。養育院《プール》で十二年過ごしたあと、バンガーに住む裕福な夫婦に引きとられた人だ。この前聞いたところでは、一大チェーン〈ネスビット夫人の伝統喫茶室〉に属する大物と結婚して、今や〈聖グラナータ〉の後援者に名を連ねている。養育院《プール》は、出産や育児を我慢ならない面倒ごとと見なしているメーガンのような人たちに補充の子どもを売って、よい収入を得ていた(4)。メーガンが人口管理局《オフポップ》の仕事に就いて、他の女性たちに責任を持って義務を果たすよう釘《くぎ》を刺しているのは、なんだか皮肉な感じがした。二年ほど会っていなかったが、メーガンは会うたび、いっしょに成長していくあいだどれほどぼくに励まされていたか、どれほど感動をもらったか、と言うのだった。

「ウォンキー！」メーガンがさもうれしそうに声をかけた。「あなたったら、すっごくすてきになって」

「ありがとう、でもチャーリーって呼んでよ」

「ごめんなさい。チャーリー」メーガンが思案ありげに間を置いた。「しょっちゅう、あなたと〈聖グラナータ〉のことを思い出してるのよ」

「今も？」

「ええ。それに」ぐっと身を寄せて続ける。「わかるわよね？」

ほら、来るぞ。

「何が？」

「わたしはいつだってほんとに、成長していくあなたに励まされてたの。いつだって、不幸にめげずに微笑んでるあなたに……。ほんとに感動をもらったわ」

「ぼくは不幸じゃなかったよ」

「あなたは不幸に見えた」

「見かけはあてにならない」

（3）　非公式のモットーは、〝あなたのかわりに数を維持しましょう〟。
（4）　補充することは出産の忌避ではなく回避と分類された。微妙だが法律上の違いがある。

「まったくそのとおりね」メーガンが言った。「でも、わたしは本気で言ったのよ。ちょっとばかり悲劇に彩られた感動をもらえたってこと。ほら、あなたは一家のできそこないかもしれないけど、いつだってものごとの明るい面に目を向けてたでしょう」

「ご親切にどうも」昔からメーガンの言いぐさに慣れているぼくは言った。「でも、もっとひどいことだって起こりえたんだ。気配りや思いやりを持たず、浅はかで、自己中心的で、恐ろしく恩着せがましい人間に生まれるとかね」

「確かにそのとおりだわ」メーガンがにっこり笑って言い、ぼくの腕に手を置いた。「あなたとわたしは、すごく恵まれてる。言ったかしら、わたし人口管理局《オフポップ》で昇進したのよ。三万四千ユーロプラス車と年金」

「それを聞いて、すごくほっとしたよ」ぼくは言った。

メーガンが満面の笑みを浮かべた。

「どうもありがとう。さて、ぐずぐずしてられないわ。じゃあね、ウォンキー」

「チャーリーだよ」

「そうだった。チャーリー、感動をくれる人」

そして廊下の向こうへ歩いていった。メーガンを大嫌いになるのは簡単かもしれないが、実際にはまったくなんの感情もわいてこなかった。

注目すべき次の人物、ルーシー・ナップがドアから入ってきた。ぼくたちは、ルーシーがハイパーテック職業訓練校に進学してここを出るまで、十八年間毎日顔を合わせていた。養育院《プール》での友情は変わりやすいが、ルーシーとぼくは昔も今も親しかった。彼女がここを出てから四年たつが、少なくとも月に一度は話す。

「やあ」ぼくは声をかけ、ルーシーと互いの拳を重ねるように軽くぶつけあった。いつからか思い出せないくらい昔からの、秘密の握手みたいなものだ。

　頭上の天井の中央に彫刻された聖ソムニアの顔にバノフィーパイの乾いたしみが今もくっついているのは、ルーシーとぼくのせいだった。忘れもしない、去る九六年、食べ物を投げあった大げんかのなごりだ。壁の漆喰《しっくい》がへこんでいるところもあった。ローラースケートで一階フロアのラップレコードを破ろうとしていたドナ・トリンケットが、調理場のそばでハインツのスパゲティ・フープをこぼした軽率な誰かのせいですっ転んだ跡だった。

「で、きみがプルデンシャル・ウィンター・ライフ生命保険に就職するってどういうこと？」ルーシーが、友人らしい、ちょっとからかうみたいな口調できいた。

「このゴミ溜《た》めから抜けだせるなら、なんでもいいんだ」ぼくは答えた。「でもどうやら、再配置および強制移植補償つき冬眠保険を売ってればいいってわけじゃないらしい。終身保険や定期保険、歯科、火災、自動車、もちろん凍害保険もある。どう思う？」

「興味ないとしか言えないなあ」

「ぼくも同感だけど、まあ、モルフェノックスのためだからね」

最初の十年は最低賃金で働くことになっているが、やるだけの価値はある。もちろん解けた氷みたいに退屈な仕事ではなく、そこについてくる特典のためだ。プルデンシャルは、モルフェノックスに対するぼくの権利を、〈聖グラナータ〉からそのまま移転してくれるだろう。これで文字どおり、安心して眠れるようになる。きびしい契約上の義務や、転職の禁止、それにともなう選択の自由の制限などはあるが、頭を使わなくても出世できるだろう。薬を得る特権を失うことなく、やっとここから逃げられるのだ。


「ねえ」ぼくは言った。「エド・ドウィーズルが『夜のファンダンゴ』を踊った[5]って、聞いた？」

「うん」ルーシーが答えた。「聞いた」

ドウィーズルは昔から、増やした体重を維持するのに苦労していた。ぼくたちはよく、自分の食べ物をこっそり渡して手助けした。〈聖グラナータ〉を出たドウィーズルが自力でどうやって三回の冬を生き延びたのかはわからないが、きっとすごくお金がかかっただろう。最大限までモルフェノックスを服用したものの、軽すぎる体重で四度めの冬眠に入り、春蠢《スプリングライズ》まであと三週間というところでエネルギーを使い果たしてしまった。ドウィーズルはナイトウォーカーになって、どこか北のほうの道路清掃人として再配置されてから、その八カ月後に分配された。

「死ぬまで、さらにその先まで役に立てる」ルーシーが言った。「会社がスローガンで宣伝してるとおりにね」

ルーシーの言う会社とは、ハイバーテックのことだ。モルフェノックスをつくり、しかるべきナイトウォーカーを再配置し、さらに移植手術に使えそうな者を管理している。ナイトウォーカーに関する会社の方針はきちんと――完璧に、と言う人もいる――縦に統合されていた。もうひとつスローガンがあった。

欠伸《あくび》以外はすべて役立つ。TM

ぼくはルーシーといっしょに、ロビーから大広間まで歩いた。

「いつも、養育院《プール》の懇親会に来ると、落ち着かない気分になるの」ルーシーが言った。「そんなにいやな目には遭わなかったけど、全員を好きってわけじゃないから」

(5)〝ナイトウォーカーになる〟という意味のスラング。〝抜け殻〟、〝キャベツ〟、〝空家《ヴェイカント》〟、〝能なし〟などの表現もよく使われる。〝幽霊〟がいちばん控えめな表現だが、専門的に言えば、彼らは〝仮性知覚を持つ可動植物状態〟にある。

「〝苦楽をあるがままに受け止めよ〟」

「聖人なんてクソくらえ」

　ぼくたちは群衆のなかに混じって、敬意と愛情のスライド式スケールにきちんと従いながら、他の養育院《プール》出身者と握手したり、抱きあったり、うなずきあったりした。ウィリアムズ、ウォルター、キーリー、ニール、別のウォルター、別のウィリアムズ、マクマレンも来ていて、ぼくはみんなと温かい挨拶を交わした。ゲーリー・フィンドリーにも何か言うべきかと考えたが、彼はぼくを見るとすぐさま、冷蔵庫からもっとビールを取ってくるという口実で背を向けた。フィンドリーとは、十二歳のときからひとことも口を利いていなかった。あいつがいじめをやめた日、つまりぼくがあいつの耳を嚙《か》みちぎった日から⑥。

　ぼくの知らない年上の元居住者たちが、現在の居住者と同じように、気軽にみんなと交流していた。養育院《プール》で時を過ごした者は誰でも、なんとなく家族みたいなつながりを感じている。もっとも、修道母会《シスターフッド》の状況からすると、ぼくたちの多くは実際に家族だった。

　ルーシーが、古参のシスターたちに挨拶するため向こうへ歩いていった。シスターたちはみんな、謁見式を行う七人の公爵夫人のように、舞台上に座っていた。ちょっとした冗談にバカみたいにくすくす笑い、いつもの厳格さは三重の楽しみによって和らげられている。お祝いと、食べ物と、妊娠していない人のためのいちばん安いシェリーだ。

「わたくしたちの大事なルーシー・ナップ」ぼくたちが近づいていくと、シスター・プラセンシアが言ってルーシーを抱きしめたが、ぼくのことは見慣れた家具であるかのように無視した。「近況を教えてちょうだい」

ルーシーがハイバーテックのエリートコース経営計画に加わったことについてていねいに説明するあいだ、ぼくは端のほうに立っていた。かなり気まぐれな保護者たちではあったが、ほとんどのシスターはまずまずいい人だった。彼女たちがいなければ、ぼくは今ここに存在していなかっただろう。ぼくよりも悪い状態で生まれた赤ん坊は、決まって低体重のまま放置され、最初の冬に向かう。ここよりひどい養育院《プール》はいくつもあった。

「すばらしいわ」ルーシーが自分の手がけてきたことをかいつまんで話し終えると、シスター・プラセンシアが言った。「それじゃ、調理場の手伝いをしてくれる〝エドワード〟をひとり、うまく調達してもらえる可能性はあるのかしら？」

「来年のモデルは改良されてるかもしれません」ルーシーが慎重にことばを選びながら言った。「そうなったら、できることを考えてみます」

〝エドワード〟や〝ジェーン〟が、再配置されたナイトウォーカーに与えられる初期設定の名前だった。適時に軽食を与えて人食いの傾向を抑え、ばらばらになった精神の残骸をうまく配線しなおしてやれば、単純な雑用ができる。単純すぎて、家事の役には立たないと言う

（6）　興味がある人のために言っておくと、それはしょっぱくて、驚くほど簡単にちぎれた。

人もいた。ポート・トールボットにある〈聖グラナータ〉には、洗い物ができるエドワードがいるが⑦、たいていはドアをあけたり、水をくみあげたり、穴を掘ったりといった正確に繰り返すだけの作業に使われていた。

「うまくいってる、ウォンク？」いきなり耳もとで声がしたので、ぼくは飛びあがった。シスター・ジゴシア、風変わりだけれど——ひょっとすると、だからこそ——ぼくはこの人が特別に好きだった。シスター・ジゴシアはピーナッツバターとアンチョビーに目がなく、冬季にはいつも〝うろつく冬の魔物《ウィンターフォルク》から身を守るため〟寝室のドアを釘づけにし、〝子どもたちが人生の避けられない失望にしっかり備えられるよう〟〈聖グラナータ〉のプディングに無作為にカレー粉を加えるべきだと言い張った。

「まあまあです」ぼくは答えた。「来年の予算が少しきついけど、なんとかやっていけるでしょう。補充への支払いが減らされず、肉料理を週一回に抑えてるかぎりは」

「よろしい、よろしい」シスター・ジゴシアは上の空で言ってから、ぼくの肩に手を置いて、広間の隅へ導いた。

「あのね、悪い知らせを伝える役回りはしたくないのだけれど」シスターが言った。「でも、言っておくわ。あなたがプルデンシャルに応募したっていううわさをマザー・ファロピアが聞きつけて、それでその、会社の人事担当者と揉《も》めたのよ。あなたの応募は……取り消されたわ」

正直、驚きはしないが、いい気分ではなかった。鬱憤《うつぷん》には、それ自体ににおいがある。熱したトフィーと日干しの泥を混ぜたかのような……。ぼくはシスター・ジゴシアを見た。シスターがごめんなさいと謝り、ぼくはいいですよ別にと応じ、ちょうどシスター・コントラクシアへの対処を手伝ってくれと呼びだされたので、ほっとした。シスター・コントラクシアは、用心棒としての自分の務めを、必要とされているより少しばかり熱心にとらえすぎていた。しかも派手なけんか騒ぎが好きなので、ぼくは十分かけてどうにか落ち着かせ、折れた歯を掃除し、乱闘中だった六人の相手をなだめ、シスターの目の上にできた切り傷を手当した。ぼくが戻ると、ルーシー・ナップがみんなにハイバーテックでの初の越冬業務と、実際どんなふうに冬至を目にしたかについて話していた。ルーシーは、その証拠として、ブラウスに止めた真鍮《しんちゅう》のひとつ星を見せた。

「睡眠不足による朦朧症《ナルコーシス》になったことはある？」ぼくはたずねて、自分の鬱憤を、頭の奥にある大昔からおなじみの場所に片づけた。

「いったん自分の睡眠周期を晩夏に合わせてしまえば、それほどつらくはないよ」ルーシーが答えた。「でも、初の越冬でひどい結果になってしまう人もいる。唯一の救いは、凍え死

（7）ただし、洗い物と言っても、皿、ソーサー、鍋、フライパン、カトラリーのみ。カップや水差し、ジョッキは複雑すぎて無理。

んだり、食われたり、強制的な家事奉公に送りこまれたりするあいだ、幻覚のなかで、自分がガウアー半島にいて、偽のバナナダイキリ(8)をちびちび飲みながら、沈む夕日をワームズヘッドのバー&グリルから眺めてる、って思えることね」

ルーシーは養育院《プール》出身で越冬した唯一の人ではなく、単にいちばん最近の人というだけだった。別の養育院《プール》仲間であるビリー・デフロイドは、三年前に冬季取締局に就職し、みんなから褒めたたえられたが、最後にはランデイロに集結したナイトウォーカーに食べられてしまった。それでも、たいていの者たちよりうまくやったほうだ。初めての冬に〝雪を踏む〟見習いの平均余命は、たったの六週間だった。冬は寛大な場所ではない。初心者が最初の冬を安全な屋内で書類仕事をして過ごすのも、当然と言えた。

「あのさ、ルーシー」ぼくは言った。「ナルコーシスについて教えてよ」

「最初はすごく……がんばらなきゃならない」ルーシーが答えた。「両脚がチョコレートになったみたいだった。気温が下がれば下がるほど、もろくなっていくの。ナイトウォーカーがひょっこり現れたら、逃げられないんじゃないかと心配だった」

「そういう夢、見たことある」ぶらぶら歩いてきたメイジー・ロジャーズが言った。「走ってるんだけど、どうしても逃げられないの」

夢。まともな人なら誰も、夢など見ない。モルフェノックスを手に入れられる人たちは、貯蔵エネルギー必要量を大幅に削減するために、冬眠中の意識下の活動を喜んで差しだした。

モルフェノックスは夢を見る能力を奪うが、かわりに生存の可能性を高めてくれた。人類の歴史上初めて、個人が現実的に冬を生き延びることを予期できるようになった。もうひとつの宣伝文句は、こう謳《うた》っていた。〝モルフェノックスはあなたに春をもたらします〟。こんな補遺が必要かもしれない。〝とはいえその使用が許されるのは、運か、現金か、社会的地位がある人だけ〟

「夢を見るとかいうことを、名誉のしるしみたいにひけらかさないほうがいいわよ」輪に加わっていたメーガンがしかるように言った。

ぼくたちはみんな、うなずいて同意した。薬なしで済ませなければならない人のほとんどは、無言のまま冬をやり過ごすつもりでいる。あえて口にするのは、〝三級市民〟とびっしり書かれた大きな帽子をかぶっているようなものだった。

ところが、立派なことに、メイジーはひるまなかった。

「恥じてなんかいない」ぼくたち全員からのうめき声やあきれ顔に向かって、憤然と言う。「恥だと思わせようとしてもむだよ。それに、夢はおもしろくて自由だし、とにかく今のままなら絶対にナイトウォーカーにはならないしね。あんなふうに冬のあいだうろつき回って、

（8）スプーン一杯のバナナ味のネスクイックに同量のラム酒を入れて、ロビンソン・レモン大麦水で割ったもの。

虫やカーテンや人なんかを食べて、最後に予備部品の在庫になって終わらなくていい」

「〝空家《ヴェイカント》〟になってしまったら、自分ではそうなったこともわからないよ」ぼくは指摘した。「それは悲劇でも恩恵でもある。知能がなければ、苦しみもない」

　確かに、モルフェノックスにはいくつかマイナス面があった。ひどい頭痛、多少の恐ろしい幻覚――そして服用者の二千人にひとりは、ナイトウォーカーとして冬眠から目覚める。モルフェノックスを与えられている五十パーセントの市民は、悪くすればよだれを垂らす人間以下の人間になり、個人的に重大な衛生上の問題と、食人という身の毛のよだつ嗜好《しこう》を持つようになるかもしれない人たちでもある。それにもかかわらず、誰もがそれを冒す価値のある危険と考えていた。

　食べ物が到着すると、一気にその場が盛りあがった。ぼくたちはみんな整然と列に並び、はずむ期待感から会話の声も高まっていった。シスター、子ども、体重不足の人たちが先に食べるのを待つあいだ、ぼくたちは、自称〝超睡眠《スリープ・エクストリーム》〟の導師ゲア・ブリルズを上流睡眠者に昇格させることがどれほどばかげた思いつきか、そしてもちろん、『アルビオンズ・ゴット・タレント』（素人や無名のパフォーマーが出演する公開オーディション番組）で誰が優勝するかについておしゃべりした。

「最低限のボディマス指数《BMI》で、ガチョウ脂《あぶら》を塗った麻布でくるんだ木立のなかに寝てるんですって」ルーシーが、ゲア・ブリルズについての疑問に答えて言った。「冬じゅう、新しもの好きがボトボトと木から落ちてくるんでしょうね」

『アルビオンズ・ゴット・タレント』については、昨年驚きの優勝者——タップダンスができる防水帽をかぶったダックスフントのパーティー——が出たあとだけに、誰が優勢かみんなまったく予想がつかなかったので、会話はすぐに最新のニュースに移った。近ごろ上昇している冬季死亡率への取り組み。穏健派は、損失率の増大に対処するため出生率を上げて奨励金を出すことを提案したが、強硬派は、不妊を恥じさせ、あらゆる出産免除を廃止し、子ども補充計画の予算を大幅削減することに賛成した。人々は冬季の犠牲にはしっかり耐えていたが、人口統計の妊娠出産率がたまに大きく下がると、やはりパニックが起こることがあった。そして右翼の強硬派は、適度なパニックが好きだった。

「妊娠出産の最低年齢を下げれば、損失率の問題は一発で解決するらしいわ」メーガンが言った。

「つまり、子どもの定義を定義しなおすってことでしょう」ルーシーが言った。「それが望ましいのか、可能なのかもよくわからない」

「必要ならいつでも、女と男の比率を七対三に上げられるんじゃないかな」ぼくは言った。

「これ以上数字をいじくり回すのは、すごくまずい考えよ」ルーシーが言った。「今だって、まともなデート相手を見つけるのにかなり苦労してるんだから」

「わたしは、ハイパーテックに支給されてる莫大《ばくだい》な政府助成金を凍結すべきだと思う」メイジーが、いかにも彼女らしい革命家の口調で言った。「そしてそのお金を、少数にモルフェノックスを与えるためじゃなく、微睡《スランバーダウン》の時期になったらすべての市民が確実に目標BMIを達成できるよう、実行可能な計画を立てるために使うの。冬眠のエリート主義を支持してはだめ、万人のための〝均質な眠り〟を支持すべきよ。公平で正しい眠りが広がれば、生存率は上がって、損失率は下がる。最終的には、妊娠出産の重荷も取り除かれるはず」

　とたんにぼくたちは押し黙った。それは、ひところ注目を集めた反対勢力だったが今では完全に非合法となった圧力団体〈本物の眠りを求める運動〉の中心となる信条で、昔からの目標だった。彼らの主張によれば、本物の眠りとは真の眠りただひとつであり、薬物による損失率の解決は道徳的にも財政的にも持続不可能で、人間は長期的な健康のために夢を見ることが必要だという(9)。公然とその見解を支持するのはもちろん、討論で疑問を口にするのさえ、勇敢な人か無謀な人だけだった。見たところ、メイジーはたぶん無謀というより勇敢なのだろう。

「助成金はおもに、いつかあらゆる人の冬眠をモルフェノックスでしっかり守るための研究に使われてる」ルーシーが弁解するような口調で言った。「ドン・ヘクターは天才だったけど、彼にも限界があったの。うちの会社がいずれ達成するよ」

「ハイバーテックに勤める友だちがそう言ってるからそうなんでしょ、ってことしかわからないじゃない」メイジーが応じた。「それが社会を従順にさせるメカニズムなんだ。ドン・ヘクターは、わたしたちを自由にはしなかった。よい眠りと悪い眠りのあいだに階級区分をつくったんだよ。わたしたちはみんなで、世界的な冬眠村をつくるべきなの。平等に眠り、平等に尊厳を持てるように」

息をのむ音がした。それは、〈本物の眠りを求める運動〉の使命宣言、スローガンのようなものだった。

「こんな会話は、しないほうがいいと思う」ルーシーが、急に先ほどよりはるかにまじめな口調になって言った。「あなたのことを通報しないと、すごく困った立場になるかもしれない。それに、ドン・ヘクターは、モルフェノックスで何百万もの人を救った偉大な人だった」

「知り合いの睡眠学者《ドーメトロジスト》は、もうすぐ新しい薬が発売されるだろうって言ってたわ」メーガンが言った。「モルフェノックス-B。それについてはどうなの？」

「それと、〝ラザロ計画〟についてちらっと聞いたことがある」好奇心が警戒する気持ちを上回り、ぼくは言った。

「ハイパーテックについてのうわさを動力として使えたら」ルーシーが、むっとした顔でしばらく黙ったあと言った。「エネルギーが永久に無料になりそうね」

「あなた、メーガンの質問に答えてないじゃない」メイジーが言った。

（9）〈本物の眠り〉の非公式なキャッチフレーズは、〝どんな夢を見るのだろう〟（『ハムレット』の一節）。

　ふたりは険悪な表情で互いをにらみ、ルーシーはまぶたをひくひくさせた。ぼくはルーシーが大好きだけれど、彼女はとことんハイバーテックに忠実な人間だった。たぶんそれが、採用の必要条件だったのだろう。

「メーガンの質問に答える必要はない」ルーシーが慎重な口ぶりでゆっくり言った。

　そのやりとりは、ドア近くのなんらかの騒ぎによって中断された。来客たちが、誰かを通すために道をあけた。それは、ふたつのうちのどちらかを意味した。著名人か、関係者か。あるいは、あとでわかったとおり、その両方か。

　ふたりの人が、礼儀正しく会話していた。ひとりはここのマザー・ファロピアで、背が高く上品でいかめしく、真っ黒な修道服を着ているので、まるで修道母の形をした空中の穴みたいに見えた。そのとなりに立っているのは長身の男性で、冬季取締官の白いキルトの戦闘服を着ていた。少なくとも二十回の冬を目にしていることを示す〝金の冬至の星〟を襟に留め、胸に斜めづけしたホルスターにグリップがクルミ材の《バンビ》を二丁収めて、静かな威厳のようなものを湛《たた》えている。背が高く、肌の色は浅黒く、二枚目俳優みたいにかっこよかった。少しばかり、ユアン、シアン、メイジー、ダフネ、ビリー、そしてエド・ドウィーズルにも似ている――が、それにはもっともな理由があった。

「うわあ」ルーシーが、ぼくたち――いや、たぶんそこにいた全員――と同じくらい感激した様子で言った。「あの人……ジャック・ローガンよ」

3　ジャック・ローガン

「……冬季サービス産業のなかで、冬季取締官は最も大きな危険にさらされた。就任した者が十年生き延びるのはまれだったものの、人員確保が問題になったことはほとんどなかった。あなたが仕事を見つけなくても、仕事があなたを見つける、と言われていた。自ら進んで冬に足を踏みだす者は誰も、あとに何かを残そうとはしない……」

——冬季取締官〝ロック〟・マクドーザー著『いくつもの冬至を越えて』

たいていの取締官は、冬季以外には無名でいることだけを望むが、なんらかの理由で注目を浴びようとする者も少数いる。〈セクター9東〉の〝山猫〟・ドルースは、ナイトウォーカーを生け捕りにする能力で有名だった。再配置センターに四百六十二名引き渡したという記録は破られそうにない。〈セクター19〉の〝ピリ辛〟・シュナイダーは、非番のあいだ冬季遊牧民《ウィンター・ノマド》と同居して公序良俗を乱していた。〈セクター12〉取締局長であるトッカータは、許される範囲やそもそも必要とされる範囲を超えて、冬の食人を楽しんでいるのではないかと疑われていた。

それに比べると、ジャック・ローガンは堅実で、取締局の顔役にふさわしかった。確かに、熱意が行きすぎた逸話の数々や、金儲《かねもう》けに対する抜け目なさはあったが、彼の持つ記録が何よりも雄弁に語っていた。ニューポート／ポート・トールボット／カーディフ地域は常にウェールズのどこよりも、損失や、原子力暖房《ホットポット》の過熱、盗賊《ヴィラン》の侵入、ナイトウォーカーの襲撃が少なかった。ローガンは、遺伝子の直接供給者《ティア・ワン》でもあった。精子提供に目玉が飛びでるほどの料金を請求するのではとうわさされているが、彼の名誉のために言っておくと、そんなことはない。

ローガンは人々のあいだを抜けながら、軽くうなずいて、短く視線を合わせ、差しだされる紙切れにサインをした。彼は〈聖グラナータ〉の昔からの後援者だが、社交行事にはたまにしか出席したことがなかった。

最初の興奮が収まると、ぼくたちはのろのろと食べ物の列に並び、バターを塗った軸つきのトウモロコシをいくつか取ってから、米と鶏肉を皿に盛った。しかもたっぷりと。なんだかぞくぞくするほどぜいたくだった。

「ジャック・ローガンは、なんの用で来たんだろう？」ブライアンがカウンターの後ろで食べ物を出しながらきいた。「いつもとは違うね、ぼくが思うに」

「マザー・ファロピアに、二十八個めの〝銀のコウノトリ〟を贈呈しに来たのさ」列の三つ前に並んだゲーリー・フィンドリーが言った。

「当然の栄誉だね」ブライアンが応じた。

ブライアンは、その尊敬すべき修道母に十二個めの〝銀のコウノトリ〟をもたらし、ゲーリーとルーシーは、ふたりいっしょに十八個めの〝銀のコウノトリ〟をもたらした。〝終身懐胎修道母会〟は、自分たちの誓約をまじめにとらえていた。記録は、〈セクター51〉のシスター・ヴァルヴォリアの三十四回だった。九人を除く残り全員が最初の冬を生き延び、それぞれが違う父親の子どもだった。なにしろシスター・ヴァルヴォリアは目が利くうえに、(10)遺伝的多様性の必要を真剣に考えていたからだ。

「ふうん」ルーシーが言って、骨つきの鶏もも肉を取った。「ローガンは、きょうの午後、パフォーマンスをすると思う？」

その可能性は常にあった。軍や法執行機関の人たちの多くは、自分の冬の冒険を演劇風に物語るという第二の仕事を持っていた。ローガンのパフォーマンスは、紙吹雪や風を出す装置を使う、とても洗練されたものだった。一度、本物の生きたナイトウォーカーを特別出演させたことがあるが、その男が逃げだして特等席で大暴れしたので、中止になった。悲劇的事件だとはいえ、もしそれが一般席だったなら、誰も気にしなかっただろうと思う。

(10) うわさによると、シスター・ヴァルヴォリアはよくショッピングモールや映画館で交配相手の候補に声をかけるらしいが、それが本当かどうかはわからない。

ぼくたちはバカみたいに腹いっぱい食べ、ロールパンで油や汁をぬぐいとると、席に着いて、一、二時間後に出てくる同じくらいの量のプディングと、さらにその二時間後に続くビスケットと綿菓子に備えた。いつものエネルギー摂取量の少なくとも五倍食べない人は、〝体重増量〟問題を真剣にとらえていないと思われてしまう。

ぼくたちはもう少しおしゃべりをして、身近なニュースを伝えあった。養育院《プール》出身者たちの近況、死んでしまった人たち、それから、時の流れとともに衝撃が薄れておもしろみが増した〝あれはいつだったっけ？〟で始まる昔話が長々と続いた。ドナ・トリンケットの事故――永遠の語りぐさ――や、行きすぎた悪ふざけでベティー・シムコクスが生き埋めにされかけたこと、ジョプリンが冗談で自分に火をつけて誰でも予想できるとおりの結果になったこと――それからいつものように、ダイ・パウエルが十六歳の誕生日に姿を消し、二十歳の誕生日に戻ってきたが、その間どこにいたのか誰にもわからなかったことも話題になった。

「本人も、今でもさっぱりわからないんだって」ルーシーが言った。「ほんの先週、またきいてみたの」

「盗賊《ヴィラン》に誘拐されて、家事奉公をさせられてたんだと思うわ」メーガンが言った。「でも恥ずかしくて言えないのよ」

ジャム・ローリーポーリー、アップル・クランブル、ブレッド&バタープディングが約八リットルのカスタードソース[11]とともに消費されたあと、マザー・ファロピアが演説をした。

それは、以前に何度も聞いたことがあるお決まりの〝飽食の木曜日〟の講話だった。冬へ向かうあいだ、誰もがどれほど大食と怠惰《たいだ》の美徳を守らなければならないか、勤勉に体重を増やさなかったせいで昨年冬眠を生き延びられなかった者たちを忘れないこと、そして女性なら修道母会《シスターフッド》の仕事を検討してみること、男性なら社会の生産的な一員となれるよう最善を尽くすこと、日々プリンセス・グウェンドリンを敬い、ウェールズと〈北部連邦〉に忠実であり続けること——などなど。次にマザー・ファロピアは、受胎能力の低下のため引退を発表し、〈聖グラナータ〉の指揮権をシスター・プラセンシアの手にしっかりとゆだねるつもりだと宣言した。そのことばは気乗りのしない拍手で迎えられ、後ろのほうからはうめき声が聞こえた。

　続いて、地区《セクター》の冬季取締局長ローガンが演説し、修道母会《シスターフッド》がいかに冬季の損失という恐ろしい事態を防ぐうえで自らの役割以上の働きをしているかを語り、マザー・ファロピアのおびただしい数の出産と〈聖グラナータ〉における思慮深く献身的な指導力に感謝し、シスター・プラセンシアの責任ある新たな地位への就任を歓迎してから、マザー・ファロピアが言ったことの大半を繰り返した。最後の最後にローガンは、その時点ではまったくのでためになに思えた短い詩を暗唱した。

(11)　ひとり分ではない。そのくらいあった気がしたけど。

見込みある若者を連れていく、スランボイディの南から牧羊犬《コリーズ》とこうもり傘《ブロリーズ》を供にチ
ジックから
ところが拳銃《ルガーズ》を手にしたクルーガーズが腕利き《ホットショッツ》どもをねらい撃ち《ポットショッツ》
それだけでじゅうぶん一グラム分のハンモックに寝るマンモスを
マンチェスター市《タウン》の道化《クラウン》もいっしょに滅入らせる《フィールダウン》

ぼくたちは互いに顔を見合わせて肩をすくめてから、ローガンがマザー・ファロピアに〝銀のコウノトリ〟を贈呈するのを見て、礼儀正しく拍手した。それが終わると、テーブルに戻って、屋根瓦くらい大きい食後のミント菓子、チーズの盛り合わせ、他人の皿の残り物、最後には料理の器まで舐《な》め尽くした。例年のことながら、〝飽食の木曜日〟には皿洗いはいっさい必要なかった。

養育院《プール》出身者がさらに数人加わり、ぼくたちは腰を落ち着けて話した。というより、彼らが話してぼくは耳を傾けた。まだ気持ちが乱れていたからだ。鑑識課で働いている警察官が、食糧貯蔵庫への不法侵入と食糧泥棒、それに続くきたない食べかたによる飛び散りパターンを分析するという仕事について語った。

「いつだって飢えのせいで侵入するから、彼らは現場で食べるの」警察官が言った。「飢え

た状態で食べる者は、決してきれいには食べられない」

そして〈ケーリー・グラント睡眠塔〉の食糧貯蔵庫侵入事件について語った。当時そこは、原子炉が停止したあと板張りされたままで無防備だったが、食糧貯蔵庫に盗みに入るのは、そのころも今も、〝極寒刑〟に値する犯罪だ。おおかたの人は盗賊《ヴィラン》に非難の目を向けたが、当局は、〈本物の眠りを求める運動〉が越冬しながらの運動を展開するためにじゅうぶんな食糧を確保しようともくろんだと判断した。(12)良識ある人は誰も信じず、キキ――〈本物の眠り〉の名目上のリーダー――は、その報告を〝完全なたわごとだ〟と否定した。

「一説によると、警察がキキを追い立てて否定させるために、自分たちでくすねたんだって」誰かが言った。

「ところで、キキって誰なの？」ぼくはきいた。

「〈本物の眠り〉のリーダーよ」メーガンが言った。

「それは知ってる。何者なのかじゃなくて、誰なのか、さ」

「知ってる人はいない」ルーシーが肩をすくめて言った。「人物じゃなくて、地位なの。キキが解任されれば、次のキキが引き継ぐ」

それは疑いようのない事実だった。王室から、冬季取締官、軍、〈ネスビット夫人の伝統

(12) 冬に目を覚ましているには、大量の食糧、たくさんの幸運、暖かい衣類、数十冊の良書が必要になる。

喫茶室〉のスタッフまで、すべては同じ〝ヒュドラ（ギリシア神話に登場する九頭の大蛇）の原則〟に基づいて運営されていた。首がひとつ取り除かれても、すぐ後ろに次の首が控えている。〈本物の眠り〉は最近ずっと静かだとはいえ、それがいいことなのか悪いことなのか、誰にも判断がつかなかった。現在は活動休止中だがいつ噴火するかわからないスカイの火山みたいなものだ。

　ぼくは会話を続けるみんなのそばを離れ、子どもたちを集めて、身なりを整えさせ、ボードゲームと水ギセルを取ってこさせた。深まる夕闇が広間を薄暗くしていった。シスター・プラセンシアはスクラブル（単語づくりゲーム）をやりながらラズベリー味の水ギセルをブクブクふかすのが大好きで、シスター・ファーティジリアは駒をひとつも取れない独自の非攻撃的なチェスがお気に入りだった。シスター・ジゴシアは、騒々しい〝はらぺこカバさん〟ゲーム以外に興味はなかった。それぞれが思い思いに遊ぶ。けれどもぼくは、シスター・プラセンシアの用事でマザー・ファロピアのオフィスの前を通りかかったとき、外のベンチに人が並んで座っていることに気づいた。どうしたのかときくと、ウィリアムズがフクロウみたいに目をぱちくりさせてぼくを見て、ローガンが冬季取締官の公募面接をしていると言った。

「公募面接？　予備選考なし？」

「そうらしいよ。見習いが辞めたんで、新人が必要なんだって」

　ぼくは一瞬考えた。いやむしろ、一瞬も考えなかった。ただウィリアムズにちょっと席を詰めてくれと言って、ベンチに座った。心臓がドキドキと音を立てたけど、それも当然だった。冬季サービス産業に加われば危険にさらされる——自殺行為だと言う人もいる——が、モルフェノックスを手に入れられるのだから(13)。

「で、冬の仕事をやろうと考えはじめたのはいつだい？」ウィリアムズがくだけた調子でたずねた。

「ああ、八秒前さ」ぼくは答えた。

冬眠する九十九・九九パーセントの人々にとって、冬とは抽象的な概念だ。眠りに就いて、目覚める。願わくは、十六週間後に。

秋来たりて、春いよいよ遠く
腹立たしきは、冬眠なるもの
馬のごとく食べ、クマのごとく眠り
生きるか、死ぬか——気にせぬがよい

移植産業で働く者と冬に挑まざるをえない者以外で、寒さと害獣、盗賊《ヴィラン》、孤独、冬の魔物《ウィンターフォルク》と向きあうことを選ぶ人はまれだった。しかし、ぼくのまったく報われない施設

(13) 越冬者はもちろん冬季ではなく、晩夏まで眠るときに使った。

管理のキャリアと乏しい将来性、そしてモルフェノックスの権利がついた単純労働がめったにないことを考えると、不意に越冬がものすごく魅力的に思えてきた。

「冬季取締官になることについては？」ウィリアムズがきいた。「いつから一員になりたいと思ってた？」

「ああ、何年も前からだよ」

正直に言えば、危険の数々と、いつもは超難関の選考過程があるせいで、一度もなりたいと思ったことはなかった。ぼくはベンチに座って、落ち着こうと努め、何を言うべきか考えていた。それぞれの面接は十分程度で終わり、浮かない顔で出てきた各志願者には、列に並ぶ者たちから矢継ぎ早に質問が浴びせられた。すべての質問はすくめた肩と不採用の知らせで応じられ、ローガンが何を期待しているのかについてはなんの手がかりもなかった。

ウィリアムズが意気込んで入っていき、がっくりして出てきたあと、ぼくの番になった。

4　試験の時間

「……冬眠期不眠症、すなわち冬季不眠症《ウインソムニア》には、多くの原因がある。冬眠を部分的または全面的に妨げる視床下部の異常や外傷による場合や、睡眠恐怖症、もしくは石灰沈着や筋消耗を起こしやすい遺伝的性質による場合もある。たいていの人は冬に職を得て社会の役に立つことを選ぶが、一部のいわゆる〝不適格覚醒者〟は、他人の骨折りと食糧貯蔵庫によって冬を切り抜けようとし……」

――『グレイの冬眠生理学ガイド』第二十二版

マザー・ファロピアは、ローガンとともに自分の書斎にいた。狭い質素な部屋で、家具のつや出し剤とコーヒーとコピー機のトナーのにおいがした。部屋の中央には大きな木の机があったが、ほかには書類整理棚と壁に貼られた赤ん坊の写真があるくらいだった。ここに入るといつも、落ち着かない気分になった。マザー・ファロピアと、その〝あなたは生きるに値する何を為《な》したのですか〟と言いたげな鋭い目つきのせいだけではない。写真はすべて、最初の冬を越せなかった名前も持たぬ子どもたちと、その後いくつかの冬を越せなかった名前を持つ子どもたちのものだった。その画像が思い出のためなのか、シスターたちによりよい出産を奨励するためなのか、それともマザー・ファロピアが単に子どもの写真を好んでいて細かいことを気にしないせいなのか、ぼくたちには見当もつかなかった。

「何か伝言があるのですか？」マザー・ファロピアがたずねた。

「いいえ」ぼくは答えた。「冬季取締官の面接が、誰でも応募自由だと聞いたんです」

「あなたには、すでに仕事があります」マザーが鉄パイプを転がしたような声で言った。「別の仕事は必要ありません。それにきっと、あなたは取締官として十分も持ちませんよ」

正直なところ、ぺこぺこ謝って急いで逃げ去りたくてたまらなかったが、われながらがんばり、そうはしなかった。

「チャーリー・ワージング」ぼくは震える声で言った。「この職に応募したいと思います」

「次の人に行きましょう」マザーが言った。「時間をむだにしているわ」

「いや、プルーデンス」ローガンが言った。誰かがマザー・ファロピアに反論するのを、しかもファーストネームで呼ぶのを、初めて聞いた。「面接を受けたいと思う者全員を面接しよう」

ローガンがこちらを振り返った。

「いつもの選考過程は徹底的なんだが」と説明する。「完璧ではない。予備選考の過程で見逃してきた隠れた逸材を見つけたいと思ってね。おまえさんのことは何度か見かけたよ、ワージング、おれの子のひとりか？」

「いいえ。ぼくは……代理母から生まれたんですが、うまくいかなかったんです」

「おまえさんの頭のせいで？」

「はい、ぼくの頭のせいで[14]。保険金が半分支払われた段階で、〈聖グラナータ〉に移されました。残り半分は、ぼくが死んだときのための補償金になりました」

「ワージングは、歩く未払い保険金なのです」マザー・ファロピアが言った。「そして今も、わたくしたちの厚意に依存した状態です」

「そうは思わないな」ローガンが言った。「おまえさんは未払い保険金だった。現時点では、冬季取締官の一候補だ。おのおのが実力で判断される」

ぼくはたちまちローガンが好きになり、突然、モルフェノックスが手に入ろうが入るまいが、彼とともに働くためならなんでもする気になった。ローガンがぼくに、ここ〈聖グラナータ〉の施設管理人の仕事を本職と考えているのかとたずねた。

「いいえ」ぼくはもっと背筋を伸ばして椅子に座り、マザーのぎらぎらした目つきを無視して言った。「最近、プルデンシャル・ウィンター・ライフの求人に応募しました」

「それで？」

(14) ぼくの頭の詳細については後ほど。

「不採用でした」

「理由は？」

「妨害です……第三者の」

そう言いながらマザー・ファロピアを見ると、目をそらされた。ローガンがぼくの視線を追い、何があったのかを察したようだった。

「必ずしも問題にはならない」ローガンが言った。「特技は？」

「レベル４Ａの読み書きができます」ぼくは答えた。「応急処置の訓練修了、百ヤード十四・二秒、運転、水泳、チューバの演奏」

「ジャックに、一般技能でＤマイナスを取ったことについて話しなさい、ワージング」ぼくの面接を潰《つぶ》すことをまだあきらめていないマザー・ファロピアが言った。

「正確にはＤプラスでした」ぼくは言ってから、つけ加えた。「大して変わらないですけど」

「試験結果はそれほど重視しないよ」ぼくがさらに何か言い訳をする前に、ローガンが言った。「おれ自身が、クラスの最下位だったからな。それより、記憶力のいい者を探してるんだ」

これはおもしろくなってきた。

「ぼくは、スウォンジー市記憶力選手権で、六百四十八語のランダムな単語を二回読んだだけで記憶して、二位になったんです」ぼくは少しばかり誇らしげに言った。今でも、市で三番めの優秀な記録だった。シスター・ジゴシアはウェールズ南部地区大会に進ませたがったけど、ぼくは人にじろじろ見られるのがあまり好きじゃない。

「あなたは知ってたのか？」ローガンがマザー・ファロピアを鋭い目で見て言った。

「うっかり忘れていたのね」マザーが応じた。「それに、ワージングが応募するほど恩知らずになれるなんて思ってもみなかったものですから」

ローガンがうなずいて、ぼくに向きなおった。

「記憶力のいい新しい見習いを訓練する必要があるんだ。出世コースに乗れる。刺激的でもある。挑戦の機会は多い。少々の現金、おまけのプディング。中度から高度の死の危険」

「最後のところ、もう一度言ってください」

「おまけのプディング」

「そのあとは？」

「コーヒーとミント菓子？」

「あなたが並べあげたやつのことです」

「ああ――中度から高度の死の危険」

「わかりました」ぼくは言った。「それと、あなたの最近までの見習いはどうしてますか？」

「元気でやってるよ」

「そんなことはありません」マザー・ファロピアが腕組みして言った。「彼女は今、精神病院で壁に向かって何か叫んでいます」

「なんについて？」

「さあ、わからないな」ローガンが言った。「アリとか、ロイド・ジョージとか、ボタンとか、なんとか」

「その前の見習いは？」

答えたのはマザー・ファロピアだった。

「戻ってきたのは頭のない体だったわね」

「そうだ」ローガンが考えこむように言った。「彼女は少し狭量な性格だったな」

「ナイトウォーカーにやられたんですか？」

「盗賊《ヴィラン》だ」

盗賊《ヴィラン》はたいてい氷原の外れに住み、食糧や召使いを確保するために近くの街をたびたび襲撃した。荷物運搬用の動物としてマンモスを売買し、株式市場にも手を出して、そこそこ成功していた。彼らには、氷と名誉と行儀作法と午後のお茶に基づく独自の行動規範があり、誰かと意見が合わなければためらいなく相手を殺した――が、そのあと親族に詫《わ》び状を書くことが多かった。〝礼儀に金《かね》はかからない〟というのがお決まりの台詞《せりふ》だった。

「きくべきじゃないとは思いますが」ぼくは言った。「どうして頭なしで戻されたんですか？」

ローガンが肩をすくめた。

「いいか、おれにもよくわからないんだ。やつらを追い詰めたときにきけたかもしれないが、話したい気分じゃなかった。それにまあ、結果は何も変わらなかっただろうからな。そういう些細《ささい》なことに意欲をそがれてはいけない。まだやる気はあるか？」

ぼくはマザー・ファロピアを見た。

「意外なんですけど、あります」

「よし。それでは、試験がある。今この瞬間から始める」

しばらく間があいた。

「何をすればいいのかわかりません」

「それが試験だ」

ぼくはたぶん三十秒くらい座ったまま、何を求められているのか懸命に考えたが、どうにもならなかった。

「時間のむだだと言ったでしょう」マザー・ファロピアが勝ち誇ったように言った。

「それじゃ、お疲れさん」さらにしばらく時間が過ぎたあと、ローガンが言った。「面接希望者は、あと何人かな？」

「ぼくが最後でした」

ローガンがノートを閉じた。

「では、終わりだ」

ぼくはまたもや落胆が胸に広がるのを感じ、慎重にマザーの視線を避けて立ちあがり、ローガンにお礼を言って、ドアのほうへ向かった。取っ手を握って立ち止まったとき、ふとひらめくものがあり、振り返った。

「見込みある若者を連れていく」ぼくはゆっくり言った。「スランボイディの南から牧羊犬《コリーズ》と……こうもり傘《ブローリーズ》を供にフリットウィックからチジックまで、ところが……拳銃《ルガーズ》を手にしたクルーガーズが腕利き《ホットショッツ》どもをねらい撃ち《ポットショッツ》、それだけでじゅうぶん――」

ぼくはことばを切って少し考えた。一度しか聞いていないし、あまり集中していなかったのだ。しかし、韻《いん》を踏んでいるので思い出しやすかった。ローガンが興味をこめてこちらを見た。

「続けて」

「――一グラム分の……ハンモックに寝るマンモスをマンチェスター市《タウン》の道化《クラウン》もいっしょに滅入らせる《フィールダウン》」

ローガンがうなずいた。

「上出来だ」

「くだらない」マザー・ファロピアが不機嫌に言った。「ワージングは途中に〝フリットウィックから〟を加えたわ」

「そうです」ぼくは言った。「そのほうが語呂がいいですから」

ローガンが口もとをゆるめた。

「確かにそうだ。いつから始められる？」

「今すぐ始められます。質問してもいいですか？」

「ああ」

「なぜぼくの記憶力が必要なんですか？」

ローガンが少しのあいだぼくをじっと見た。

「おれの記憶力では、これからやろうとしてることには不足だからだ」

それから立ちあがり、ぼくの手を取って引き寄せ、〝冬の抱擁〟をした。ぴったり身を寄せたので、アフターシェーブローションと、ごちそうと、コニャックの混じったにおいがした。

「ようこそ。そばを離れず、おれの言うとおりにし、好きなだけ失敗しろ——ただし、同じ失敗は二度とするな。わかったか？」

「はい」

ローガンが手を離して時計を見てから、もう行かなくてはと言った。びっくりしたことに、ローガンとマザー・ファロピア——プルーデンス——は、しっかり唇を重ねてキスをした。

ふたりはきつく抱きあって別れを告げ、ローガンは出口へ向かった。

「いっしょに来い」ローガンが言い、ぼくはマザーを振り返った。

「これまでいろいろありがとうございました」ぼくは言った。真心をこめようとしたが、実際にはひどく皮肉っぽく響いた。マザーがお返しにこちらをにらんだ。

「あなたは春蠢《スプリングライズ》までに戻ってくるでしょうよ。尻尾《しっぽ》を巻いて逃げ帰るか、亜鉛めっきの棺《ひつぎ》に入ってね。どちらにしても、むだ足になるわ。あなたの仕事の口は、戻ったときには空いていませんから。幸運をね。あなたにはそれが必要でしょう」

それ以上会話はなく、ぼくはローガンに続いて外へ出た。

「プルーデンスは、てきびしくはあるが、悪い人間じゃない」いっしょに奥の広間を通って出口へ向かいながら、ローガンが言った。「何をやって怒らせたんだ？」

「ぼくは、二度めの冬まで持たないだろうと思われてたんです」ぼくは答えた。「それに、ぼくが養子にもらわれる見込みは低かったから、なんというか、ぼくには金銭的な価値があまりなかったんです。保険金が本当にそんなに高額なのか、はっきりしないんですけど」

「養育院《プール》は無慈悲にもなる」ローガンが言った。「が、それでも重要な仕事をしてる。最長でどのくらい起きてたことがある？」

「百八時間と二十六分、〝ウトウト電話テニス〟をやりました」

「結果はどうだった？」

「だめでした」

ぼくは、今は亡きビリー・デフロイドとシアン・モーガンとともにプレイし、十六週間後にごそごそと起きだして、彼らのあざけりの留守電メッセージを聞いたことを説明した。ビリーが百四十二時間で試合に勝ったが、その勝利には汚点がついてしまった。シアンは準備不足のまま冬眠に入ることで起こる合併症によって、〝睡眠中死亡〟の状態で見つかり、ビリーとぼくは——不当に、とぼくたちは考えたが——〝睡眠剥奪の扇動〟で有罪になった。ぼくは六週間の社会奉仕命令を受けたが、ビリーの養父は罰金を払った。

「そういう事例は、初めてじゃないさ」ローガンがくくっと笑いながら言い、ぼくたちはドアを押しあけて建物の外へ出た。「もちろん最後でもない。冬に人が死ぬ最大の原因はなんだか知ってるか？」

「盗賊《ヴィラン》？」

「違う」

「ナイトウォーカー？」

「いいや」

「寒さ？」

「孤独だよ。夏ならふさぎこむだけで済むが、冬にはそれが命取りになる。おれは、強い人たちが内側から壊れてしまうのを見てきた。比喩《ひゆ》としてじゃない、文字どおりにだ。まるで魂が消し飛んだかのようにな。目を見ればわかる。どんよりしてすっかり生気を失ってるんだ。ナイトウォーカーみたいに。何もかもなくしたみたいに」

冬のよさを教えてくれる話ではなかったが、ぼくは黙っていた。ローガンが続けた。

「敵は盗賊《ヴィラン》でも、冬牧民《ウォマド》でも、腐食動物でも、不眠症患者でも、氷の隠者でも、大型動物類でも、ナイトウォーカーでも、冬季活動性の齧歯《げっし》類《るい》や肉食性寒冷粘液虫でもない——冬そのものさ。生き延びるためには、まず冬に敬意を払わなくてはならない。さて、おまえさんは何をしなくてはならない？」

「冬に敬意を払います」ぼくは一瞬口をつぐんだ。「あのう」

「なんだ？」

「肉食性寒冷粘液虫ってなんですか？」

「それについては考えないのがいちばんだろうな」

ぼくたちは、オレンジ色のコスモが駐《と》まっている道路わきで立ち止まった。ローガンが解錠して乗りこんでから、窓を下ろした。

「きょうのところはここまでだ。おれは、これから六週間寝る。微睡《スランバーダウン》の二週間前にまた会おう。カーディフ取締局に来てくれ。〈メロディー・ブラック睡眠塔〉のすぐとなりだ。睡眠塔の部屋を借りればいい。その前に、二、三日休みを取れ。ガウアーに行き、映画を見ろ。読みかけの厚い本を読み終えたり、郵便チェスの長引く試合に決着をつけたり、放っておくと後悔しそうな未解決の問題を片づけたりしたらどうだ」

「生き残れない可能性は、そんなに高いんですか？」

「ただ用心しろってことさ」ローガンが言った。「可能なかぎり、おれは見習いを最初のシーズンで絶対に失わないよう努力する。じゃあな」

そのことばですっかり安心できたわけではなかったが、少なくともモルフェノックスの権利を失わずに、〈聖グラナータ〉から離れられる。ぼくはローガンの車が流れに合流し、道路の先へ姿を消すまで眺めていた。

振り返って、過去二十二年間ぼくの家だった古い建物を見た。これから入っていって、みんなにニュースを伝えてから、海岸通りのあらゆる食堂でさらなる飽食のそぞろ歩き——ケバブ、フィッシュ&チップス、ハンバーガー、トーフ、ケバブ——をしに出かけたあとばったり倒れ、腹を突きだし、腋《わき》の下までふくらませ、午前三時に消化不良でうめきながら、楽しく一文なしになることを思い描いてみた。

しかし、もうそういう選択肢はなかった。ぼくは、これまでにない姿で冬を迎える。身軽な姿で。

5　カーディフの連夜

「……初期のパルス銃器を機能させるには圧縮空気溜めを必要としたが、現代のユニットはすべて、起爆装置となる熱電池《サーマライト》を使って熱源を発射する。さらにその熱源が電解質を溶かすことで、必要な高い電気出力が発生する。そのアンペア数はかなり大きいが、ほんの一瞬に限られており……」

――『PVC（携帯用渦巻砲）銃器ガイド』

「うわあ」六週間後、コーヒーと菓子パンを前に顔を合わせたとき、ルーシー・ナップは言った。菓子パンはチェルシーバンでなかなかおいしかったが、コーヒーはジャリジャリした泥の味がした。ぼくは何よりもルーシーを感心させるために、カーディフ地区取締局に招いた。ルーシーが、開放感のあるオフィスを見回した。〝技能ゼロ〟ルールの一環として、国内のあらゆる取締局のレイアウトとそっくり同じになっていた。大きな入口の間では、並べて貼られたドン・ヘクターとプリンセス・グウェンドリン三十八世の肖像画がぼくたちを見おろすなか、自記気圧計[15]が静かにブーンとうなり、その波形は天気が見かけと違って実際には回復しつつあることを示していた。

「うわあ」娯楽室で席に着くと、ルーシーがもう一度言った。「チャーリー・ワージング、ジャック・ローガンの見習いになる。誰が想像した？」

「ぼくはしなかったな」

「知り合い全員が太っていくときに痩せたままでいるのは、どんな気分だった？」

「しばらくして、会うのをやめたよ」

「そういうものだよね」

本当のところ、彼らのほうがぼくに会うのをやめたのだ。冬に立ち向かうため目標体重まで増やしていくあいだ、みんながぼくのなかに見るのは不健康と痛ましさばかりだった。四週間後、彼らは電話してこなくなった。誰も、つまりルーシー以外は誰も。ルーシーは大きな越冬家族のなかにぼくを迎え入れ、たくさんの賛辞と助言をくれた。

「朝食をしっかり食べることが大切よ」ルーシーが言った。「それとぴったり合ったブーツ、メリノウールの靴下、軽食の確保。適度な昼寝は常に助けになるし、凍傷ケアクリームも――それと、好みに合う壁紙の重要性を見くびらないようにね」

「なんで？」

(15) 気圧を計るのに使う機器。波形はたいてい紙に記録される。

「きちんと飾りつけた部屋がどれほど気持ちを静めてくれるかを知ったら、びっくりするよ。パステル調のカーテンやカバーも効き目あるし、心和む室内楽のコレクションもいいけど、レコードやテープより、蠟管《ワックス・シリンダー》蓄音機（蠟を塗った円筒形のレコードを再生する蓄音機）で聴くのがお薦め。寒さのなかでは電気はうんざりするほど信頼できないし、電池は役に立たないことが多いから」

ルーシーが、冬季取締局での仕事はどんな感じかときいたので、ぼくは料理や洗濯やアイロンがけをしていると答えた。

「わたしがハイバーテックに入社した最初の冬もそうだった」ルーシーが言った。「一種のしごきじゃないかな。軍なら五十キロ離れた場所の雪のなかに下着姿で放りだされるけど、民間ならそれが皿洗いや編み物になるわけ。でも、チームワークを高めるにはいいことだし、いつの間にかアイロンがけがうまくなってるはずよ」

「アイロンがけがうまくなる必要なんてない」

「誰だって、アイロンがけがうまくなるべきなの」

それからルーシーは少しのあいだじっと考え、〝油断なく目を光らせる〟ように頼んだ。ぼくが、何に、なぜとたずねると、ハイバーテックを代表する者として、よい情報網を維持する義務があるから——そして信頼できる知り合いの取締官はぼくだけだからと答えた。

「取締官について、信頼できないことって何さ？」ぼくはきいた。

ルーシーは〝たくさんある〟と言ったが詳しくは話さず、すばやく別の話題に移った。

「きみが春にいだかれんことを」別れる前に、ぼくはルーシーを抱きしめて言った。

「きみも春にいだかれんことを」ルーシーが返した。


ローガンに再会したのは、微睡《スランバーダウン》の二週間前だった。日が短くなり、気温は氷点下で、雪はすっかり根を張っていた。先週いっぱい、そよとも風が吹かず、雪はとびきり急勾配の屋根にまで危なっかしく積みあがっていた。ときおり半トンほどの雪が通りに滑り落ちるドサッというくぐもった音が聞こえた。水が死因になるのは、溺死《できし》だけではない。

ぼくはスノートラックの幅広い轍《わだち》に寄りかかり、心臓をドキドキさせ、めちゃくちゃ緊張しながら、体にぴったり合った冬季取締官の制服に身を包んで、できるだけ慣れた感じに見せようとした。取締局内での家事のほかに、ぼくは取締官訓練学校で二週間過ごし、生き残るための基本的な技能と、眠りの生理学、夢、盗賊《ヴィラン》、気候、風速冷却、H４Sレーダーセット、さらには冬の魔物《ウインターフォルク》にいたるまでのさまざまな課目を学んだ。指導教官たちはぼくを上から下まで眺め回してから、背後で準備不足についてぼそぼそと会話を交わした。たいていの見習いは、夏季じゅうずっと訓練を受けていた。

〈アイヴァー・ノヴェロ睡眠塔〉の玄関ドアがあき、ローガンが出てきて、ふと立ち止まり、冷たい朝の空気を深く吸いこんだ。さっぱりとした様子で、驚くほど痩せている。ぼくが身に帯びた四週間分の脂肪は、ローガンには必要のないものらしかった。

「おかえりなさい、局長」ぼくは言った。「よく眠れましたか？」

ローガンが戸惑った表情でぼくをじろじろと見た。

「あなたの新しい見習いです」ぼくは言った。冬眠のあと、頭の働きをもとに戻すのにしばらくかかることはわかっていた。「ぼくは——」

「——言うな」

ローガンが黙って少し考えてから、パチンと指を鳴らしてにんまりした。

「チャーリー・ワージング。プルーのところの、記憶力のいい子だ。そうだな？」

「はい。あなたは、ぼくの記憶力がなんのために必要なのか言いませんでした」

「ああ」ローガンが応じた。「言わなかった」

ぼくたちはスノートラックに乗りこんだ。

「概況報告書はあるか？」

ぼくは圧縮空気のシューという音とともにエンジンをかけてから、バインダーを手渡した。

ローガンが中身をぱらぱらとめくるあいだ、車は雪に覆われた人けのない通りを走り、建物沿いにうずたかく積まれた吹きだまりを縫って進んだ。バインダーには、ナイトウォーカー対策に関するハイバーテックからの最新手引書、警戒警報、行方不明者、最重要指名手配犯のリストが綴《と》じてあった。

「いや、驚いたな」ローガンが言った。「〝ラッキー〟・ネッドに対する懸賞金が、一万ユーロに上げられたそうだ」

〝ラッキー〟・ネッド・ファーンズワースは、かなり大胆不敵な冬季独立電源共同体の一員だった。悪びれない男性至上主義者であり、窃盗や殺人、誘拐にいそしんでもいた。おまけに切手蒐集《しゅうしゅう》が趣味で、異常なほどの執着を見せるとも言われている。賢い切手蒐集家は、冬のあいだはコレクションを金庫に預けていた。

「一万？　それで身内の人間が密告する気になるでしょうか？」

「ありえないな」

他者への見せしめとして、盗賊《ヴィラン》は密告者や裏切り者の体を生きたまま雪詰めにした。野蛮ではあるが、芸術的な解釈もできる報復の一形態だった。遺体がカチカチに凍る前に、だいたいどんなポーズでも取らせることができたからだ。ダビデ像を模すのが特に人気で、ロダンのなんらかの作品が僅差で二位だった。以前、盗賊《ヴィラン》のふたつの集団が小競り合いをして、敗北者たちが『最後の晩餐《ばんさん》』の恐ろしく真に迫った活人画に仕上げられたことがあった。解けてしまうまで人気の観光名所になり、少しのあいだ、その絵はがきが飛ぶように売れた。

ぼくたちがカーディフ地区取締局の外に車を駐め、数カ所の防犯門《ショックゲート》をすばやく抜けて入ると、チームが局長を迎えようと待っていた。プライス、クラー、トマス、リース、パウエル、ウィリアムズ。ぼくとローガンを含めて、八名の取締官がカーディフを担当する。ほんの十年前には、十二名でやることになっていた。どこもかしこも予算削減だ。

　初日のローガンは、腰を落ち着け、ものごとの進行状況に追いつこうとして過ごした。特に長期の寒冷予報と、睡眠塔の暖房の保守性を調べていた。ぼくはこの六週間チームと過ごし、彼らの性格を長短合わせていくらか学んでいた。確かに家事をやらされてはいたが、かわりに怖くもあり勉強にもなるように構成された物語で大いに楽しませてもらった。何週間も続くミルクより濃いブリザード、まるでガラスのなかに密封包装されたかに見える、氷に包まれた木立。凍って宝石のようになった雨粒が、岩々に当たってチリンチリンと美しい音を響かせる様子。気温がことのほか低くなれば温度計の水銀が固まり、あえて出かけようとするバカなやつは数分ですっかり凍ってしまうこと。ディナープレートほどもある雪片の話や、何週間もぶっ続けで吹き寄せた雪が二十メートルの深さに村を埋もれさせた話、風に刻まれた雪像があまりにも荒々しく邪悪で美しく、まるで神々によって彫刻されたかのように見える話も聞いた。

　ぼくはそれぞれの物語に、驚きと恐れと疑いの入り混じった気持ちで耳を傾けた。しかし冬が暴虐のかぎりを尽くす話であっても、誰もがそこにいくらかの愛情をこめて語るのだった。

　二日め、ぼくたちはおろおろした様子のケブカサイたちを生活協同組合の駐車場から狩り集め、大型動物類フェンスを越えた西へ追い払った(16)。それが終わると、冬季不眠症患者《ウインソムニアック》たちに対処した。純粋に医学的な反冬眠症状を患う人から、仮病や不精、麻薬におぼれた夢見者《ドリーマー》などの道徳的に非難されるべき嫌睡眠者《スリープシャイ》まで、じつにさまざまだった。冬季不眠症《ウインソムニア》は国家的な問題と見なされ、国家的な解決策が講じられていた。食糧と暖房の負担を公平に分かちあうため、あちこちに分散させるのだ。ぼくたちは三人をセントデイヴィッズ、さらに四人をプレスティーンに送りこみ、六人をオスウェストリーから引きとった。

「わかってるさ」ぼくがこの措置全体の無意味さを指摘すると、ローガンが言った。「役所を楽しませてやればいいんだ」

三日めの朝、ローガンとぼくは射撃場に行った。川の反対側にある低い建物で、冬には閉まっているボーリング場とケンタッキーフライドチキンの系列店の向かいだった。ぼくがどのくらい《バンビ》を使いこなせるか確かめに来たのだが、結局そこにあるほとんどすべての武器を試すことになった——ストレートパンチくらいの威力を持つ手のひらサイズの《プ

(16) 大型動物類は常に悩みの種だが、彼らをヨーロピア北部から追い払うべき存在だと真剣に考えている人は誰もいなかった。それに、サイ《ライノツエラ》のチーズがなければピザは違うものになってしまうし、秋のはぐれマンモスは必要不可欠な食料を生みだした。

リンカー[17]》から、おもに暴動の鎮圧に使われる《サンパー》まで。フルパワーの《サンパー》を一丁持っていれば、六メートル先から十人をぶっ飛ばせる。

「ナイトウォーカーは、数回まともに食らわせないと倒れないこともある」ローガンが言った。「〝能なし〟があわてて逃げだすまでには、そんなにかからないけどな。出くわしたことはあるか？」

　旧友のビリー・デフロイドが果樹園の有刺鉄線に引っかかっていた〝空家〟を見つけたことについて話すと、ローガンは予備の武器が入っているらしい上のポケットを軽くたたいた。

「スニッカーズの二個入りパックだよ」ローガンが言った。「ジャンクフードがどれほどすばやくやつらに倫理基準を取り戻させるかを見たら、驚くぞ。飢えで逆上した人食いが、タンノックのティーケーキを八個食べただけで、カピバラみたいにおとなしくなったのを見たことがある」

「それを広告に使うべきですね」

「いいかもしれないな。《カウパンチャー》を試してみろ」

　ぼくは《サンパー》をもとの位置に戻し、棚から次の武器を取って、大きな動力電池を押しこみ、銃床をぐっと肩に引き寄せて、安全装置を外してから引き金を絞った。一瞬かん高いヒューという音がして――

ブワン

その音にぼくの耳はキンキン鳴り、訓練に使っていた空《から》の四十ガロンのドラム缶はひどくへこんで射撃場の向こう側に飛ばされた。

「ナイトウォーカーは、冬のいちばんの懸念だとよく言われるが」ローガンがぼくの手から武器を取って言った。「季節外れの目覚めにともなう死の半分は、パニックが原因なんだ」

「覚醒時夜驚症ですね」ぼくは言った。

「だからおれたちは、夜の乙女《ナイトメイデン》や小人《トントゥー》、グロンクといった冬の魔物《ウインターフォルク》を、単なる冬の神話や伝説として否定することは絶対にしない。疲労や想像上の恐怖で半分おかしくなって季節外れに目覚めるのは、本物に出会うのと同じくらい危険になりうる」

「グロンクは無価値な人間の恥を餌にしてるんだって、シスター・アンビリカが言ってました」

「シスター・アンビリカはいろんなことを言うからな」ローガンが、思ったほどその話を軽んじることなく言った。どんな冬の魔物《ウインターフォルク》の物的証拠もまったくないに等しかったが、グロンクは——最もいるはずがなさそうなのに——逆に最もまじめに受け止められていた。

(17) 射程距離二メートルで約二千五百ニュートンだが、逆二乗の法則によって距離とともに威力は低下する。

「グロンクはいると思いますか?」ぼくはたずねた。

「さっき言ったように、何ひとつ否定はしない」

ぼくは訳知り顔でうなずいた。伝説のグロンクには、たくさんのおかしな習性があった。特に変なのは、ロジャーズ&ハマースタインのミュージカルへの愛と、家庭生活への執着だった。なぜかそれが、リネン類をたたみたいという強い欲求として現れる。迷信深い冬眠者はよく、陽動作戦として、たたんでいない洗濯物のかごを念のため冬じゅう家の外に出しておいた。

「《シュタンパーシュレック》も試したほうがいいですか?」ぼくは棚に置かれたいちばん大きな武器を指さしてきいた。もともと大規模な破壊作業用に設計されたもので、小型車なら簡単にひっくり返せるが、あまり近距離だと、たぶん撃ったとき肩を脱臼するだろう。

「いや、やめたほうがいい」

「わかりました。でも、ちょっと待ってください」ぼくは言って、武器棚の最下段に置かれたラグビーボールくらいの大きな灰色の物体を示した。「あれは《ゴルゴタ》ですか?」

サーマライト・インダストリーズ18-B《ゴルゴタ》は、もともと山を爆破して鉄道の切通しをつくるために開発されたが[18]、軍はそれを聞きつけると、拝み倒してついに自分たちの特注版を手に入れた。

「そうだ。でもだめだ、触ってはいけない。ちょっと待て」ローガンが言って、ポケットを探った。「渡すものがある」

ローガンが、革紐《かわひも》のついた砲金製の万能鍵《オムニキー》を手渡した。肌身離さず持ち歩かなくてはならず、悪用したりなくしたりすれば即時解雇と懲役刑という罰則を受ける。

「これで、おまえに向かって閉じられたものは何ひとつなくなるんだ、チャーリー。扉も、車も、金庫も、一個の南京錠でさえもな。その力を賢く使え」

ぼくは万能鍵《オムニキー》をまじまじと見つめた。鍵にはぼくの名前と国民番号が彫りこまれていた。

「わかりました」


翌日、ぼくたちは冬季食糧の在庫調べをしていた。(19) これは人日《パーソンデイズ》という単位で計測される。冬じゅう起きている人の推定数に対しては、じゅうぶんすぎるほどあった。他の地区はあまり蓄えに精を出していないので、たいてい食糧は金庫室に入れられ、警備された。〝食糧重窃盗罪〟は、今でも殺傷力のある武器が合法的に適用される唯一の犯罪だったが、それさえ議論の的になっていた。四年前、誰かがショートブレッドフィンガーを一箱盗んだかど

(18) 第一パルスで一メガニュートン以上の威力があると言われるが、製造所は仕様をいっさい発表していない。
(19) 春季食糧と混同してはいけない。こちらは穀物の生育期が始まるまでにみんなが食べるもののことだ。

で殺されたときには、たいへんな物議をかもした。

その二日後、クラー取締官がバリーで何者かに殺された。

クラーは、寝つきの悪い人々のたまり場、〈夜の咆哮《ほうこう》〉の外で死んでいた。ぼくたちが用いる武器はどれも殺傷力のないものと決められていたが、昔からの慣習によって、犯罪者たちは生きて拘留されるより、〝殺傷力のない武器の不注意による致死的な適用〟を受ける可能性が高いので、結果として冬季取締官を殺すことは、相互協定になっているだけでなく、一種の娯楽と見なされていた。クラーは犯罪組織同士を対立させてうまい汁を吸っていることで有名だったが、その避けられない死は、何かを思い知らせるかのように、不釣り合いなほどむごたらしかった。

ぼくはクラーの半装軌車をのぞきこみ、彼女の遺体をひと目見てから、昼食の大半を近くの雪の吹きだまりに戻した。

「ゲロを吐くのはタンパク質の浪費だよ」プライス副局長が言った。いやみとチョコレート・ピーナッツが大好きな背の低い男だった。「実用主義の精神に基づいて、のちのちのために袋に詰めたらどうだ」

「けっこうです」

「シチューに混ぜちまえばわからないよ」プライスが大まじめに言った。

「あの、忠告ありがとうございます、でも自分のゲロは食べません」

「それは、おまえが本当に飢えたことがないからさ。本当に飢えたら、おまえは腐肉でも、コケでも、段ボールでも、誰かのゲロでも、なんでも食べるんだ。トッカータのことは聞いたか、〈セクター12〉取締局長の？」

ほとんど誰でも、トッカータのことは聞いていた。悪事を働く者をめったに生かしておかない方針だというわさで、彼女の指揮下で働く補佐取締官は全国平均で八倍死亡率が高かった。さらにうわさでは、グロンクを見たことがあるらしい――。決して雪が積もらず空気に硫黄のにおいが立ちこめる火の谷で、あたかも悪魔自身が舞い降りてきたかのようだったという。

「特別きびしい冬を生き延びるために、ナイトウォーカーを食べたと聞きました」ぼくは言った。

「ふたり食べたって聞いたよ」プライスは言った。「今じゃ、その味が気に入ってるそうだ」

「まさか」ぼくはからかわれているのだと思った。

しかし、プライスは大まじめなようだった。

「生き延びるには、極端な手段を要することがあるからな。一説によれば、シェイクスピアがサー・ジョン・フォルスタッフをあれほどたくさんの戯曲に登場させたのは、そういう特別な目的のためだったらしい――季節外れに丸々太った者を、万が一のとき冬季俳優たちのごちそうにしたんだと」

「本当に？」ぼくはきいた。

「さあな。しかし〝冬のカツレツ〟は、飢えの苦しみに襲われ、食糧貯蔵庫が空で、冬眠を選べないときは常に考慮の対象にすべきだ。ああ、トッカータと言えば、局長には彼女のことは言うなよ。数年前、ふたりのあいだにちょっとしたことがあってね。まだ少しピリピリしてる」

「何があったんです？」

「局長が恋したのさ」

「ほんとですか？　そういうタイプに見えないけどな」

「いや、そういうタイプだよ。だけどフラれちゃってね、だからさっき言ったように、まだピリピリしてる」

偶然にも、最近トッカータがローガンと話すためにオフィスに電話してきたのだった。そのことを伝えると、プライスが片方の眉をつりあげた。

「私的な話か？」

「仕事の話です。〈セクター12〉で何かおかしなことが起こってるんです」

「それがなんだ？　〈セクター12〉じゃ、いつだっておかしなことが起こってるんだよ」

クラーを殺した犯人の手がかりは、ほとんどなかった。最近の降雪があらゆる痕跡を消し去っていたが、ローガンは取締官を二名送りだして、どちらの犯罪組織がより大きな恨《うら》みをいだいていたかを探るため、協力者たちへの聞き込みをさせた。

「次はどうなるんでしょう？」ローガンといっしょに車で取締局へ戻る途中、ぼくはたずねた。

「待つんだ」局長が言った。「飢えが広がりはじめれば、誰かが情報と交換で食べ物を求めに来るだろう。人に口を開かせるのに、グレイヴィーソースとヨークシャープディングを添えたうまいローストビーフの晩餐に勝るものはないからな。〝腹を満たせば口が軽くなる〟と言うだろう」

次の二日は激しい吹雪に覆い尽くされたので、ぼくはスノートラックに備えつけられたH4Sレーダーを使って、ローガンとともに視程ゼロ運転の練習をした。最初は少しむずかしかったが、何時間かシミュレーターで訓練していたので、完全にしくじったわけではなかった。

「助言が欲しいか？」ぼくがH4S画面上のレーダー反射だけを頼りに急ハンドルを切りながらカーディフ周辺を走っていると、ローガンがたずねた。

「洗濯についてですか？」

「いや」ローガンが言った。「こういうことだ。計画を立てるのは夏にはけっこうなことだが、冬には目的をひとつ持つだけのほうが賢明だ」

「ぼくたちは、計画を立ててそれをやり通すことになってるのかと思ってましたけど」

「事態はすばやく進行する」ローガンが言った。「おまえは計画が目的の邪魔にならないよう、日常のなかで柔軟に動く必要がある」

それは本当に、とてもよい助言に思えた。

「ありがとうございます」ぼくは言った。

「どういたしまして」ローガンが応じた。「それから、おれのシャツにあまり糊《のり》を効かせないでくれ。ボール紙を着てるみたいだ」


ぼくたちが局に戻ると、トッカータがふたたび電話してきて、ローガンは局長室にこもって一時間近く話していた。ぼくが理解したところでは、トッカータはローガンに、ある件について手助けに来てほしがっていたが、取締官は冬がこれほど差し迫っているときに地区を離れて出かけはしない。それがしきたりのようだった。また、オーロラという名前の女性について何かあるらしかった。急いで少し調べたところ、〈セクター12〉に本社があるハイパーテックの保安部長だとわかった。小耳に挟んだローガンとトッカータの会話からすると、オーロラは双方から嫌われていた。プライス副局長にオーロラのことをたずねてみたが、〝あの三人には近づくな――面倒なことになるだけだぞ〟と警告された。

その翌日、ぼくたちは医療技術者《メディテック》がエドワードやジェーンたちを駆り集めるのを手伝った。

「この仕事はどうしても好きになれない」ローガンが言った。そもそも、ぼくが見るかぎり、楽しんでいる人は誰もいなかった。夏じゅう準備していたことを冬にようやくやろうとしている医療技術者《メディテック》本人たち以外は……。再配置され、その限定的な利用価値が終わると、生理的に冬眠できないナイトウォーカーたちは、被移植者が完全な冬眠に入りしだい分配されることになっていた。ナイトウォーカーがモルフェノックスの予期せぬ結果だとしたら、無料の雑用係と移植器官提供者は、予期せぬ結果の予期せぬ結果だった。夏じゅうかけてスクリーニングが行われ、各エドワードやジェーンのさまざまな部分には、予定された被移植者の名前が凍結烙印《らくいん》で刻まれていた。脚、顔、指、臓器——交換できない部分はほとんどなかった。冬眠状態にかかわる何かが、拒絶反応ゼロにことのほか役立っているらしい[20]。

「きりがないな、おい？」医療技術者《メディテック》のひとりが言って、クリップボードと、ぼくたちがそれぞれの配置場所から集めてきた三十人ほどを調べた。彼らはぼんやりと立ってゆっくり左右に体を揺らしていた。それから巨大なトラックに詰めこまれ、運び去られた。

(20) 冬眠に特有の、血液が希釈される生理機能のひとつで、白血球数が減少するせいだ。当時、ぼくはそれを知らなかった。

「なんか、もやもやするなあ」ぼくは、たぶん大きすぎる声で言った。トマス取締官が聞きつけた。

「凍傷で何かをなくして取り替えたくなれば、あんたも文句を言わなくなるでしょうよ」

そう言って自分の片腕をポンとたたく。そこがほかの部分よりもずっと青ざめた色をしていることに、ぼくは気づいた。「そして、いずれなくすことになる。冬に体の一部を取られないうちは、あんたは冬の一部じゃないんだ」

微睡《スランバーダウン》の四日前、地元警察が管轄権の季節的な移譲を行った。儀式には、市長と警察署長が出席し、ジンジャーブレッドとマジパンでできた象徴的な巨大雪片が用意された。ぼくはその場にいなかった。誰かが取締局の電話番をし、アイロンがけを済ませなければならなかったからだ。

その二日後、〈ベリル・クック睡眠塔〉が危うくメルトダウンを起こしそうになった。そしてここで、ティフェン夫人が物語に戻ってくる。

6 オリヴァー・ティフェン、熱くなる

「……原子力暖房《ホットポット》は、必要であろうとなかろうと、三十年たてば必ず夏の初めに交換された。立入禁止区域がつくられ、作業は六十歳以上の集団からくじで選ばれたチームによって行われた。平均寿命が六十四歳であることを考えると、長期の被曝による影響は最小限だろう。危険性の高い緊急停止には、専門の作業要員が対応した。それが〝ハイ・オクタン〟で……」

――冬季取締官ランス・ジョーンズ著『十七回めの冬』

ぼくたちは夜明けに車で街を抜けていった。スノートラックの轍がくっきり鮮やかに刻まれ、空は青みを帯びた灰色だった。おびただしい数の睡眠塔から立ちのぼる薄い蒸気のたなびきだけが、人口約五十万人の街にいることを知るわずかな手がかりになっていた。

公式に冬季が始まる二日前にもかかわらず、たいていの人はすでに閉じこもり、まだ眠っていない人はみんな、それぞれに冬眠前の巣ごもりの儀式をしていた。ヨガとグレゴリオ聖歌は昔から人気で、ヨーヨーやタンゴ、ベジーク（十九世紀半ばにフランスで生まれたカードゲーム）、水彩画は、その時代

の好みによって、はやったり廃《すた》れたりした。しかしたいていの人にとって、それは単に活動をゆるやかにすること、刺激的なものを意図的に避けることだった。ねじをゆるめ、頭と心をほぐすのだ。

最初の入眠と、目覚めてしまった場合の自主的な再入眠を助けるため、テレビ放送は冬じゅう『ボナンザ』を繰り返し流していた。〝不規則覚醒症候群〟の住人たちは、ベッドの足もとに置いたテレビをつけっぱなしにし、音を小さく画面を暗くした。

「果てしない繰り返しで、とにかくだるくなるんだ」少し前、変則的な覚醒者たちを楽に眠りに戻してやる戦略を検討していたとき、ローガンが説明してくれた。「それに、すっかりおなじみの登場人物や状況が、とりとめのない思考へと導いてくれる」

なぜ『ボナンザ』が冬のテレビシリーズとして選ばれたのか、誰もはっきりとは知らなかったが、何度も観れば観るほど、気分がほぐれやすくなっていくのだった。もしカートライト一家の作戦ではうまく眠れないなら、いつでも映画『クロスロード』の再放送を観るか、緊張病患者歓迎の初心者向け標準コースに頼ることもできる。つまり、『ユリシーズ』、『白《はく》鯨《げい》』または『戦争と平和』を読めばいい。

ぼくはスノートラックを〈ベリル・クック睡眠塔〉の外で停めた。ペナースの海岸通りにある二十七階建ての大きな寝床屋《キップショップ》だ。[21] 圧縮空気タンクが再発進できる安全な状態であることを確認してから、エンジンを止め、後部ドアから降りた。最近積もった雪が朝の陽光でところどころ解けてからふたたび凍り、地面がブーツの下でライスクリスピーのようにザクザクと音を立てた。

「制御棒はしっかり差しこんであるのに、炉心の温度はまだ赤信号のあたりで揺れてるんですよ」守衛がやけに熱をこめた調子で言った。まるで原子炉の火災が、退屈な冬のいい気晴らしになるかのようだった。守衛がローガンとぼくを受付のすぐ裏の小さな制御室に招き入れ、ぼくたちは全員で炉心温度の目盛を見つめた。確かに、危険レベルのあたりで揺れていた。

睡眠塔を冬じゅうずっと〝理想低温〟(22)に保っている熱源は、今ではほとんどウラン原子炉になっていた。泥炭《でいたん》と瀝青《れきせい》ウラン鉱、石炭、堅木を積み重ねた〝白熱坑《グロウピット》〟は、ときどき不安定になり、あまり信頼できなかったからだ。比較すると、ウランまたは黒鉛の〝原子力暖房《ホットポット》〟は効率的でおおむね保守不要だったが、ときどき――きわめてまれに、とアルビオン核開発はよく強調したが――すさまじく派手なやりかたで気まぐれを起こすことがあった。

「原子炉の過熱と自動停止が起こるかもって状態で、冬に入れやしません」守衛が言った。

「もし〈ベリル〉が真冬に真っ暗になっちまったら、いったい誰が引っ越し代を払うんで

(21) 下宿屋《フロップショップ》、寝床屋《キップショップ》、眠り小屋《スリープシャック》、微睡みの家《スランバーハウス》――すべて由緒ある睡眠塔を意味するスラングだ。

(22) 摂氏十四度。

す？ あたしゃごめんですよ」

ぼくは床を見おろし、なんとなく不安を感じた。

「白熱坑《グロウピット》から原子力暖房《ホットポット》に交換したとき、しっかり遮蔽《しゃへい》してある」ローガンがぼくの心配を察して言った。「おれたちと排気筒のあいだには、厚さ三十センチの鉛板がある。原子炉を備えつけたカーディフの寝床屋《キップショップ》のなかでは、唯一〈ケーリー・グラント〉で〝コード・オレンジ〟の故障があったが、それを超える事故はひとつもない」

「あれは制御棒が動かなくなったんだ」守衛が言った。「でも二重安全装置が働いた」残念そうな口調でつけ加える。

ぼくたちはアルビオン核開発の担当官に電話したが、担当官は最初、〝事態が本当に悪くなるまで〟何かするのは待つべきだとほのめかした。さらに強くせき立てると、その男は欠伸混じりに、誰かが下に行って点検すべきであることに同意し、〝深刻な状況に見えると思ったら〟改めて連絡するようにと言った。

ローガンがぼくに、〝ハイ・オクタン〟のリストに載っているいちばん近くに住む技術者を見つけるように命じたが、守衛が電話する労を省いてくれた。

「八階に、オリヴァー・ティフェンがいます」守衛が言った。「いいやつですよ。呼びに行ってきましょう[23]」

緊急スクラムや、外観検査、さまざまな危機的状況の可能性に備えて、原子炉に詳しい元気な八十代《オクトジェネリアン》の人たちのリストがあった。致死量の放射線を浴びても寿命が大きく縮まることのない人たちだ。彼らはその仕事に対してかなりの報酬を受けとり、万一の事態に必要とされれば勲章ももらえたが、適度にしっかりした安全対策が取られ、原子炉のワット数は低かったので、そういう事態はほとんどなかった。

十分後に現れたティフェン氏は、その場にそぐわないツイードの上着とゆるい膝丈ズボンという姿で、驚くほど若かった──四十五歳ほどにしか見えない。確かに何歳でも志願はできるが、〝ハイ・オクタン〟グループのメンバーは、たとえ何があろうと常に三十分で準備を整えなくてはならなかった。オリヴァー・ティフェンは制御室の計器をじっと見て、炉心温度がさらに二度ほど上がったことに顔をしかめた。

「こいつは厄介なことになりそうだぞ」ティフェン氏が言い、園芸用手袋とゴーグル、安っぽい電話機用ヘッドセットを着けた。防毒マスクを入れた古びた袋を首にかけ、その前面に酸素ボンベをくくりつけて、スパナを詰めこんだ革かばんを持ち、ジャラジャラと音を立てながら歩く。

「問題ありそうですか？」ローガンがたずね、ティフェン氏は保守記録をにらんだ。それは古びてカビっぽく、コーヒーのしみに覆われていた。

(23) 危険な過熱や火災、爆発の可能性を防ぐための炉心緊急停止措置のこと。

「わたしの見立てが正しければ、爆発がこの建物をばらばらにして、燃える核分裂性物質が全方位千メートルほどにわたってばらまかれるまでに、あと二十分もない」

「あなたが間違っていれば？」ローガンがきいた。

「だとしたら、計器類か、わたしの専門知識の誤りだな」ティフェン氏が言って、にやりとした。「万一に備えて、みんな避難したほうがいい。守衛、わたしがうまく原子炉を停止できなかったら、炉心に大量の水を送りこめるように待機してくれ」

「そんなに悪い状況なんですか？」

「そんなに悪い状況だ。ほら」ティフェン氏が言って、封をした封筒[24]をローガンに渡した。

「万一ぜんぶしくじった場合に備えて、これを持っててくれないか？」

　それから守衛に待機するよう指示して、首にかけていた鍵で炉心へ続くドアをあけ、なかへ消えた。ドアがバタンと閉まり、ティフェン氏が螺旋《らせん》階段を駆けおりて鋼の踏み段をカンカンと鳴らす足音が聞こえた。

「おふたりとも、そうしたいなら避難していいですよ」守衛が言って、〝緊急炉心注水〟と印された大きなプルダウン式水栓の上で手をひらひらさせた。

　最初は無能でふまじめに見えた守衛だったが、試練の時を迎えた今、あらゆる守衛が心得ている使命を果たそうとしていた。眠っている入居者たちを決して見捨てることなく、必要なら睡眠塔の地下へ降りるつもりだ。ぼくは、冬そのものに不思議な高潔さがあることを学びつつあった。

「おれたちはこのへんにいるよ」ローガンが言った。たぶん、守衛とティフェン氏のあいだで問題は解決できると信じているのだろう。ぼくに残るかどうかたずねなかったけれど、ぼくはローガンの見習いだから、彼の一部みたいなものだった。数分後、オリヴァー・ティフェンの声が、パチパチ音を立てる拡声器を通して問題を説明した。ちょっと専門的だったが、安全タンクか何かの水喪失に関係していて、何もかもが〝煮えたぎってる〟とのことだった。それから「ああ、クソッ」という声が聞こえ、さらにいくつかの厳選された罵《のの》りのことばが続いたあと、落ち着いた冷静な声が言った。「注水、注水、注水」

守衛は一瞬もためらわずにレバーを引いた。地下深くのどこかから、どろどろしたセメントが押し寄せるような轟音《ごうおん》が響き、そして静寂。温度計の目盛がいきなり下がり、ほかのあらゆる計器の目盛がゆっくりゼロまで落ちた。

「やれやれ」守衛が言った。「あたしゃ、これで失業だ」


〈ベリル・クック〉には二百人の居住者がいて、まだ起きていた人はみんな、引っ越しに手

(24) めずらしいことではない。たいていは最後のことばを用意しておく。ときには遺言、ときには詩、告白、侮辱——白紙のことさえある。

を貸した。目覚めていて歩ける人とウトウトしている人は、別の睡眠塔の非常用寝室へ移動させられたが、冬眠の深淵にいる人たちは全員、自分のベッドで眠ったままハチの巣型眠り小屋《スリープシャック》に入れられた。目を覚ますまで、違いには気づかないだろうからだ。市長は、いかにも大きく退屈きわまる官僚機構の一員という人物で、事故を過小評価することにひどく熱心だった。たぶん、そうすれば早くベッドに戻れるし、事務手続きも少なくて済むからだろう。

「これはレベル三の〝重大な異常事象〟と呼ぶべきだと思います」市長が言った。「レベル四の〝局所的な影響をともなう事故〟ではなく。そうでしょう？」

「この事故でティフェン氏が亡くなったんじゃないんですか？」レベルの違いを知っているローガンがたずねた。

「厳密に言えば、彼は原子炉のせいで死亡したのではありません。溺死したのです。むしろ沿岸警備隊の管轄ですよ」

「二十トンのホウ素懸濁液《けんだくえき》におぼれたんですよ」ローガンが指摘した。

「確かに」市長が応じた。「春になれば掘りだせます。ティフェン氏の犠牲を忘れてはならず、その名誉は称《たた》えられるでしょう」

　そして彼女は正面の石段に立ち、ただひとりのカメラマンの前でポーズを取った。同行のつまらなそうな顔のジャーナリストが、どうでもいい質問をいくつもした。きょうは微睡《スランバーダウン》の二日前だ。寝床に就く前の最終週、何かを熱心に追いかける人はいなかった。

「いっしょに来てくれ」市長が欠伸をしながら市庁舎に戻ると、ローガンが言った。

すべての睡眠塔は、標準化された設計で建設されていて、四世紀のローマ皇帝コンスタンティヌスが初めて採用してから、あまり改良されていなかった。円形の建物で、たいてい傾斜の急な円錐形の屋根に覆われ、二十数階ほどの高さで、中央にセントラルヒーティングのシャフトが伸びている。階段は、頑丈でしっかり断熱された壁にはめこまれているか、このように中央の空間に螺旋を描いて続いていた。

オリヴァー・ティフェンの部屋は八階にあり、ローガンは自分の万能鍵《オムニキー》を使って扉をあけた。部屋は、薄暗い明かりで照らされた標準的なピザ型の間取りだった。円形のフロアを八分の一に切った一片で、円錐の先端にドアがある。バスルームと寝室、居間という間取りだった。暖房と電気は不可欠なものだが、それぞれ反対の方向から送りこまれている。暖房は建物のまんなかに伸びる中核部分から、電気は外壁に埋めこまれた三重ガラスのスロットから供給されていた。

ぼくたちは寝室で、食べ物の箱に囲まれたティフェン夫人を見つけた。栄養状態はよかったが、完全な〝空家〟だった。オリヴァー・ティフェンは、妻がナイトウォーカーになって以来、隠匿していたのだ。夫人はぼくたちに向かって歯をカチカチ鳴らしてから、ブズーキで『ヘルプ・ユアセルフ』を陽気に演奏しはじめた。

「うまく弾くじゃないか」ローガンが言った。

ナイトウォーカーが、記憶の断片から掘り起こした技能を見せることはめずらしくなかった。たいていはいくつかの単語を口にし、なじみの店まで行くとか、ラジオの周波数を合わせるとか、つまらないことにしても何かができた。ごくまれに、アイススケートとか、カードゲームのカナスタとか、並外れたことができる者もいた。ティフェン夫人はそういう、ナイトウォーカー用語で〝芸達者《トリックシー》〟と呼ばれる者たちのひとりだった。うわさによれば、再配置された高い能力を持つ者たち——たとえばエドワードやジェーンたち——は、もともとそういう人たちだったらしい。脳を配線しなおすためには、ある程度頭がよくなければならないようだ。

「先ほどご主人が、二十トンのホウ素懸濁液におぼれて亡くなりました」ローガンがティフェン夫人に言った。「でもご主人は、あわても騒ぎもせず、義務を果たされました。本来のあなたなら、さぞ誇りに思われたでしょう」

ティフェン夫人は反応せず、ただブズーキを弾き続けた。

「なぜ、わざわざ苦労して手もとに置いてたんでしょう？」その女性を見つめながら、ぼくはたずねた。顔色は少し青白いが、じゅうぶん健康そうに見えた。「それに、ああいうぞっとする死にかたをするかもしれないのに、なぜあんなに若くして〝ハイ・オクタン〟に志願したんでしょう？」

答えとして、ローガンは、オリヴァー・ティフェンが原子力暖房《ホットポット》制御室に降りていく前に託した手紙をぼくに渡した。手紙は長くなかった。

見かけはともかく、実際にはわたしの妻は死んでおらず、自分の心の奥深くにとらわれたままでいるのです。妻の面倒を見てほしいと頼むのは望みすぎかもしれませんが、分配や再配置をしないでくれたらありがたく思います。


「まあ、根拠のない俗説だが」ローガンが手紙を取り戻して言った。「強い感情が絡んでるんだから、理解はできる」

「ティフェン氏が頼んだとおり、永眠させるんですか？」ぼくはきいた。

「いや」ローガンが思案にふけりながら言った。「再配置のため〈セクター12〉に連れていく。トッカータを訪ねて、何をしてほしがってるのか確かめるいい口実になる」

ローガンが『ブラッドショー鉄道旅行案内書』を調べるように命じ、ぼくはネットワーク・ツインターが運転停止になる前に〈セクター12〉にたどり着けることを確認した。

「局長が出かけてるあいだ、ぼくは何をすればいいですか？」ぼくはたずねた。

「おまえも来るんだ、ワージング。訓練に役立つからな」

「そうですか？」ぼくは少し疑わしげに応じた。

気乗りがしない理由は簡単だった。〈セクター12〉の主要都市タルガースは、その地域最大の人口密集地であること以外は、空虚さと、冬牧民《ウォマド》と盗賊《ヴィラン》の割合の高さで知られていた。冬のあいだ道路は通行できず、[25]食糧の補給は不可能。取り残されたくはない場所、はっきり言って行きたくもない場所だった。

〈ベリル・クック〉の居住者たちを新しい住宅に移す仕事は、五時間後、列車で出発する時刻までには完了した。ハイバーテックは〝芸達者〟なナイトウォーカーを全員引きとるわけではないので、ぼくは書類に必要事項を書きこみ、その申請書をファックスで送った。十分もしないうちに、大至急〈セクター12〉まで運ぶようにと返事があった。

「ひとつきいていいですか？」カーディフ中央駅で座って列車を待ちながら、ぼくは言った。ティフェン夫人はぼくたちのとなりに座り、ますます皮肉に響く『ヘルプ・ユアセルフ《ご自由にどうぞ》』を弾いていた。ナイトウォーカーの輸送は別にむずかしくはなく、ただしっかり食べさせておけばいい。面倒を起こすのは空腹なときだけで、本当に空腹になると、本当の面倒を起こす。

「なんだ？」

「トッカータはどんな手助けを求めてるんですか、それとオーロラって何者ですか？」

「ふたつきいてるじゃないか」

「たぶんどっちも同じ質問の一部かな、と思うので」

ローガンがぼくを見て、にやりとした。

「なかなか……鋭いな。だったら、話してやろう。トッカータが電話してきたのは、〈セクター12〉に蔓延《まんえん》してる伝染性の夢の件でだ。ごく平凡な、頭のしっかりした人たちが、青いビュイックの夢を見たあと、正気を失ってしまうらしい。人を殺そうとしたり、切断されたたくさんの手とオークの木がどうとか、生き埋めにされるとか叫んだりする精神病の症状が現れる。それで、おれの意見を聞きたがったんだ」

「ビュイック、切断されたたくさんの手、オークの木、生き埋め？」

「夢だよ、チャーリー。筋が通ってるはずないんだ。訓練学校で、伝染性の夢については習ったか？」

「夢は、課目6Aの一環として習っただけです。〝非モルフェノックス睡眠の生理学[26]〟で」

それ以上何かを教える必要があるとは、誰も考えなかった。夢は、ごちゃまぜになった思考や事実や記憶から物語をつくろうとする潜在意識の働きで、人を健康な状態で春まで持たせる力を搾《しぼ》りとるだけだ。

(25) 冬は、という意味だ。夏はとてもすばらしい。ハイキング、水泳、サイクリング、おいしい食べ物――そして親切な人々。
(26) 通称〝暴食と祈り〟。

「それで、オーロラは？」

「ハイバーテックの保安部長。最高位にいるいけ好かないやつだ。トッカータとはそりが合わない。いや、合わないどころじゃなく、互いをひどく嫌ってる。ハイバーテックと取締局の駆け引き、それと〈セクター12〉については、ルールはひとつしかない。〝かかわるな〟だ」

「オーロラ」ぼくはつぶやいた。「暁《あかつき》の女神」

「災《わざわ》いの女神だ」ローガンが言い、駅に列車が到着すると立ちあがった。「だが、おれは手助けすると言った」

ぼくは、ブズーキを弾くティフェン夫人をコンパートメントに連れていき、ピーナッツ・ヌガーバーを一本食べさせた。満腹になると、夫人はまたブズーキで『ヘルプ・ユアセルフ』を弾きはじめた。ローガンはぼくよりブズーキの音が苦手なようで、一等席のほうへ行ってしまった。

ティフェン夫人とぼくは、冬季俳優だとわかった女性と同席することになり、列車は駅をあとにした。このときはまだ知らなかったが、ぼくは夢を失った女性を連れて、夢に見るほどの女性と出会う旅に出たのだった。

7 マーサー

「……伝統的な〝冬の抱擁〟のルーツは、生存のために体温を分かちあうことにある。だから、〝夏の抱擁〟は一瞬抱きしめるだけだが、冬には体と体をぴったり寄せて、左手を首の後ろ、右手を腰に当て、頭を左に傾けて右の頬を触れあわせ、互いの耳に呼吸音を聞かせる。冬という状況以外では、よくて不適切、悪くすれば身体的侵害と見なされ……」

――モリス・デズモンド著『人間の冬眠文化』

冬季悲劇役者が熱心に耳を傾けるあいだ、ぼくは、いかにしてある日の午後、〈聖グラナータ〉の施設副管理人から冬季取締官の見習いになったのかを話した。師匠のジャック・ローガンの名前は出さなかったが、慎重になっていることを彼女は理解してくれた。活動上の保安のため、伝染性の夢にかかわるトッカータの話はしなかったし、おかしな忠誠心からマザー・ファロピアに受けた不親切の話もしなかったが、〈ベリル・クック〉の過熱とオリヴァー・ティフェンの犠牲についてはすべて話した。それは彼女の心の琴線に触れたようだった。

「勇敢な人ね」俳優がつぶやいた。「誰かあなたの親しい人が、〝『夜のファンダンゴ』を踊った〟ことはある？」

「〈聖グラナータ〉に、シスター・エステリアスという人がいました」ぼくは答えた。「〝空家〟になって連れていかれ、殴られて地元の坑《ピット》に放りこまれたんですけど、殴られかたが中途半端だったらしくて、三日後に、体じゅう魚の頭とかキャベツの葉っぱとか濡れた新聞紙とかに覆われた姿で現れたんです。今思い返すと、なんだか不気味な滑稽《こっけい》さがありました。シスターが表門からのしのしと入ってきて、みんなが悲鳴をあげて……。マザー・ファロピアは、ほかのみんなより毅然《きぜん》とした人ですから、自転車置場の裏でラウンダーズ（野球の原型といわれる球技）のバットを持って、きちんと隠れてました。ルーシー・ナップは一週間くらい悪夢を見てましたが、まあだいたい、みんなだいじょうぶだったと思います。あなたはどうですか？　誰かナイトウォーカーになった人を知ってます？」

俳優が、思いにふけるようにこめかみをさすった。

「夫のジェフリー。初めて出会ったとき、わたしたちはパントマイムの馬の前半分と後ろ半分の扮装で、〝馬のガヴォット〟を踊って意気投合したの。ぴったり動きを合わせなくちゃならないむずかしいダンスなのよ。特に、わたしが慎ましさを発揮して、後ろ半分を選んだものだから」

俳優が笑った。

「ジェフリーには、馬のお尻はきみにぴったりの役だと言われたわ。もちろん、彼と結婚しないわけにはいかなくて、わたしたちは気ままな喜びにあふれた十七年間を過ごした。夫はわたしのロミオであり、マクベスであり、ロチェスターであり、デズモンドだった。でも、それからもずっと、パーティーではちょっとした余興のためにパントマイムの馬の扮装をして、ガヴォットを踊ったものよ」

俳優がことばを切り、口もとの笑みを消した。

「五シーズン前の春蠢《スプリングライズ》の朝、わたしは夫がぼんやりした頭で目覚めただけだと思ってた。でも、向こうの窓から射すはずの夫の光は、二度と届かなかった。夫は〝死後の芸〟もしたわ。バルコニーの場面のロミオを、何度も何度も演じてた。わたしも、夫は心の奥深くにとらわれたままでいるんだって思った。そう信じたくなるのも無理はない、って言われるけれど……。でも、夫を五年間匿《かくま》うことはしなかった。翌週の火曜日に、夫が妹のノーフォークテリアを食べてしまったの。それでおしまい。わたしがハイパーテック・ホットラインに電話して、彼らが夫を連れ去った」

寝たままぽっくり逝《い》くほうがまし／眠れる死人となって
冬の深みをさまよいながら／冬のカツレツを糧《かて》とするより

「夫は道路清掃人として再配置されて、わたし、一度リー・オン・ザ・ソレントで彼を見かけた気がするの。まあ、わたしが夫だと思っただけなんだけれど……。あそこにはハイバーテックの再配置センターがあるから、単におおぜいのなかのひとりだったのかもしれないわね。次の冬に、夫は分配された。今では、彼の両脚はスタワーブリッジの庭師についていて、両目はマル海峡の向こうを見てる。きっと夫も気に入ってるでしょう。ほかの部分がどうなったのかは知らないけれど……」

「お気の毒です」

悲劇役者が黙りこんだ。考えないほうがいい。それがどんなにむずかしくても……。

ぼくは列車の窓のほうを向き、外の景色を眺めた。細かい部分は絶えず移り変わっていたが、全体の景観はほとんど同じだった。雪、氷、わびしさと虚しさ、寒さと近寄りがたさ。これが冬だ。ぼくたちの大部分が眠って過ごすのには、しごくもっともな理由がある。

ティフェン夫人が演奏をやめて、〝硬直麻痺《まひ》〟と呼ばれるナイトウォーカー特有のこわばった状態になった。演奏から一時的にでも逃れられるのはありがたかった。夫人は『ヘルプ・ユアセルフ』をなかなかじょうずに弾けるが、それはただの運動記憶にすぎなかったからだ。頭にも心にも、何もありはしない。

「ほっとするわね」俳優が言って、旅の残りの時間は冬についていくつか助言をしてくれた。

第一に、貸付屋《ボンズマン》には金を借りないこと、(27)〝道徳心が、低いまたは疑わしい、あるいは金銭で交渉可能な〟人との接触はすべて避けること、眠らせ屋《ドラウジー》たちには近寄らないこと。

「あの人たちの大きな目と甘いことばに惑わされて、もしかしてここじゃないどこかに自分の居場所があるのかな、なんて思ったら」俳優が言った。「次の瞬間には、質屋からの借債《デット》を返しながら、どうしてあんなバカなまねをしたんだろう、と悔やむことになるのよ」

「気をつけます」

マーサーに近づくと、列車は速度を落とした。廃棄された炭坑が、午後の空を背景にくっきり浮かびあがり、街灯はすでにともっていた。普通列車で来られるのはここまでだった。文字どおり峠を越えて〈セクター12〉にたどり着くには、除雪機のついた地区横断列車に乗る必要があった。

俳優が立ちあがって棚からバッグを下ろすあいだ、ぼくはティフェン夫人の口のなかに指でたっぷりすくったピーナッツバターを押しこんで、忙しくさせておいた。俳優がコンパートメントの扉をあけて、砂をまかれたばかりのプラットホームに降り立った。

「それじゃ、最初のシーズンがうまくいくよう祈ってるわ」悲劇役者が言った。「油断なく

(27) 冬には現金はほぼ無価値なので、貸付屋《ボンズマン》は前借りをさせ、借金や信用貸しの交渉をして、すべてから手数料を取る。

気を配って、万一ヒュドラの首が入れ替わる場合に備えておくのよ。わたしは、役を演じるときはいつも必ず、キャスト表のひとつ上にいる役者の台詞を憶えるようにしてたわ。最初の『ハムレット』は、そうやって射止めたの」

〝ヒュドラの原則〟は役者たちだけではなく、ぼくたちみんなに当てはまった。俳優がぼくに〝冬の抱擁〟をした。

「あなたが春にいだかれんことを」

「あなたも春にいだかれんことを」

「あれは誰だ？」一等席から戻ってティフェン夫人とぼくに合流したローガンがたずねた。

「名前はききませんでした」ぼくは答えた。「冬季ツアーに備えてる悲劇役者です」

「冬の高貴なるしもべだな」ローガンが言った。「おれたちと同じだ。さて、いいか？　接続列車の出発時刻まで、一時間ちょっとある。おれは人に会いに行く。五十分後に〈ネスビット夫人の喫茶室〉で会おう。おれのために、ベーコンサンドウィッチとコーヒーを持ち帰りで注文しておいてくれ」

「わかりました」

「ああ、ワージング？」

「はい？」

「〝空家〟をなくすなよ」

そしてローガンは、足早に出口のほうへ歩いていった。ぼくは静かに降る雪のなか、少しのあいだプラットホームに立っていた。石炭の煙の心地よいにおいで空気が重かった。本来なら、工場の操業を停止した二週間後に煙のにおいがしてはいけないのだが、トレデガー、ロンダ、マーサー北部のタフヴァレーにある炭田のほとんどでは、今も地下で火が燃やされ、丘陵《きゅうりょう》地帯の地面の亀裂から煙が漏れて、激しい熱が木々をねじれた炭の遺物に変えていた。科学者たちは、ガスがいくらか地球の熱を保てるようになるのは時間の問題だと言っていたが、毎年さらに寒くなり、氷河がさらに少し広がり、作物の生育期は短くなった。しかし、ぼくたちにとっては、とにかくひとつ利点があった。ウェールズは、その歳入の大半を二酸化炭素排出促進関税から得ていた。現在より税率が六倍高かった初期に、うまく交渉したからだ。

　警備員が見つからなかったので、ぼくは駅に停まっている唯一の列車のほうへ歩いた。機関車はまだ到着しておらず、一両の客車の後ろにつながれた二両の平台型貨車に、輸送主任がフォークリフトで木箱を積んでいた。男は疲れた顔つきの長期越冬者だった。目はくまに縁取られ、たるんだ青白い肌をしている。越冬は、最小でも一・五倍、老化を加速させた。冬を越す仕事に職業人生を捧《ささ》げれば、身体的な人生の一部も差しだすことになる。

　いくつもの木箱には、〝アンブロシア・ライスプディング〟、〝ワゴンホイール〟（チョコレート・マシュパイ〉、〝ミニ・ロールケーキ〟、〝ドリーム・ホイップ〟と印されていた。適切な栄養上の配慮は、たいていのものと同じように、冬のあいだは棚上げにされた。ジャンクフードを食べていると、冬が冷たい煉獄《れんごく》ではなく子どものパーティーみたいに思えてきて、士気が高まるという考えかただ。そんなことより、木箱の側面には、〝ハイパーテック・インダストリーズ――〈セクター12〉――冬季緊急〟という文字も印刷されていた。乗るのはこの列車だとわかっていたが、昔ながらの習慣に従って、とりあえず輸送主任にきいて確かめた。

主任の名前はムーディーだった。

「機関車が到着して連結したら、すぐにでも出たいんだけどね」ムーディーが言って、そわそわと空を見た。雪が大きくものうげな螺旋を描いて舞い降りていた。「でも、駅長は時間厳守にこだわる人だから、時刻表どおりに発車するよ。五十八分後にね。片道？ それとも往復？」

「もちろん往復だよ」ぼくは答えた。

「賢いね。〈セクター12〉は気弱な人間には向かないもんな」

「ぼくは気弱に見える？」

「〈セクター12〉に関しちゃ、誰だって気弱になるんだよ」

これにには言い返しようがなかったし、連れの死人がまたすぐに空腹になることはわかっていたので、ぼくは彼女を連れて、まだ営業中の飲食店に行った。〈ネスビット夫人の伝統喫茶室〉だ。最新の集計では、〈北部連邦〉全域にこの大衆食堂の系列店は八千軒あり、そのうち冬じゅう営業しているのは四百六軒だった。(28) 店にはくつろいだ気楽な雰囲気があった。窓に輝かしく誇らしげに飾られた会社のトレードマークは、店名の由来である完全に架空の人物、ネスビット夫人だった。愛想のいい気さくな笑みを浮かべ、灰色の巻き毛を束ねてまとめ、古風なブラウスと赤いワンピースの上に料理用エプロンを着けている。気楽さと便利さから——その両方がネス・コープに容赦《ようしゃ》なく利用され——社会階級や文化的背景に関係なく、ほとんど誰でも入れる標準的な軽食堂になっていた。

ぼくはブズーキを肩に抱えてなかに入った。死人はよろよろとぼくの前を歩き、まだ口の上側に貼りついたピーナッツバターを舐めとろうと忙しくしていた。喫茶室のなかは焼いたパンや安いジャム、チコリーを加えたコーヒーのにおいでむっとしていて、予想どおり、混んではいなかった。客は六人しかおらず、店はその人数の十倍は入れる広さだった。

「死人に食べ物は出さないよ」

そう言ったのは、透き通るほど青白い顔をして〝金の冬至の星〟をふたつつけていることから長期の越冬者だと思われる女だった。〈ネスビット夫人の喫茶室〉の冬季チェーン店を経営しているのは、たいてい疲れきった元取締官で、何十年も続く睡眠不足に命を奪われる

(28) 睡眠省じきじきの法的な命令による。

までは、お茶と焼きたてのスコーンには不自由しない暮らしを送っていた。

「彼女に食べ物を出してほしいと頼むつもりはありません」ぼくは言い返した。「ぼくに出してください……そうすればぼくが食べさせるから」

「お断りだね。その死体を入れるなら、あたしを死体にしてから入れな」

「その言い回しはすごく……詩的だね」ぼくは認めた。「交差対句法かな？」

「語形変化反復のほうが近いんじゃないかね。さあ、そのいやったらしいものを連れて、さっさと消えな」

「ぼくは冬季取締官だ」ぼくは言って、さっとバッジを見せた。

「それはたいへん失礼しました」店主が言った。「どうぞ……お消えくださいませ」

ぼくに対する敬意など、ナイトウォーカーに対するのと同程度らしかった。一時間ティフェン夫人を手荷物用ロッカーに入れられるだろうか、それは倫理的にどうなのかと考えはじめたところで、不意に誰かの声がした。

「そのブズーキは、四弦か？　それとも三弦か？」

低く自信に満ちた男の声だった。

「わかりません」ぼくは店主を見据えたまま言ったが、親指をぐいとティフェン夫人のほうに向けた。「彼女のですから」

店主が顔をしかめた。

「〝芸達者〟はもっと始末が悪いんだ。生きてるふりみたいなことして」

「〝非知覚性残存記憶〟と呼ばれるものです」ぼくは言った。「それに、彼女たちは何かのふりなんてできません。でも確かに、ブズーキを弾きます。なかなかうまいですよ。どうでもいいかもしれないけど」

まるでそれに応じるかのように、死んだ女の指が楽器を求めてぼくの体をたどった。ブズーキを渡すと、ティフェン夫人がふたたび『ヘルプ・ユアセルフ』を弾きはじめた。

「入れてやったらどうだ？」ブズーキのことをたずねた男が言った。「〝能なし〟は、わたしたちのために演奏してくれる。それに、退役者は現役の面倒を見るものだよ」

それは現実より希望に基づく格言のひとつにすぎなかったが、ぼくはその響きが気に入った。

「わかったよ」しぶしぶ店主が言った。「あんたと〝空家〟は入っていい。けど、それがお客を怖がらせはじめたら、すぐに出ていってもらうからね」

〝それ〟じゃなくて〝その人〟と呼べと言い張ろうかと思ったが、小さな勝利を静かに慎ましく受けとって何も言わないことにした。ぼくはベーコンサンドウィッチをふたつ――ひとつは自分のでひとつは持ち帰り、コーヒーも同様――と、ティフェン夫人の分としてソーセージとジャファケーキとマシュマロを注文した。

「あんずジャムを塗って」ぼくはつけ加えた。

「何に？」

「彼女の分ぜんぶに、すごく厚くね」

店主がぼくをにらんで、どすどすと立ち去った。ぼくはティフェン夫人をボックス席の奥へ押しやって自分が座れるようにしてから、夫人に角砂糖を食べさせた。

「座ってもいいかな？」

店の向こう側から近づいてきたのは、先ほどの恩人だった。

「どうぞ」ぼくは話し相手ができたことを喜んで言った。

男は、たぶん四十代半ばくらいだった。髪はすでに真っ白で、プロの越冬者らしいぴったり体に合ったあつらえの服を着ている。骨折後のまずい治療のせいでゆがんだ顎をしていて、頭の片側にはげかかった部分があった。たぶん、毛包を凍傷でやられたのだろう。いちばん目を引くのは、男が春の体型をしていることだった。今が春でないとすれば、許しがたいほど痩せていた。もしかすると昔は取締官だったのかもしれないが、今何をしているかはだいたい想像がついた。

「なかなかうまく弾くじゃないか」男が言った。

「もしあなたが六〇年代のトム・ジョーンズのヒット曲を短いインストゥルメンタルで聴きたい、それ以外は聴きたくないってことなら」ぼくは言った。「我慢できるようになるかもしれません。そのうち」

「『デライラ』も弾けるのかな?」

「みんなそうききますね。いいえ。それと、さっきはありがとうございました」

「礼には及ばないよ」男が少年のような笑みを浮かべて言った。「再配置のために、その人をハイバーテックに連れていくのか?」

「はい。どうやって再配置するのか、知ってますか?」

「見当もつかない。ハイバーテックは秘密をがっちり守ってるからな。わたしはヒューゴー・ファウルナップだ」

「チャーリー・ワージングです」ぼくは言って、差しだされた名刺を受けとった。ぼくの推測は当たっていた。この人は便利屋《フットマン》だ。時間給さえもらえれば、誰からのどんな依頼にも応じる。傭兵《ようへい》、睡眠療法医《ドーメオパス》、雑用係、子守、賞金稼ぎ、すべてがひとつに合わさった仕事だった。賃金がもらえればスクラブルの相手だってするが、必ず勝つ。たいていの越冬者と同じく、便利屋《フットマン》は自分の仕事に誇りを持っているからだ。

「初めての冬か?」ファウルナップがきいた。

「そんなにはっきり顔に書いてありますか?」

「ああ」ファウルナップが言った。「すでに疲労が見てとれる」

自分でもそれは感じられた。関節をさいなむ鈍い痛み、意識的に冬眠を遠ざけるせいで起こる執拗《しつよう》な吐き気。

コーヒーが運ばれてきた。店主がぼくに向かって顔をしかめ、死人をギロリとにらんでから立ち去った。

「先週こんな電話があったんだ」ファウルナップがコーヒーをかきまぜながら言った。「ある女からで、彼女はアバーガヴェニーを越えた丘の上にある、家族の昔ながらの冬眠地まで行こうとしてた。クムヨイ近くの家族農場か何かだ。とにかく、女は車に荷物を詰めこんだんだが、羽毛布団がはみだして引っかかり、トランクのふたがあかなくなってしまった。彼女が何をしたかわかるか？」

「何をしたんです？」

「羽毛布団に火をつけたんだ」

「うまくいったんですか？」

「すばらしくうまくいった。わたしが到着するまでには、車はすっかり燃え尽きていた。食べ物も、寝具も、モルフェノックスも——何もかも消え失せた。わたしがすべてを調達しなくてはならなかったよ」

「どうやって彼女のモルフェノックスを調達したんですか？」

「まあ、ある女を知ってる人を知ってる男を知ってる女を知ってる、とだけ言っておこう」

ぼくはコーヒーをひと口飲んだ。まるで灯油バーナーで焦がした昨シーズンのドングリみたいな味がした。

「このコーヒー、すごくまずい」ぼくは言った。

「冬へようこそ」

ぼくたちは、もうしばらくおしゃべりした。ファウルナップは、トレハーバート近くで冬眠していたマンモスが、徐々に広がる地下火災のせいで〝偽りの夜明け〟(29)を起こし、カルタゴの勇将ハンニバル風の冒険をして、雪のなか群れをなして移動し、山を越えてヒルワインまでたどり着き、ベストセラー本の題材になって、近々ウォーファント社の操り人形師を使ったミュージカルにもなるというおもしろい話をしてくれた。

「実際、マンモスたち自身がミュージカルみたいなものをやってたんだよ」ファウルナップが言った。「特大のふさふさした分厚い革製のブレスレットみたいに、数珠つなぎになってね」

ぼくたちが政治についておしゃべりしているあいだに、時計の針がひと回りして、出発の時刻になった。ぼくがトイレの場所をたずねると、ファウルナップは教えてくれたあと、ティフェン夫人を預かっていようと申し出た。

(29) 〝偽りの夜明け〟とは、たいていは気温の上昇のせいで通常より早く目覚めること。体を温めれば、冬眠者を目覚めさせることはかなり簡単にできるものの、四、五日かかることもある。ケノールバルビドールを十ミリリットル注射すれば目覚めを早められるが、危険性もはるかに高くなる。

ぼくはお礼を言って喫茶室を出ると、プラットフォームを歩いてトイレに向かった。用を足して手を洗ってから、冷たい水に顔を浸し、鏡を見た。目は血走って落ちくぼみ、頬はひどく青白かった。すでに耳鳴りがしていて、両手と指が奇妙に大きく感じられ、背中に熱い汗が幾筋か流れていた。以前から、こういう〝睡眠剥奪朦朧症《ナルコーシス》〟の症状のいくつか、またはすべてを覚悟したほうがいいと言われていたが、高山病と同様、どういう人がなってどういう人がならないのか、重症度はどのくらいなのかについての適切な指標はなかった。しかし、ぼくがいちばん恐れていたのは幻覚だった。昔ひどい熱を出したとき、見たことがあった。頭のなかで小包回しゲーム（何重にもラッピングされた小包を回し、音楽が止まったときに一枚ずつ包装紙をはがしていき、最後の包装紙をはがした子がプレゼントをもらう）をしているのだが、いくら包装紙を引きはがしても、包みがちっとも小さくならないのだ。

容赦なくかき鳴らされるブズーキから少しのあいだ逃れてほっとしたぼくは、駅のコンコースをぼんやり歩き回った。大きくがらんとした空間で、ガラスの天井は今では雪に覆われ、間接照明は柔らかく、屋内はほの暗かった。切符売り場はまだあいていたが無人で、ウェールズ観光局のポスターが壁一面に貼られていた。

外のどこかから叫び声が聞こえて、ぼくは眉をひそめた。確かに「ロブスター」と聞こえたようだが、そんなことを言いそうな人はひとりしかおらず、その人は〈ネスビット夫人の喫茶室〉でおとなしくしていなければならないはずだった。

ティフェン夫人。

不意に嫌な予感がして、ぼくは全速力で駅の正面入口まで走り、重いドアを押しあけた。外の鋭利な空気が、氷の壁のようにぶつかってきた。昼の明るさは消えかけ、風で雪がいくつもの渦になって建物に吹きこんだ。人の姿は見えなかったが、地面の雪に、タクシー乗り場から出ていったばかりの轍があることに気づいた。

「一台前のタクシーだけど」ぼくは、待機しているタクシーの運転手に話しかけた。夏を見たことがあるとは思えない、顔じゅうがたるんだしわで覆われた老人だった。「どんな人が乗ってた？」

運転手は、ぼくが見せた取締官のバッジを凝視した。

「男の顔は見なかったけど、女はまるで……」

「……死人みたいだった？」

「ああ」

ぼくは運転手に、そのタクシーがどこへ向かったのか調べ、すぐに戻るのでそこへ連れていってくれるよう頼んでから、〈ネスビット夫人の喫茶室〉のほうへ駆け戻った。大理石の床の上で雪を踏みつけ、危うく滑って転びそうになる。ブズーキは、食べかけの料理の皿とともに、まだテーブルの上にあった。

うんざりした、虚しい、どこまでも沈んでいくような気分だった。ぼくはファウルナップを好きになり、愚かにも信用してしまったのだ。便利屋《フットマン》は、この世を支配する金の流れとともに動き、ナイトウォーカーはいくつもの形で金に変えられる。ティフェン夫人が比較的若いことを考えると、移植の闇市場で分配される可能性もあるが、子どもを産めるかもしれないとなれば、ほかにも儲ける道はある。きっと飼育するつもりだ。目を上げると、店主が近づいてくるのが見えた。

「デート相手が消えちゃったの？」からかうような口調でたずねる。

「あの人は、彼女をどこへ連れていったんです？」

店主が、なぜそんなことをきくのかと言いたげに、眉をひそめてぼくを見つめた。

「待って――あんた、取り戻しに行くつもりなの？」

「ええ」

「いったいどうやって？」

なかなかむずかしい質問だった。経験豊かな便利屋《フットマン》と対決するのは、よくて恐ろしく無謀、悪くすれば自殺行為だ。そして今の季節に、ぼくの技能レベルでは、不可能どころの話ではなかった。

「わかりません」

店主が少しのあいだぼくをじっと見た。怒りは解けて、母親めいた心配な気持ちがわいてきたみたいだった。急に、シスター・ジゴシアのことを思い出した。

「どうして取締官になろうと思ったの？」店主が静かな声でたずねた。

「モルフェノックスを買うのに、仕事が必要だったんです」

「筋が通らない」店主が言った。「薬のない冬の危険を避けるために、冬が投げつけるあらゆる危険に立ち向かうってわけ?」

「そう言われてみれば」ぼくは言った。「確かにバカみたいですね。でも、とりあえず〈聖グラナータ〉からは抜けだせた」

ありがたいことに、ちょうどそのときローガン局長がドアから入ってきた。

「こんにちは、フラン」ローガンが言い、進みでて伝統的な〝冬の抱擁〟をしてから、どこそこの地区で、いつだかぼくにはわからない冬のあいだいっしょに過ごした〝若かりしころ〟の話を少しした。どうやらフランは、ローガンの初めての勤務地にいた常勤の冬季取締官だったらしい。取締局の局員は小さな団結した家族で、その結束は軍隊よりも固いと言われる。ふたりはしばらくおしゃべりした――凍えて錯乱したオオアルマジロに襲われたのはいつだったか思い出そうとした――が、ローガンがぼくに気づくのは時間の問題だった。

「おれのベーコンサンドウィッチを憶えてるか、ワージング?」たずねてから、思ったとおり、不愉快そうに言った。「ティフェン夫人はどこだ?」

「その……ベーコンサンドウィッチは憶えてました」ぼくはちょっとマヌケになった気分で答えた。「それと、コーヒーも」

「よくやった。で、ティフェン夫人は?」

「夫人は……盗まれました。飼育されるんだと思います」

ローガンが腹立たしげな表情を向けた。

「どうしようもないバカだな、ワージング。誰に盗まれた？」

ぼくは、起こったことをできるだけ簡潔に説明した。

「すばらしい」話し終えると、局長が言った。「おまえは、できることの短いリストから〝ナイトウォーカーのお守り〟を消すべきだな。気を引きしめてかかれよ、ワージング。でないと、家畜小屋の掃除をして冬を過ごすことになるぞ。そうしたいのか？」

「いいえ」ぼくは答えた。冬の家畜の面倒を見る仕事は、ふつう囚人や、いわゆる嫌われ者だけがやるものだった。

「でも」ぼくは続けて言った。「夫人を取り戻さなくちゃなりませんよね？」

「いいや。落ち着いて、ちょっと考えて見ろ。おれたちはナイトウォーカーをなくし、ハイバーテックは〝芸達者〟なウォーカーを一体なくして少しばかり腹を立てるだろうが、それで実際、誰が困る？」

「ティフェン夫人？」

「ティフェン夫人は五年前に死んだ。おまえがなくしたのは、かつて夫人がまとってた抜け殻だ。彼女は去り、任務は終わり、おまえはしくじり、先へ進む。さあ、列車に乗ろう」

ぼくは後ずさった。

いまなざしでぼくを見た。

すねた子どもような口調で言ってしまい、すぐに後悔した。ローガンが穏やかな揺るぎな

「いやだ」


「どう思う、フラン？　はなはだしい不服従か、若さゆえの理想主義か？」

「若さゆえの理想主義だね」フランが言った。「夏なら、少々うっとうしくはあっても、まったく害はない。でも冬には、低体温や麻疹《はしか》と同じくらい命取りになるよ」

ローガンが歩み寄り、声を落とした。

「いいか、見習い。高い倫理を求めるのはよせ。でなきゃ辞めるんだ、我慢できない何かをする前にな。言っておくが、寒さと恐怖と飢えにいったんつかまれば、そうせざるをえなくなる。何かまずいことが起こり、おまえはふたつの悪い判断のどちらかで最善を尽くそうとする。そしてカチン、だ。冬はおまえを手中に収め、おまえは凍土に埋まる。青年よ、高い理想は、手の届かないぜいたくなんだ」

ぼくが視線を据えると、ローガンが大きく息を吸った。

「ああ、そうとも、おれたちは飼育組織を解体させようと努力してる。それに、ああ、この状況は気に入らない。しかし、その結果生まれるのは、何組もの幸せな親たちと十人ほどの子どもたちだ。そしてすべてが終われば、寿命が尽きる前に分配されるだろう。確かに密売だが――誰かの利益にはなる。おれたちは取締官だ、ワージング。なるべく多くの人が最も

好ましい結果を享受できるようにするのが務めだろう」

「でも、法律では――」

「冬のあいだは、おれたちが法律だ。聞いてなかったようだから、もう一度言っておく。どんなに不愉快でプライドが傷ついたとしても、これは好ましい結果なんだ。さあ、〈セクター12〉へ行くぞ。おれはトッカータと会って、その伝染性の夢だかなんだかの話を聞かなきゃならない。そしておれたちは最終列車に乗り、今回のことを忘れようと懸命に努力する。おまえは二度としくじらないように必死に努力する。何か不明な点はあるか？」

ぼくはブズーキを眺め、みぞおちのあたりに打ちのめされた虚しい気持ちを覚えた。失敗には独特の味がある。熱く粘つく生焼けのパンのような……。ハイバーテックには、ティフェン夫人は旅の途中で死んだと言えばいい。彼らは疑いさえしないだろう。ナイトウォーカーはしょっちゅう死んでいる。ぼくの主張は正しかったが、夫人のためにキャリアを水の泡にするつもりはなかった。

しかしそのとき、よく通る快活な声が響きわたり、何もかもが変わった。

8　オーロラに会う

「便宜《フェイヴァー》と借債《デット》の取引は、現金がほとんど無意味になる真冬の無法世界では、不可欠な通貨である。さらに複雑なことに、借債《デット》と便宜《フェイヴァー》は、取引、分売、売却、融資の担保としての使用まで可能だ。危険な投資ではある。あらゆる借債《デット》は、債権者が死亡すれば帳消しになるからだ。それが取締官である場合、死亡の確率は高く……」

——『取締官用パンフレット9a　冬季経済学《ウインターノミクス》ガイド』

「そんな最悪のくっだらない指導、初めて聞いたわ」店の奥から声がした。やはり列車を待ちながら、ハイバーテックの制服を着た数人の職員とともに座っている女だった。銀色の筋が交じる黒髪をゆるいポニーテールにまとめ、クリームみたいな白い肌をしている。着古した戦闘服に第四砂漠部隊の肩章をつけ、二丁の《バンビ》をクロスドロー・ホルスターに収めて、首にはオスマントルコ作戦で軍務に就いた者がまとう暗紅色のパシュミナを巻いていた。しかし最も際立つ特徴は、女の左目にあった。その目はぼんやりと上にそれた方向を見ているのだが、右目はなんだか落ち着かない気分にさせるほど熱をこめてこちらを見据えていた。ポンポンつきの帽子のようなものを編んでいる。

ローガンが視線を返し、一瞬はっとした。

「これはこれは」しばらくしてから言う。「きみがここにいるなら、オーロラ、今は誰が地獄の門を守ってるんだ？」

「ぱっとしない挨拶ねえ」編み物中の女が言って、立ちあがって近づいてきた。「非結婚生活はどんな感じかしら？」

ローガンが表情を曇らせた。この女が、ハイバーテックの保安部長、オーロラなのだろう。トッカータとそりが合わない、そしてローガンとも合わないらしい例の人だ。

「あんなことをする権利はなかったはずだ、オーロラ」

「せいぜい泣きつけばいいわ、ローガン。あなたとトッカータですって？ うまくいくはずないし、そんなの誰だってわかってる。あれは、あなたたちふたりを思ってのことよ」

「嫉妬《しっと》したのか？ 人がきみよりトッカータを好きになることへの嫉妬か？」

フランとほかのみんなは、〝洗濯物が〟とか〝大切な電話が〟とかつぶやいて、そそくさと喫茶室から出ていった。

「嫉妬？」オーロラが言った。「あなたが差しだせる何に対して？ 二流の取締官が、三流の寸劇みたいに四流の忠告を五流の見習いに押しつけてるっていうのに？」

局長はしばらくのあいだオーロラをにらんでいた。この応酬にはどこか奇妙なところがあったが、具体的にどこなのかはよくわからなかった。ローガンはじっとこらえて考えこみ、反撃せずにいた。ぼくは今まで、ローガンとトッカータが婚約していたことを知らなかった。これで何もかもが違って見えてくる。

「本当の目的はなんだ、オーロラ？」ローガンがたずねた。「きみが岩の下から這いだしてきたってことは、かなりの大ごとに違いないな」

「あなたが〈セクター12〉に出向いて何をするつもりなのか知りたいのよ。過去のできごとを考えると、ちょっと軽率な行動じゃないかしら」

「ナイトウォーカーを運んでたんだよ」ローガンが言った。「ファックスではっきり伝えたと思ったが」

「誰かに命じて運ばせることもできたはずよ。〈セクター12〉では何も起こってないわ、ローガン。裏切られた取締局長が、終わった恋のとうに消えた燃えさしにふたたび火をつけようとしてる以外はね」

「なぜ急に、トッカータをそんなに心配しはじめたんだ？」

オーロラが少しのあいだ考えを巡らせた。

「それはね、いろいろあっても、トッカータはわたしの妹みたいなものだし、姉妹はたとえ意見が合わなくても団結するものだからよ」

ふたりはしばらく互いをにらんでいた。

「とにかく」オーロラが言った。「ハイパーテックは〝ラザロ計画〟のために〝芸達者〟なナイトウォーカーを必要としてるの。特に、あなたのボンクラ見習いがなくしたようなウォーカーをね。あなたは、取り戻しに行く必要があるわ」

「欲しいなら、きみが取り戻しに行け」

「あなたにはできないから？」

「彼女は死んでる、おれはきみが嫌いだ、きみはお願いしますと言わなかった、おれはその気になれない、外は寒い——好きな理由を選べ。冬のあいだ、きみはおれに対する管轄権を持たない」

　管轄権についてはそのとおりだったが、それはあまり関係なかった。ローガンはティフェン夫人に対して責任があるし、オーロラがこの件でひどい嫌がらせをするかもしれないのだから、夫人を捜しに行くしかないだろう。ローガンがぼくをにらみ、次にオーロラをにらんでから、何か思いついたらしく、小さな笑みを浮かべた。ぼくはそれを見て、不安な気持ちになった。

「よし」ローガンが言った。「卒業試験にうってつけの機会だな。このワージングが、きみの大切な死人を見つける任務を負う。成功したとき——あるいはしなくても——チャーリーが生きてたら、おれたちはふたりとも〈セクター12〉へ行く。そこにいるあいだ、おれはトッカータに会う。きみに邪魔されずにな」

「ばかばかしい」オーロラが言って、一歩近づいた。「重要な仕事を訓練演習レベルの者に任せるのは、とんでもなく無責任よ」

「微睡《スランバーダウン》まで、あと三十二時間あります」ぼくは思いきって言った。「ぼくは、まだ一分だって冬を過ごしたことがありません。準備できてるかどうか――」

「おれがそう言うんだから、おまえの準備はできてるんだよ」ローガンがぴしゃりと言った。

「それに、なくしたのはおまえなんだから、おまえが取り戻すんだ。今後、これはおまえの任務とする。成功すれば、冬季補佐取締官になり、失敗すれば、家畜の面倒を見ることになる。さて、期待の星よ、まずはどう動く？」

　まるで〈聖グラナータ〉にいたところに戻って、不可能なことをやれと言われたかのようだった。たとえば、はしごなしで大広間の屋根にのぼれとか、卵のかわりにカリフラワーでスフレをつくれとか、フォードさんちの娘たちの口げんかを止めてみろとか。

　ぼくは大きく息を吸った。

「ぼくは……これまでに受けた指導に従う必要があります」

　ローガンがぼくの胸を指で強く突いた。

「違う」

「だったら――？」

　列車の抑えた警笛の音が二度響き、ぼくのことばはさえぎられた。〈セクター12〉行きの最終列車が発車するまで、あと五分ということだ。

「そのとおり」ローガンが言った。「おまえは列車を遅らせる必要がある」

「どうやって？」

「線路に頭をのせるか？」

「本気ですか？」

「さあな。だが、こう言ってもいい。もしおまえが列車を遅らせないなら、おれがおまえの頭を五発ぶん殴る」

「罰なら、一発でじゅうぶんじゃないでしょうか」

「おまえに必要なのは、罰じゃなくてやる気だよ。しかも、五発殴られずに済むとなると、すばらしくやる気になる。おれのことばを信じろ」

「この件については、正式な苦情を申し立てるわ」オーロラが言った。

「ああ、ご勝手に」ローガンが言って、上着を手に取り、ドアのほうに向かった。「ヘマしておれをがっかりさせるなよ、ワージング」

「がんばります」ぼくは言い、ヘマする以外に何ができるんだろうと考えた。本当は、ローガンもそのつもりでいるに違いない。オーロラは片方の目で少しのあいだぼくをじっと見てから、ぼくのとなりのカウンター席に座った。

「わたしたちみんなをがっかりさせないでね」優しい口調で言って、温かい手をぼくの手に重ねる。「あなたが成功すればハイバーテックとわたしは感謝するし、どちらからの感謝も、それ自体が貴重品よ。ああ、それとね、あなたを〝ボンクラ〟とか〝五流〟とか呼んだのは、本気じゃなかったの。なんというか、あの瞬間の劇的効果を狙っただけ。おかげであの無礼なローガンをやりこめられたわ。じゃ、がんばってね」

「ああ——なるほど」ぼくは言った。「ありがとう」

ぼくはバッグとブズーキをつかんで、三番ホームへ走っていった。運転手が機関車の余分な蒸気を冷たい空気のなかへ放出し、白い煙がもうもうと立ちこめていた。ぼくは二両めでぐっすり眠っている輸送主任を見つけた。

ムーディーが、閉じたまぶたのなかで目をピクピク動かしながらつぶやいた。「ネスビット夫人、お願いだから、ほっといてくれ」ちょっとドキッとさせられた。公の場で寝るのはかまわないが、寝ながら夢を見るのは、社会的に受け入れられているとは言えない。自分では割と心が広いほうだと思っているぼくでも、少し居心地が悪くなった。

「ねえ」ぼくは言って、輸送主任の肩を揺すった。ムーディーがぱっと目を見開いて、急におびえた顔になった。

「岩から離れちゃいけない！」ムーディーが叫んで、ぼくの腕をものすごく強くつかんだので、痛みに声をあげそうになった。

「岩って？」

「岩から離れたら、たくさんの手につかまるぞ」うろたえた口調で言って、ありえないほどすばやく目を左右にぐるぐる回す。「生き埋めにされたくないだろう……わたしはドン・ヘクターだ！」

「だいじょうぶだよ」ぼくは言った。「本当だ。きみはドン・ヘクターじゃない」

「なんでわかる？」

「ちっとも似てないし――彼は二年前に死んだよ」

「現実世界で死んだだけだ」ムーディーが言った。「ここ、ここでは死んでない」

指先でこめかみを指す。

「えっ？」

「クソッ」輸送主任が、いきなり落ち着きを取り戻して言った。「すまない。疲れてるんだ。最近、職員が何人か死んでね。で、三倍のシフトで働かされてる」

「生き埋めにされるってどういうこと？」

「なんでもない。青いビュイック」

「なんだって？」

「〝なんだって？〟ってどういう意味だ？」

「〝青いビュイック〟って言ったから」

「おれが？　言ったからってなんだ？」ムーディーがむきになって応じた。「だいたいあんたは何様なんだ、おれの昼寝の習慣に文句をつけるのか？」

ローガンは、伝染性の夢について話したとき、青いビュイックのことを言っていた。ムーディーがこんな季節外れに輸送を担当しているとすれば、間違いなく〈セクター12〉出身のはずだ。

「それはそうと」ムーディーが言って、パンと手をたたいた。「出発の準備はいいか？」

「いいや」ぼくは答え、今のことをぜんぶローガンに報告するため記憶にとどめておいた。

「ナイトウォーカーを回収しなくちゃならないから、列車を待たせておいてほしいんだ」

ムーディーが薄笑いを浮かべてぼくを見た。時間厳守は、鉄道技術者《レールテック》が命をかけて誓う基本理念だ。まさに文字どおりの意味であることも多い。

「ほう、そうかい」ムーディーが言った。「で、どうやってやればいいんだ？」

輸送主任は、どうやって列車を遅らせればいいかわかっているのだから、たずねる必要はなかった。ぼくたちが実際に話しているのは、値段のことだけだった。

「便宜《フェイヴァー》一回でどうだ？」

冬に緊急で誰かに何かしてほしいとき、唯一役に立つ通貨は影響力だった。便宜《フェイヴァー》とは、要するに一般的な援助を意味する。とやかく言わない現金前貸し、駐車違反の切符の破棄、文なしで数キロ痩せすぎているときの五十キロのパスタ、そういうもののことだ。しかしそれでも、ムーディーは喜ばなかった。

「失礼ながら、取締官」輸送主任が言った。「あんたからの便宜《フェイヴァー》一回じゃ、〈セクター12〉で豚皮チップスも買えやしないよ」

　ぼくは、頭を五回殴られることについて考えた。

「それじゃ……借債《デット》一回だ」

　輸送主任が眉をつりあげた。借債《デット》は、便宜《フェイヴァー》より五十倍大きかった。一、二日、取締官をほとんど思いのままにできる。

「あの〝空家〟をどうしても取り戻したいんだね」ムーディーが言った。

「いろんなことが、それにかかってるんだ」

「そうか、わかったよ」ムーディーが言って、短く鼻先で笑ってから、表情を変えた。「あんたは取引したと勝手に思いこんでるだけだ。おれは貨物をもう一度点検する。一時間くらいかかるだろうな」

　ぼくはお礼を言って、駅の出口まで走り、タクシーの運転手が待っていることに気づいた。漫画みたいに、はげ頭から湯気を立てている。ティフェン夫人は、車で十分ほどのところにある〈ジョン・エドワード・ジョーンズ睡眠塔〉に連れていかれたとのことだった。

「五十ユーロです」そこに連れていってくれと頼むと、運転手が言った。

「戻ってきたら払うよ」

　運転手が振り返ってぼくを見た。

「あんたは見習いだ。焦げ跡《スコーチ》の睡眠塔にいる便利屋《フットマン》から、〝芸達者〟なウォーカーを回収するつもりだって？」

「そうだけど？」

「前払いだよ」

ぼくはため息をついて五十ユーロを渡し、タクシーは出発した。

9 〈ジョン・エドワード・ジョーンズ〉

「……コンソリデーテッド・パワー&ライト社は、労働者を大切にしていた。現在も八月から微睡《スランバーダウン》まで二倍のプディングを提供している唯一の公益事業会社であり、社員を募集する事業所には労働者が押し寄せた。年金や、現金払いのボーナスや、トグ値(断熱性)二十八の羽毛布団などはどうでもよかった。ジャム・ローリーポーリーとカスタードソースがいちばん人気の特別手当で……」

——『CP&L社史』

町を出て北へ走るうちに、煙のにおいが強くなってきて、ほどなく丸焼けになった荒涼たる風景のなかに入った。通りがかりに、何十年もの火災で黒くなったテラスハウスの骨組みと炭坑、そして焼け落ちた野外音楽堂と遺棄された車が見えた。車体はさびて、ウエハースのように薄くなっていた。町では二メートルを超える吹きだまりになっていた雪が、道を進むにつれて徐々に減っていき、ついには雪も氷もまったくなくなった。木が丸裸なのは冬の力ではなく、焼却のせいみたいだった。

「ここは火の谷だよね？」ぼくは少し声を震わせてきいた。

「ここじゃ、焦げ跡《スコーチ》って呼んでるよ」

五分ほど木炭色の風景のなかを走ったあと、タクシーは睡眠塔の外に停まった。まだ七組の人々が居住している唯一の睡眠塔で、ほかは焼け落ちて遺棄されていた。〈ジョン・エドワード・ジョーンズ〉は、ほかより高く――四十階はあるだろう――典型的なK－14のようだった。つまり、眠りかたを選べる下宿屋《フロップショップ》で、予算によって冬眠も仮眠もでき、不注意で眠りの深淵に落ちてしまった越冬者を起こしてくれるスタッフも配置されていた。郊外で焦げ跡《スコーチ》にあるから、値段も安いだろう。ぼくはブズーキを手にしてタクシーを降り、すぐさま風の暖かさに驚いた。カーディフとマーサーでは氷点下十度ほどだったが、ここの気温は〝理想低温〟くらいだろう。煙はマーサーよりひどく、道路を流れていき、ときどき硫黄のつんとするにおいが鼻をついた。あたりを見回すと、稜線に立つ枯れ木がいきなり燃えあがった。

建物に足を踏み入れると、冬季談話室から流れてくる低い話し声が出迎えた。冬眠者たちの姿は見えなくても、近くにいることはわかった。睡眠塔には、彼らの気配を伝える何かがある。腐った卵のかすかなにおい、味、音――存在。

ロビーはワット数の低い電球で控えめに照らされていたが、暖炉のオレンジ色の輝きで暖かく居心地よく見えた。受付に女の守衛がいて、ぼくが歩み寄ると、いぶかしげな表情でこちらを見あげた。たっぷりした鳶色《とびいろ》の髪と、不思議な形にねじれた鼻をして、眼鏡《めがね》をかけている。

「食事、宿泊、洗濯、お酒、昼寝、ブラックジャック、ケージファイト、それともポーカー？(30)」。守衛が選択肢を並べ立ててたずねた。

「どれでもない」ぼくは言った。「便利屋《フットマン》を捜してるんだ。五十がらみ、中背、くたびれた戦闘服。死んだ女といっしょにここに来た」

「へえ、遺体袋か何かに入れて？」

「ナイトウォーカーだよ」

「だったら、まあ、わからなくはないけど」守衛が言った。「当ててみようか、その女を取り戻したいんでしょ？」

ぼくはため息をついた。冬を越す人は誰も、冬季取締官に少しも怖《お》じ気《け》づかないし、ぼくに勝算があるとも思わないらしかった。もしかすると制服のせいじゃなく、なかの人間の強《した》かさに関係あるのかもしれない。

「そう、その女を取り戻したいんだ。どの部屋って言ったっけ？」

「言ってないよ。忠告してほしい？」

「すぐに立ち去れとか、そういうやつ？」

「そう」

「なら、遠慮しとく」

次に打つ手を考えていると、ひとりの男が冬季談話室からエレベーターへ向かうのが見えた。動いた空気がふわりと漂ってきて、かすかな石炭酸石鹼のにおいがかぎとれた。イーストのにおいがするのはパン屋、清潔さを示すにおいがするのは医療従事者だ。もしファウルナップがティフェン夫人を飼育したがっているなら、巨額の資金と後方支援が必要になる。つまり、まず最初に飼育可能かどうかを確かめるため、医者を呼ぶだろう。この医者についていくだけで、ファウルナップの居場所まで案内してもらえる。

「聞いてくれ」ぼくは守衛に言った。「もしぼくが三十分以内に下りてこなかったら、駅の〈ネスビット夫人の喫茶室〉にいるローガンに電話して、新しい見習いが必要になったと伝えてほしいんだ」

「今電話してあげようか？」

ぼくは相手をにらみつけたが、まったくのむだだった。守衛は「はいはい」と言って雑誌に目を戻した。

ぼくはブズーキを拾いあげ、医者に続いてエレベーターに乗り、笑顔で詫びてから、彼がすでに押していたボタンをカチカチと二度押した。二十一階だった。扉が閉まると、心臓が

(30) 法律の抜け穴によって、火の谷では冬季の前後二十日間、賭博に関する法律は適用されなかった。

ドキドキと音を立てた。男がスーツの下に白衣を着ているのがわかった。こちらを疑わしげに見てから、ブズーキに目をやる。おそらく、変装には最適の持ち物だろう。冬季取締官は、楽器など持たない。持っていたとしても、ブズーキではないはずだ。もしかするとヴィオラか、あるいはチューバか。

「ギターを弾く叔母《おば》さんがいてね」医者が言った。

「これはギターじゃありません」落ち着いた声で応じたことに、自分でも驚いた。

医者が深いため息をついた。

「実の叔母ではなかったが。冬季演奏者かい？」

ぼくはすばやく考えを巡らせた。

「劇団で……馬のパントマイムをやってるんです」

「どっち側を演じてるんだ？」

「お尻側です。ぼくたちの馬のガヴォットは、最高なんですよ」

「気にかけておこう」

エレベーターの扉が、二十一階であいた。ぼくは白衣の男の後ろから擦り切れたじゅうたんを踏んで歩き、男がある部屋の前で立ち止まったので、ゆっくり昼寝してくださいと言って円形の廊下を歩き続け、相手から見えないところまで進んだ。錠がカチリと閉まる音がするまで待ってから、ドアの前に戻り、聞き耳を立てる。なかでは話し合いが行われているらしく、ぼくは安堵《あんど》と動揺が混じりあった気持ちで、はっきりとファウルナップの声を聞いた。

ホルスターから《バンビ》を抜いて、自分の手が震えていることに気づき、もとの位置に収めて、エレベーターホールまで引き返し、そこで行ったり来たりしながら、高い理想は本当にぜいたくなのだろうかと考えた。初めての冬で達成しようと努めるものではなく、遠い目標としてめざすものなのか？　ここで立ち去り、ティフェン夫人を見つけられなかったとローガンに報告し、それで終わりにすることもできる。生き延びて、重要な教訓を得て、しかるべく職業生活を始めることもできる。

ぼくはエレベーターの冷たい扉に額を押し当てた。シスター・ジゴシアは、口さがない保護者だった――そして、そう、入浴の時間にはタワシを手にした鬼になった――が、たとえ何があっても人は正直さと正しさを羅針盤として道を進むべきだという信念の持ち主だった。ここで歩み去れば、それはぼくの職業生活の始まりではなく、終わりになるだろう。

ぼくは息をついて考えをまとめ、また《バンビ》を抜いて、みぞおちに締めつけるような恐怖と吐き気を感じながら、廊下を引き返した。ファウルナップの部屋の外で立ち止まり、震える手で万能鍵《オムニキー》を使って錠をあけ、さっとドアを開く。

ファウルナップは電話中だった。ぼくがついてきた医者は片側にいて、ぼくを見てびくりとした。椅子には、北欧系らしき第三の男が座っていて、その頬にはできたばかりの噛み跡があった。ファウルナップはぼくを見ると、自分に向けられた《バンビ》は無視して、電話相手に〝おためごかしのマヌケ野郎が来たから〟かけなおす、と告げた。

「なんとまあ、無意味な度胸だな、ワージング、きみなのか？」

困っているというより、感心しているかのようだった。

「おまえにはできる」ぼくは震え声で言った。

「わたしにはできる？」ファウルナップがくつろいだ調子できき返した。「だったら、なんのためにここに来た？」

「自分に言い聞かせてたんだ」ぼくはしわがれ声で言った。「つまり、あなたにはでき、できないってことさ」

自分の手が震えているのがわかり、冷や汗がじっとりと背中を伝うのが感じられた。ファウルナップの言うとおりだった。ぼくはマヌケ野郎だ。さっさと歩み去るべきだったのだ。

「だいぶはっきりしてきた。それじゃ、なぜわたしにはできないんだ？」

「なぜなら――」

ブワン

ぼくはきちんと注意を払っていなかった。ファウルナップは、そんなことが可能だとぼくに気づかせる暇も与えず、自分の《バンビ》を抜いて引き金を引いた。空気を震わせる衝撃波に備える間もなく、ぼくは床からはじき飛ばされ、ドアの横に置かれた椅子の上に後ろ向きに放りこまれた。椅子が木っ端みじんになり、ぼくはドサリと床に倒れた。壁の電灯スイッチのすぐ横にぶつけた頭がくらくらしていた。「ロブスター」バスルームのなかで、ティフェン夫人が言った。

視力が戻ってくると、ファウルナップが迷惑そうにこちらを見おろして立っていた。ぼくの武器を取りあげてから、悲しげに首を振る。

「いい忠告というものがある」ファウルナップが言った。「耳を傾けたほうが、はるかにためになるよ」

ファウルナップの仲間、頬に嚙み跡がある男が立ちあがって、大きなかばんから自分の武器を出した。ただし、それは携帯武器ではなく二十キロニュートンの《サンパー》で、ふつうは暴動を鎮圧するためや、吹雪のなかで圧力孔をあけるために使われる武器だった。クラー補佐取締官は、〈夜の咆哮〉の外で、こういう銃に何発も撃たれていた。そして衝撃波で体内が液化してしまい、ぼくたちが遺体を発見するまでには液体が漏れだして足もとにたまり、カチカチに凍っていた。クラーの遺体は、フロアマットをくっつけたまま遺体安置所に運ばれた。

ぼくはファウルナップに手助けされて上半身を起こし、血が滴っている口もとに触れた。

「信じられないかもしれないが、わたしも仕事を始めたころは、きみと同じくらい青臭かったんだよ」優しい声で言い、ぼくの下まぶたを引っぱって白目をのぞきこみ、衝撃による影響が続いていないか簡単に調べた。「まばゆいほどの善意にあふれてたが、冬が長いのと同じくらい明白なバカだった」

ファウルナップは少しのあいだじっとこちらを見てから、ぼくの《バンビ》のスライド・リリースピンを押し、渦巻型の弾倉をひねって、ベンチュリ管を後ろへ引いた。あっという間に、武器は五つに分解された。ファウルナップがその部品をぼくのポケットにガチャガチャと放りこんでから、最後に締めくくるかのような身ぶりで動力電池を入れた。

「わたしがどうするつもりかを言っておこう」ファウルナップが言った。「きみはまったく取るに足りない存在で、ものすごく小さい雑魚《ざこ》だから、見逃してやる。お互いに有利な取り決めだ。きみは死ななくて済み、わたしはきみを殺さなくて済む。手を打つか？　言うまでもなく、ここでのことは口外無用だ」

ぼくはファウルナップを見あげた。口のなかに血の味を感じ、頭がひどく痛んだ。しかしぼくは、惨《みじ》めな失敗のレンズをのぞきこみ、次の行動方針を、いきなり悲痛なほどばかげた焦点に定めた。ティフェン夫人といっしょに立ち去るのでなければ、どこにも立ち去るつもりはなかった。ぼくの職業生活は、ここマーサー北部の火の谷で終わろうとしていた。自分のこれからの運命を心配してもいなければ、そこから救おうとしているぼくの奮闘に気づきもしない誰かを守ることで……。たぶん、それが冬季取締官になるということなのだろう。

気づかない者たちの、奪ってはならない権利を守ること。

「手は打たない」恐怖で口が渇き、ぼくはしわがれ声で言った。「ティフェン夫人は連れていく。そして、わかった、もちろん、ここでのことは忘れよう」

ファウルナップが信じられないという表情でこちらを見据え、ぼくは口をあけて息を吐いた。気道を開けば、衝撃による影響を減らせるはずだ。しかし、うまくいかなかった。

「いったい何ごとだ？」背後のドアから、声がした。

ローガンだった。突然、ことばにならないほどの安堵を覚えた。実際、目に涙があふれてくるのを感じたほどだった。助かったのだ。

ところが、そうではなかった。まったく違った。ちっとも助かっていなかった。

「わたしのせいじゃないぞ、ジャック」ファウルナップが言った。「新しい見習いはちょろい相手だと言ってたはずだ」

「ワージングの肝っ玉を見くびってたかもしれないな」ローガンが認め、敬意らしきものをこめたまなざしでしげしげとぼくを見た。「これはおれの責任だ。初めから、チャーリーにティフェン夫人を捜させるべきじゃなかった」

ぼくは目を閉じて、恐怖に身を震わせた。ローガンの声の調子は変わっていた。今になって、自分がなぜここまで極端なことをしたのかに気づいた。なんとなく、ファウルナップは人殺しをしないとわかっていたのだ。しかし、ローガンはする。きっと前もってファウルナップに連絡し、移動中にぼくの手からティフェン夫人を奪って、自分は言い逃れができるようにしておいたのだろう。ローガンとファウルナップは、ぐるで飼育詐欺にかかわっているのだろう。すべては計画どおりに進むはずだった——ぼくがいなければ。

「その見習いを信用してもいいんじゃないか」《サンパー》を手にした男が言った。がらっと態度が変わったようだった。「取締官を殺したりするために、こういうことに加わったんじゃないぞ」

「わたしもロペスに賛成だな」ファウルナップが言って、第三の男の名前を明かした。

「おれたちの誰かひとりでも、正体がばれる危険を冒すわけにはいかない」ローガンが言った。「おまけに、オーロラが町にいる」

ロペスとファウルナップが不安げに視線を交わした。

「本当か？」ファウルナップが言った。「どうやってわたしたちのことを聞きつけたんだろう？」

「聞きつけたのかどうかはわからない。おれがワージングに対処する。きみたちはティフェン夫人に対処してくれ。立て、チャーリー」

ぼくがふらふらと立ちあがると、ローガンが部屋を出るよう身ぶりで示した。

「もっと早く、おれの言うことを聞くべきだったんだ」円形の廊下を歩きながら、ローガンが言った。「そして何もかも放っておくべきだった」

ぼくたちはエレベーターの前で立ち止まり、ローガンがボタンを押した。

「お願いしていいですか？」

「なんだ？」

「シスター・ジゴシアに、ぼくの死体の置き場所を教えてもらえますか？」

「大げさなやつだな、ワージ――」

チーン。

ベルが鳴ってエレベーターの扉が開き、オーロラが現れた。最近見たどんな人にも負けないほど驚いた顔をして、すぐさま両手で《バンビ》を抜こうとする。ローガンのほうが速さで勝り、さっと武器をオーロラに向けた。障害物は何もなく、その場で射殺できるはずだった。しかしローガンはためらった。

次に起こったことは、ねっとりしたスローモーションに思えた。ぼくは床に倒れこんだ。オーロラの二丁の武器から噴出した二本の圧力波(31)が、突風のようにぼくの服を引っぱった直後に、ローガンの胸を直撃した。バンという音とともに、肺からすべての空気が粒子ひとつ残さず吐きだされる音が聞こえたとたん、信じがたい速度で体が吹き飛び、濡れた落ち葉の

(31) 熟練したパルス銃の使い手は、破壊力を高め、より正確に渦巻状リングの焦点を定めるために、二丁同時に使う。しかし、未熟な者が扱えば、重傷を負ったり死んだりすることもめずらしくない。

上に丸太が倒れたかのような音を立てて、反対側の壁にたたきつけられた。

一瞬の間があった。ローガンはまだ、壁の漆喰に半分埋めこまれてまっすぐ立っていた。顔には苦いあきらめの表情が刻まれ、生気を失った目の白い部分は、毛細血管の破裂でくすんだ赤に染まっていた。オーロラは二丁の《バンビ》の銃床から使用済の動力電池を外し、すばやく再装塡《さいそうてん》した。熱い電解液のにおいが空気を満たし、石炭の煙と混じりあって、甘ったるい香りをつくりだした。

「クソッ」ぼくは言って、突然の運命の変化に頭が真っ白になり、ものすごくわかりきったことを指摘した。「あなた、ジャック・ローガンを殺したんですよ」

「クソッ」オーロラが、ぼくと同じくらい驚いた顔で言った。「そうらしいわ。トッカータはかんかんに怒るでしょうね」

ローガンが埋めこまれているところへ一歩近づき、肩をすくめて言う。

「まあ、しかたないわ」

「何がしかたないんです？」ぼくは立ちあがりながらきいた。「ローガンが死んだこと？それともトッカータが怒ること？」

「どっちもよ。彼はあなたをどこへ連れていく気だったの？」

「ぼくを殺すつもりだったんだと思います」

「それじゃ、あなたはわたしに命の借りがあるってわけね。〝芸達者〟なナイトウォーカーのところへ案内してちょうだい。列車に間に合うようにね。それと、ねえ、こうしましょう。あなたが話して、わたしはそばに立ってにらみを利かせるの。どう？」

　ぼくは、たぶん、呆然《ぼうぜん》としていた。ショック状態だった。人が死ぬところを見たのは初めてだった。死ぬ人はめったにいなかった。なぜなら、老いた者、弱った者、病んだ者は冬の慈悲深い手に選《よ》り分けられてしまい、夏に知らされる死は事故だけだったからだ。おそらく、交通事故による死に人々がばかばかしいほどの好奇心を示すのはそのせいだろう。ぼくが〈メロディー・ブラック〉に住みはじめて二週間後、誰かが外で引っ越しトラックに轢《ひ》かれた。見物人で身動きもできないほどだった。

「わかりました」ぼくは答えた。

　オーロラの大胆不敵さに勇気づけられ、ぼくは先に立って廊下を引き返した。部屋に足を踏み入れると、《サンパー》を持つ男が押しとどめようとしたが、オーロラが片方の《バンビ》で男の肘から下を吹き飛ばした。一瞬の間も置かずに進みでて、もう片方の武器をファウルナップの顔から三十センチの距離で構える。

「わかった、わかった」ファウルナップが言った。声は揺らがなかったが、現状をしっかり把握していた。「何が望みだ？」

「ティフェン夫人だ」ぼくは言った。

「きみはたいへんな間違いを犯してるよ、ワージング。オーロラはきみのためを思って動いてるわけじゃない」

「じゃあ、あなたは？」

「すごく込み入ってるんだ」

「見たことのある顔ね」オーロラがファウルナップに言った。「知り合いだったかしら？」

「いいや」ファウルナップが答えた。「ひと儲けしようとしてるただの便利屋《フットマン》さ」

「別の方法で儲けなさい。たとえば家のペンキ塗りとか、配管工事とか、ジェンガやクルードみたいなゲームの発明とか」

ファウルナップがバスルームへ移動し、医者がロペスの手当をしに行き、その数秒後には、ティフェン夫人が相変わらず虚ろな表情で部屋に現れた。床に転がったままだったブズーキをぼくが渡すと、夫人はすぐさま『ヘルプ・ユアセルフ』を弾きはじめ、ぼくたちはエレベーターへ向かった。


駅の外でタクシーを降りると、列車はまだプラットホームに停まっていた。ムーディーが平台型貨車の上で貨物のラチェットストラップをしっかり締め、傍《かたわ》らでは、明らかにイライラしている駅長が大きな懐中時計をにらんでいた。

ぼくたちは、あと数秒というところで間に合った。

10　峠を越えて

「……冬は、やむをえずきびしい庭師となります。弱った者、老いた者、病んだ者、身体に障害を負った者は取り除かれるのです。知能は高いが体質の劣る者たちの生存率を上げようと、〝積極的冬季支援策〟への取り組みが進められてはいますが、大多数の人々にとって、それは実際的ではなく費用もかさみます。強く富裕な者だけが春を目にするのは当然で……」

――〝あらゆる人にモルフェノックスの権利を〟への不同意を弁護するジェームズ・スリープウェルの演説

列車はほどなく〈セクター12〉へ向かって北に進みはじめたが、もうもうと立ちこめる火の谷の煙が有害な霧のように車両に入ってきて、乗客全員を咳《せ》きこませた。しかし、不快な状況は長くは続かなかった。ウェールズの炭田区域を過ぎると煙は消え、列車はふたたび蒸気を上げながら、なだらかに起伏する景色のなかを走っていった。おもに凍った貯水池と採石場、発育不良のオークからなり、すべてが分厚い雪に覆われていた。

心地よい眺めも、ぼくの目にはほとんど映っていなかった。ぼくは感情が麻痺した状態で、車両の片隅に座っていた。指が大きくむくんでいる感じがして、胸が締めつけられるように重かったので、上着のボタンを外し、シャツの首もとをゆるめた。唾《つば》をのみこむのがむずかしく、心臓は一向に静まってくれなかった。ティフェン夫人は、奇妙なことに、今では『デライラ』を弾いていた。けっこうしっくりくる気がした。歌詞そのものがというより、蒸気機関車で谷を進みながら、ブズーキによる演奏だとはいえ、トム・ジョーンズを聴いていることが。ぼくは十分ほど落ち着こうと懸命になっていたが、あまりうまくいかなかったので、《バンビ》の組み立てを始めた。ちょうど終えたところで、声がした。

「座ってもいいかしら?」

オーロラだった。答えを待たずに座る。

「あなたが来なければ死んでました」ぼくは言った。「ありがとう」

「あら、どういたしまして」オーロラが、まるでマーズバーを一本とか、動物園のいらない切符を一枚譲っただけであるかのように応じた。「だけど」ひと呼吸置いて言う。「トッカータがかんしゃくを起こして、何かおかしなことをしそうで心配だわ。本当にローガンが好きだったみたいだから。あんな傲慢《ごうまん》なやつなのに」

奇妙なことに、ぼくは何もかもをどう感じればいいのかよくわからなかった。衝撃的な結果になったのは確かだし——ふつう、国で指折りの地区取締局長をいきなり殺したりはしない──ぼくはローガンが好きで尊敬もしていたが、彼が飼育詐欺にかかわっていたのは、やっぱり非難されるべきだ──それに、ローガンはぼくを殺そうとしていたのだから、彼が死んだことを心から残念だとは思えなかった。しかし、うれしいとも思えない。

「自分がこういう仕事に向いてるのかどうか、よくわかりません」ぼくは言った。

オーロラがぼくを見て、笑みを浮かべた。

「冬にヒーローはいないの。いるのは生き延びた幸運な者だけ。それに、あなたは卒業試験に合格したわ。今や一人前の冬季取締官よ」

達成感はわいてこなかった。

「ぼくは師匠に危うく殺されそうになりました。あなたがいなければ、殺されてたでしょう。ティフェン夫人に関するぼくの働きは、微々たるものです。合格と見なせるとは思えません」

「目的は達せられたわ」オーロラが笑顔で言った。「重要なのは、ほとんどそれだけよ。特に、冬にはね。ローガンは、なんの用事でトッカータに会おうとしてたの？」

「青いビュイックと伝染性の夢についての何かです」

「ばかばかしい」オーロラが言った。「伝染性の夢なんて存在しないわ」

「でも──」

「ふうん」オーロラが言った。「伝染性の夢が存在するっていう証拠が何かあるわけ？」

ぼくは、ムーディーが青いビュイックとネスビット夫人と追いかけてくるたくさんの手についで何やらつぶやいていたことを話した。

「鉄道技術者《レールテック》のムーディー？」

ぼくはうなずいた。

「それに」ぼくは自分の訓練のことを考えながら言った。「指揮権の継続性をともなう指令についての規則ＳＸ－70によれば、ぼくはローガンの調査を続けるか――せめて問い合わせくらいはする必要があります」

「伝染性の夢について？　トッカータに？」

「だと思います」

オーロラがぼくの手をポンポンとたたいた。

「忠告しておくわ。ブズーキ・ガールをハイバーテックに放りこんだら、最終列車に乗って家に帰りなさい。〈セクター12〉の冬季取締官たちは、毒ヘビの群れよ。特に、トッカータはね。そういう連中とかかわりたくないでしょう」

いくつかの情報筋から、同じことを聞かされていた。

「トッカータが冬を生き延びるために、ナイトウォーカーを二体食べたっていうのは、本当なんですか？」

「必要になるまで生かしておいたって聞いたわ。今では味をしめたみたい。ブズーキ・ガールを飼育しようとしてた残りふたりの犯人について、ほかに憶えてることある？」

「容疑者はふたりじゃなくて、三人いましたよ」

オーロラが片方の目を一瞬ぼくに据えるあいだ、もう片方の目はどうやらひとりでに動き回っているようだった。

「その女は左側にいた？」

「男です。医療技術者《メディテック》でした」

「なるほどね」オーロラが役に立たない目を指さした。「左側にあるものが、あまりよく見えないの」

それから、メモ帳に描いたスケッチを見せた。意外ではなかったが、顔の右半分だった――ファウルナップの。

「ナイトウォーカーを奪った男よ。こいつでしょう？」

ぼくはうなずき、オーロラはメモ帳を胸のポケットに入れた。

「ローガンはためらった」ぼくは少し考えてから言った。「あなたを殺したくないみたいに。なぜだろう？」

「さあね」オーロラが言った。「でも、そうしたのはあなたにとって明らかに有利で、彼にとって明らかに不利だったわね。わたしが言ったことを忘れないで。〈セクター12〉の冬季取締官には近寄らないこと――特にトッカータには」

オーロラが、さよならと言って車両の向こうへ歩いていき、ぼくはひとり残されて思いにふけった。三十分ほどたつと、列車は高地にあるトーパントゥ駅に停車した。

下り坂で運転手がブレーキをかけるあいだも乗客や貨物に動きはなく、列車はまたすぐに走りだし、まずは山の頂上を貫く二キロ弱のトンネルを通り抜けて、次に〝〈セクター12〉へようこそ〟という風雨にさらされた看板を通過し、そこからゆっくりした速度で長い斜面を下っていった。山のこちら側では雪がやんでいて、夕暮れのなかで見分けがつくのは、四方にそびえる山々の形と、柔らかい雪の毛布に覆われたその頂だけだった。きついカーブでは、五両前の機関車の赤い光がはっきりと見え、除雪機が吹きだまりを蹴散らして進むと、ときどき列車が揺れ、煙突から飛び散る火花がホタルのように窓の外を流れていった。

カスタードクリームビスケットを六個食べさせると、ティフェン夫人はありがたいことに〝硬直麻痺〟に陥り、ちょっとした息抜きを与えてくれた。ぼくは立ちあがって脚を伸ばし、車両の端まで歩いて、そこでムーディーを見つけた。じっと物思いに沈みながら、窓の向こうを眺めている。ぼくがとなりに立つと、目を上げた。

「これをきみに渡さないと」ぼくは言って、約束した借債《デット》の概要が書かれた紙を差しだした。債権者の名前、日付、ぼくのサイン。

「ちゃんとしてるな」ムーディーが言って、それを上着のポケットに入れた。「座るか?」

ぼくは、もしティフェン夫人が散歩に出かけたり、椅子をかじりはじめたりしたら見える場所に腰かけた。

「どうやってあの〝空家〟を取り戻した？」ムーディーがきいた。

「昔懐かしい度胸を見せたおかげかな」

「いや、冗談抜きでさ」ぼくのことを見透かしているムーディーが言った。「どうやって取り戻した？」

「オーロラが現れて、窮地から救ってくれたんだ」

「そういうことか」ムーディーが言った。「つまり、彼女に借りができたってことだ。冬に誰かに借りをつくるのは、あんまりいい習慣じゃないな」

「きみにも借りをつくったよ」ぼくは言った。

「確かに」ムーディーが言った。「それだって、あんたにとってあんまり都合はよくない。ナイトウォーカーを届けたら、家に帰るのか？」

「伝染性の夢について、トッカータと話したらね」

ムーディーが見るからにぎょっとして、車両を見回した。ぐっと身を寄せて、声を低くする。

「伝染性の夢のことなら、話してやれるよ」ムーディーが言った。「でも、あとで、こっそりな。おれは〈ウィンカーニス〉にいる。簡単に見つかるよ――中央広場に面してるから。それと、ハイバーテックには気をつけろ。〝人類の救世主〟とかいうのはぜんぶ、まったくのたわごとだ。ハイバーテックは、金のためだけにあれをやってる。ドン・ヘクターは昔からまあまあ理想に忠実だったが、ほかの連中はあっという間に彼の夢を盗んで、悪夢に変えちまった。〝ラザロ計画〟は、そういうぜんぶをもっと悪くするだけだ」

「〝ラザロ計画〟ってなんなの？」

「あとで、ちょっとだけ知ってることを話してやるよ、〈ウィンカーニス〉でな。でも、〈セクター12〉では気をつけろ。あそこには、あべこべの何かがある」

「あべこべ？」

「ふつうじゃない、気味の悪い何か。子どものころ聞かされる、あの妙な冬の伝説やおとぎ話を知ってるだろ？　冬の魔物《ウィンターフォルク》を？」

ムーディーの言っていることはよくわかったし、ぼくは魔物たちの奇妙さだけでなく、その多様さにずっと昔から魅せられていた。人の熱を奪って食べる冷石鬼《サーマロヴァアー》。人をベッドから呼び起こして歌とダンスと夢のような情事を約束するのだが、疲労で死なせて体じゅうの水分を抜きとって放置する冬の妖女《ウインターセイレーン》。小人《トントウー》のなかには、夜中に部屋に忍びこんで、歯や現金や爪先を盗む者もいる。食脂霊《チャンサー》は壁を通り抜けることができ、眠っている人の脂肪を奪って食べて骨と皮だけにしてしまう。食夢虫《ギズモ》は人の耳に入りこんで卵を産み、そこから孵《かえ》った幼虫は人の夢を食べると言われている。

どの魔物もみんなすごくおもしろいが、ぼくの特別なお気に入りを挙げるとすれば、それはグロンクだった。無価値な人間の恥を餌にしながら、リネンをたたみ、ロジャーズ＆ハマースタインのヒット曲を口ずさむという習性には、興味をそそるでたらめさがあった。

「うん」ぼくは答えた。「冬の魔物《ウインターフォルク》の話は知ってるよ」

ムーディーが上体をぐっとかがめて、ぼくの膝に触れ、声をひそめた。

「〈セクター12〉では、やつらは本物になる。そこにいるし、現実なんだ。中部ウェールズは、おとぎ話の揺りかごさ――冬眠者の夢見る心で編まれてる」

「ふうん」ぼくは言った。どうやらムーディーのナルコーシスは、青いビュイックや切断されたたくさんの手や生き埋めより、さらに進んでいるようだった。

「ほんとなんだ」ムーディーが言った。「〈シドンズ睡眠塔〉のロイド守衛の話、聞いたことあるか？」

「いいや」

「あいつはグロンクに出くわしたんだよ。というか、とにかく、さわれるくらい近くで見たんだ」

「それで？」

ムーディーが咳払《せきばら》いした。

「昔、イカボド・ブロックっていう名前の冬季牧夫がいてね、ラアアデルの外れの、氷床が氷から雪解け水に変わるとこの近くで、農場を経営してた。まわりには何キロにもわたって、誰も住んでなかった。イカボドは、ありふれた欲求を持つ男で、口数が少なく、自分の運命に不満で、マリアというかみさんとグレトルという娘がいたそうだ。でもふたりは、数年前のある日の午後、誰も知らないどこかへ消えちまった。それで、イカボドはむっつりと引きこもるようになって、話しかけたりつきあったりしたがる者もほとんどいなくなった」

「養育院《プール》(32)にもそういう人がいたよ」ぼくはシスター・コントラクシアのことを思い出して言った。

「ある冬」ムーディーが続けた。「イカボドは、数年前に命の借りをつくった知り合い、ロイドと連絡を取り、自分は冬の魔物《ウインターフォルク》に〝頭が変になるほど悩まされてる〟と話した。ロイドは十年も守衛をやってたから、冬の恐ろしい話を聞かされても、めったにおびえたりしなかった。冬の魔物《ウインターフォルク》なんて、ただの洗濯屋の古いつくり話、愚かな連中のたわいないパブでのおしゃべりだと考えてたんだ。

〝どうして冬の魔物《ウインターフォルク》だとわかるんだ？〟ふたりが会ったとき、ロイドはたずねた。

〝先週、冬季活動性のヘラジカが枝角を整えられてたし、八十九頭の牛マンモスのうち六頭が毛皮にブラシをかけられてた。それに家のなかじゃ〟イカボドが続けた。〝ミューズリー（穀物、ドライフルーツ、ナッツなどを混ぜあわせたスイス発祥のシリアル）からレーズンがぜんぶ抜かれて、グレトルの『王様と私』のアルバムは盗まれ、おれの本棚の本はいつの間にかぜんぶ並べ替えられてた〟

〝アルファベット順に？〟ロイドはきいた。

〝いや——価値の高い順だ〟

〝ほう〟」

冬の魔物《ウインターフオルク》以外の何者も、ここまでしつこく大胆不敵なことはしないだろう。

計画は単純だった。ロイド守衛が、イカボドの納屋の外で、革の肘掛け椅子に座って日没から日の出まで見張りをすることになった。

「イカボドはロイドを魔物のおとりにするつもりだったの？」ぼくはたずねた。

「そうだ」ムーディーが答えた。「守衛は古くからの伝統で去勢された男たちだし、冬の魔物《ウインターフオルク》は華奢《きやしや》な体つきの人間を好むっていうからな。それでイカボドは、十メートル離れた風上で、何個かの干し草俵《だわら》の後ろに隠れて、《サンパー》を構え、現れたものならなんだってやっつけてやろうとしてたんだ。ロイド守衛はいつでも危険を教えられるように、ずっと起きてるはずだった」

ふと気づくと、列車の乗客のうち数人が、おしゃべりをやめて身を乗りだし、物語に耳を傾けていた。

「でも、眠りはどうにもできない」ムーディーが続けた。「ロイド守衛は、しっかり目を覚

(32) シスター・コントラクシアは電動芝刈り機を入れるための納屋に住み、人づき合いを避けていた。社会化保育政策は、必ずしも子ども好きの人を引きつけるわけではない。

まして、真っ暗闇のなかで耳を澄ましてそこに座ってた。唯一の明かりは、冬の夜空でかすかにちらちらと輝く星の光だけだった。暗闇をさえぎる音は何もなかった。カサカサという音も、ポキリと小枝が折れる音も、おびえたマンモスのうなり声さえ聞こえない。ロイドはジャケットにぎゅっと身を包んで、自分の人生と、欠点と、望みと、『ひとりぼっちの山羊飼い㉝』のメロディーが頭から離れないことについて考えた」

ムーディーは少しのあいだ口をつぐみ、携帯用魔法瓶に入れた飲み物をひと口飲んでから、続けた。

「灰色の夜明けが夜を背後に押しやり、世界がふたたび目覚めに向けて動きだしたころ、ロイドは突然はっと目を覚ました。この二時間眠ってて、イカボドの叫び声に起こされたんだ。ふたこと、すごくはっきりと聞こえたが、意味はわからなかった。ロイドは欠伸をして体を伸ばし、呼びかけた。しかし答えはなく、調べてみると、安全装置は外れてたが発射されてないイカボドの《サンパー》が見つかり、着てた服はぜんぶきちんとたたまれて地面に置かれてたが、まるでマトリョーシカ人形みたいに重なりあったままだった。靴下は靴のなかに入ってたし、サスペンダーはシャツの上からボタンで留められ、時計のそばには歯の詰め物が小さく積まれてた」

「その人、いなくなったの？」乗客の誰かがきいた。

「消えちまった。ロイドは取締官を呼んだが、彼らは三キロ先に立つオークの樹上高くに引っかかったイカボドの帽子のほかは何も見つけられず、三日後にはあきらめた。結局、イカボドは夜驚症にかかってて、頭がいかれて失踪したと断定された。新しい牧夫がイカボドのかわりに連れてこられ、やつの失踪は謎のままになった」

「イカボドの言ったふたことって、なんだったの？」ぼくはきいたが、すでに答えは知っていた。

「やつは〝おお、グロンク〟って言ったんだ。なんだか――疲れた悟りのため息をつくみたいにね」

客車のなかが静まり返り、恐怖と驚きの気配があたりに重々しく漂った。グロンクは冬の魔物《ウインターフォルク》の仲間に最近加えられたので、初めて現れたときの話はこれまで聞いたことがなかった。ぼくは窓の外をちらりと見た。列車は斜面のふもとにたどり着き、石造りのダムとゴシック調の濾過塔《ろかとう》がある凍った貯水池沿いを走っていた。ぼくはムーディーのほうを振り返った。物語が終わっていないことはわかっていた。

「続きがあるんだろう？」ぼくがたずねると、ムーディーがうなずいた。

「後任の冬季牧夫は、数週間のうちに水の味が酸っぱくなってきたことに気づいて、垂直はしごをのぼって、縦横四十センチくらいしかない屋根裏の窓を抜けた。すると、冷たい水槽

（33）　映画『サウンド・オブ・ミュージック』サントラLP、B面一曲め。

のなかに、片方の小指だけなくなったイカボドの遺体が見つかった」

　ムーディーが劇的効果を狙って間を置いた。

「取締官たちは自殺と断定し、イカボドが〝冬の魔物《ウィンターフォルク》の伝説を強固にしたいという不可解な欲望〟を持ってたのかもしれないと考えた。でもロイド守衛は、そんなはずはないと思ってた。イカボドを捜してるとき、家のなかがちゃんとしてて、洗濯も終わってるし、ベッドも整えられてて、蓄音機で『南太平洋』[34]のサントラがかかってることに気づいた。こんろには、ランカシャー・ホットポット（羊肉とジャガイモの煮込み）まで用意され、ふたには小さな細長い字で書いたメモが貼られてた」

「なんて書いてあったの？」乗客のひとりがたずねた。

「〝オレガノが足りない〟って書いてあった」

「彼が自分で服をたたんで、掃除して、料理したのかもしれないよ」別の乗客が、背もたれの向こうからのぞきこんで言った。「で、レコードをかけたんだ。取締官たちが言ったみたいに、伝説をのちに伝えるためにさ」

「その可能性もある」ムーディーが言った。「でも、イカボドはちゃんとした男じゃなかった。それに、ライス＆ロイド・ウェバーのほうが好みだった」

　ぼくがききたいのは、あとひとつだけだった。

「イカボドは無価値な人間だったの？」

ムーディーが、ぼくたち全員の顔を順番に見た。

「水槽で見つかったのは、イカボドだけじゃなかった。八年前に出ていったとやつが言い張ってた、かみさんと十歳の娘の骨もあったんだ」

ムーディーが物語を締めくくると、そこにいた数人の聴衆は満足げなつぶやきを漏らし、伝統に従って、輸送主任にチップとして食べ物を与えた。一分もしないうちに、ムーディーはマーズバー半分、ワインガム八個、小さなヌガーバー一本、マレーミント一個を手に入れていた。

「〈ウィンカーニス〉でまた会おう」そう言って、仮眠を取るため座席に背中を預ける。「そのとき、青いビュイックのことを話すよ——ハイバーテックのことも」

ぼくが自分の座席に戻ると、ティフェン夫人は無事に〝硬直麻痺〟のなかにいた。列車はタリーボントでしばらく停車して発電所の職員を降ろし、停まっているあいだに鉄道技術者《レールテック》たちがブレーキを整備し、ほどなくふたたび出発したが、今度はもっと快調で、進路がくっきり見え、速度もかなり上がった。

凍りついた川を渡ってから、廃止された連絡駅、雪と氷に覆われたプラットホームと駅ビ

(34) 当然、オリジナル・ブロードウェイ・キャスト盤だ。イカボドの奥さんと娘は、このミュージカルの大ファンだった。

ルを通りすぎた。列車はさらに三十分ほど走り続けたあと、シューという柔らかな音と、くぐもったブレーキのきしみ音とともに停止した。

外へ向かうぼくの旅は終わった。

11　タルガースとハイバーテック

「……中部ウェールズというハイバーテック本社の立地は、モルフェノックスの製造で保安の必要性が高まると、思いのほか好都合であることがわかった。スノードニアの大氷原の先端まで北へほんの五十キロメートルほどであり、盗賊《ヴィラン》が多く住むこの地域は旅行者が寄りつかないので、保安が問題になることはあまりなく……」

——ロナルド・ファッジ著『ハイバーテック小史』

ぼくはティフェン夫人の鼻の下に小さなマジパンを近づけて〝硬直麻痺〟状態から起こし、フルーツ入り麦芽パンふた切れとウォーカーズ・ショートブレッドフィンガー一個を食べさせてから、客車の扉の外へ導いた。空気はカーディフより冷たく、雪を踏むとザクザクではなくキュッキュッという音がした。もうすっかり暗くなり、町は電灯ではなく、ガス灯で照らされていた。ランプの上端で揺らめくオレンジ色の明かりが、町に神秘的で悲しげな雰囲気を添えている。まるで町全体が、時間のゆがみにとらわれたかのようだ。

プラットホームの看板には、タルガースという駅名が記されていた。ハイバーテック社の本拠地となっている小さな町だ。ぼくが駅長に、預かり物を届けたら同じ列車で戻るつもりだと伝えると、最短でも二時間は出発しないと言われたので、時間はたっぷりあった。

　ムーディーが荷降ろしを監督するあいだに、ぼくはティフェン夫人を駅の出口へ連れていった。そこではすでにオーロラが、背の高い痩せた男性に出迎えられていた。オイルを塗ったばかりのラグビーボールのような顔色をしている。泥炭湿地に埋もれて保存されていた古代の遺体が頭に浮かんだ。

「ワージング補佐取締官㉟」ティフェン夫人とぼくが歩み寄ると、オーロラが言った。「ハイバーテック保安部副部長、ライオネル・フック調査員を紹介しましょう。わたしがいないときには、スタッフの面倒を見てくれるの。とっても頼りになるわ。入社するまでは、陸軍大尉《キャプテン》だったのよ」

「つまり……キャプテン・フック？」

「そうだ」フックが片方のまぶたをピクピクさせながら言った。「だが、もしワニや目覚まし時計やなくした手について何か言ったら、おまえの片方の目玉をくり抜いて飲みこませてやる」

「そんなこと考えてません」ぼくはやや不正直に答えた。そういうものが、ひとつ残らず脳裏をかすめていったからだ。

「目玉についてフックが言ったのは冗談よ」オーロラが言ってから、副部長のほうを振り返り、いぶかしむような口調でたずねた。「冗談だったのよね？」

「もちろん」フックが言い、少し間を置いてからつけ加えた。「ちょっとした戯言《ざれごと》だよ。場を和ませるためのね。わかるだろう」

そして、まるで〝自分の魅力を磨くための簡単ハンドブック〟に載っているような笑顔をぼくに向けた。さらに困ったことに、〝冬の抱擁〟をしようと進みでる。嚙みタバコと電池酸と死んだばかりの馬のにおいがした。フックはこの機会をとらえてぼくに耳打ちもした。

「進路を外れて勝手なまねをしたら、地獄へたたきこんでやるぞ」

「こちらこそよろしくお願いします」ぼくは口ごもりながら言い、この紹介は、ぼくが何者かをフックが知るためのもので、その逆ではないのだと気づいた。

「車で送ってほしい？」オーロラがたずねた。体を動かさなくちゃとぼくが答えると、オーロラは気をつけてと言ってから、フック調査員とともに、まるでトラックとファミリーカーの不幸な結婚で生まれたみたいな四輪駆動の司令車で出発した。


ティフェン夫人とぼくは、ハイバーテック本社を示す看板をたどって、空っぽの町を歩いた。

(35) 〝見習い〟ではなく〝補佐取締官〟という敬称で呼ばれたのはこれが初めてだった。まだ実感がわかなかった。

ていった。決まった安全な進路は、とてもはっきり示されていることがわかった。壁や街灯に留められたリング状の金具に六ミリの鋼のケーブルが通され、どこまでも続いている。カーディフやスウォンジーにもそういう設備はあるが、緊急時にしか使われなかった。ここでは使われているどころか、大いに役立っているように見えた。視程がゼロになった場合、決まった進路があれば、道に迷わなくて済むだろう――ケーブルをしっかりつかんでさえいれば。

ぼくは、ハイバーテックに向かったが、緊張のあまり震えていたと思う。モルフェノックスの重要性を軽く考えることはできない。現在では、冬を生き延びることは思いがけない贈り物ではなく、期待できるものになった。おかげで技能が保持され、食糧消費が減少し、再配置と移植による利益も加わって、早くも〝ポスト飽食〟の経済環境は恩恵を受けつつあった。自然な眠りを提唱する〈南部同盟〉は、かつては〈北部連邦〉と肩を並べていたが、今では頭に浮かぶどんな社会政策、財政政策においても遅れを取っていた。どこから見ても、モルフェノックスが勝者だった――使用の権利を得られさえすれば。得られれば、万事オーケー。得られなければ、ふん、かまいはしない。とにかく、めざすべき何かを持てるのだ。

ハイバーテック本社は暗く静かで、まわりに人の気配がなかった。町の外れまで道路を照らすガス灯の行列がなければ、はるか昔に遺棄されたのかと思う人がいそうだった。確か、六十エーカーの複合施設で、開けた単調な田園が四方を囲む立地が意図的に選ばれ、高さ二十メートルの壁の四隅にそびえる監視塔から、あらゆる方向がよく見えるようになっている。大きな両開き戸には鋼の帯が張られ、両側に細い小窓がついていた。入口の片側に電話が固定されていたので、ぼくは受話器を取って、雪を払い落とし、〝呼び出し〟ボタンを押して自己紹介した。

「補佐取締官ワージング・Ｃ、ＢＤＡ２６３５５Ｆです」ぼくは言った。「ナイトウォーカーを届けにきました。ティフェン・Ｌ、ＨＡＢ２１４１７Ｆ」

「ふむ」声が返ってきた。「予定では、ローガン・Ｊ、ＪＨＫ８８９５２１Ｍが来ることになってますが」

ぼくは、ローガンが死んだので、指揮権の継続性の規則ＳＸ−70に従って、自分がその義務を引き継いでいることを伝えた。このあとさらにいくつか質問があり、ようやく納得がいったのか、警備員が外のドアの錠を外し、ぼくたちを入れてくれた。《バンビ》を預けたあと、豪華に飾られた広大な受付ロビーに足を踏み入れた。ドーム形の天井、後方の大階段、複合施設へ続く数本の幅広い廊下。受付の向かいには、ハイバーテック・インダストリーズの歴史を物語る贅《ぜい》を尽くした大きなステンドグラスの窓があり、壁に掲げられた巨大なハイバーテックのロゴは、プリンセス・グウェンドリン三十八世とドン・ヘクターの対になった肖像画を小さく見せていた。さらに注目すべきなのは、ゴルフカートが二台駐まっていて、それぞれにぼんやり床を眺めるナイトウォーカーが乗っていることだった。これは驚きだ。

再配置されたナイトウォーカーで、ゴルフカートの運転ができるほど高い技能を持つ者は見たことがなかった。ふたりは、まったく似つかわしくない名札をつけていた。どこかのおどけ者が、チャスとデイヴという名前を与えたのだ（チャス＆デイヴは一九七〇年代にデビューしたイギリスのポップロックデュオ）。

「ハイバーテックへようこそ」警備員が快活に言った。名札から、名前はジョッシュだとわかった。胸のポケットにハイバーテックのロゴを縫いつけた黒い制服を着ていて、背後には〝今週のハイバーテック受付職員賞〟という額入りの証書がいくつもあったが、ぜんぶ彼のだった。受付職員がひとりしかいないか、ほかにうまくできる人が誰もいないかのどちらかだろう。

「お客さまはいつでも歓迎ですよ」ジョッシュが続けた。「ぼく自身がお客みたいなものでね、カナダから来たんです。ぜひ、あっちにもいらしてください。ぼくらの国は、百四十八峰にわたって連なる山脈があるんですが、どういうわけかおもに木々で知られてるんです。じつを言えば、国のほとんどが木々なんだけど」

「行ってみたいな」ぼくは言った。「でも、すべてがちょっと、その、凍ってるんじゃない？」

「氷河で覆われた万年雪の氷原と、ツンドラっぽい土地が広がってる程度ですよ。ああ、それと、混乱しないように整理しておきましょう。ぼくらの真の国技ラクロスは、意図的に荒っぽく戦うスポーツなんだけど、ホッケーは、意図せず荒っぽくなってしまうスポーツですからね。それと、よっぽど暇でないかぎり、偽物のメープルシロップのことはきかないでください。うわあ、それはブズーキですか？」

「そうだよ」ぼくが答えると、ティフェン夫人が律儀に『デライラ』を弾きはじめた。

ジョッシュがぼくに身分証明書を返した。

「用心するに越したことはないからね」ジョッシュが言った。「〈本物の眠り〉のスパイが、さほど遠くないところにいる。会ったことありますか？」

「いいや」ぼくは答えた。「会ってたとしても、気づいたことはないな。どんな人たちなの？」

「ほかのみんなと変わりません。それが問題なんです」

ジョッシュが、右の眉を左より少し高く上げて、しばらくぼくをじっと見た。

「まるで、最近ひどいバチが当たったみたいな顔してますね」

「まあ、言えてるかも」

「ぼく、悲観主義って大嫌いなんです。どうしたら元気づけてあげられるかな？」

ぼくはローガンのことを考えた。

「どうすれば、タイムトラベルっぽい方法で、人生を変えちゃうようなまずい決断を消せるだろう？」

「それについては何もできないけど、たぶん、その苦痛は和らげてあげられます。帰るとき立ち寄ってくれれば、ぼく特製のものを用意しておきましょう」

「特製のもの？」

「任せてください」

ジョッシュが来客用の出入許可証に何やら殴り書きしてから、クリップボードに挟んだ用紙に署名させた。ぼくはあたりをきょろきょろ見回した。数人が廊下を行ったり来たりしていたが、みんなゆっくり歩き、口を閉じている。忙しそうではあるが、社内は不気味に静まり返っていた。

「いつもこんなに静かなの？」ぼくはきいた。

「経営陣は、むだなおしゃべりは創造的な思考の邪魔になると考えてるんです」ジョッシュが言って、カウンターの下にある十個ほどのレモンのなかからいちばんいいものを選び、戸棚からミキサーを取ってきた。「スクラブルはやりますか？」

「昔、三倍の枡《ます》に〝Bezique《ベジーク》〟を置いて、二百二十八点取ったことがあるよ」（qやzのつく英単語は少ないので、それを三倍の枡に置けば高得点になる）

そのあとすぐ、プレイするのをやめてしまった。そうするしかなかった。それ以降、駒を引くたび、集まるのはどうしようもなく期待外れの文字ばかりだったからだ。

「すごいなあ」ジョッシュが言った。「それじゃ、ぼくらはコテンパンにやられるだろうな。たいてい毎朝十時から正午まで、〈ウィンカーニス〉で対戦してるんです。ぜひ仲間に入ってください」

ぼくは、次の列車で帰ることを伝えた。

「それは残念」ジョッシュが言った。「まあ、次の機会に。向こうのあの部屋で待っててください。何か必要になったら呼んでくれればいいから。帰りに立ち寄るのを忘れないで」

待合室は明るい病院のような緑色に塗られていて、〝絶対に壊れない〟椅子が数脚置かれ、壁に色あせたポスターが貼ってあるだけだった。いちばん大きいポスターは人口管理局《オフポップ》の広報で、十二代めのネスビット夫人が描かれていた。夫人は母親らしい明るい顔をして、〝赤ちゃんを産めば、法定配分を超える現金払いの特別手当が受けとれます〟と高らかに謳っている。もう少し穏やかなのは、ウェールズ観光局の二枚のポスターだった。一枚めは、今や周知のキャッチフレーズ〝ウェールズに行こう――雨とはかぎらないから〟で地元を宣伝していた。二枚めはロッシリ・ビーチの宣伝で、岸に乗りあげた難破船〈アルゼンチン女王〉号が描かれ、心をそそる揺るぎない真のキャッチフレーズが添えられていた。

ずっと変わらずそこにある、ガウアー

この場所には、病院のにおいもあった。ペンキと、漂白剤と、洗ったばかりの洗濯物の混じりあったにおい。ティフェン夫人にピクルス二本とストリングチーズ一パックを食べさせると、夫人はまた『デライラ』を弾きはじめたが、まるで周囲の重力に影響されたかのように、これまでより静かな演奏だった。

十分ほどたつと、ひとりの女が熱心に書類を読みながら角を曲がってきた。短い髪と、小づくりな鋭い顔立ちをしている。ルーシー・ナップにそっくりだったが、驚くまでもない、ルーシー・ナップ本人だった。

「ルーシー?」

「ああ、チャーリー」ルーシーがにんまりして言った。「きみがこっちへ向かってるって、聞いてたのよ」

ぼくは立ちあがって、友人を抱きしめた。

「ここで何してるの?」ぼくはきいた。

「わたし、ハイパーテック・エリートコース経営計画の一環として、高度再配置ユニットに配属されたの。チームはすばらしい仕事をしてるのよ」ルーシーがあたりを見回した。

「ローガン取締局長はどこ?」

「彼は死んだ。じつは、殺されたというか——オーロラに」

「本当? なぜ?」

「ローガンはぼくを殺そうとしたんだ」

「なぜ、誰かがきみを殺そうとするの?」

「長い話なんだ。それに、自慢できる話でもない」

「気が向いたら話して。あれが彼女の〝芸《トリック》〟？」ルーシーが、『デライラ』を弾き続けているティフェン夫人を指さしてたずねた。

「そうだよ」

「みごとね。きみのブズーキ・ガールは、研究開発にきっと役立つよ。〝ラザロ計画〟では、現在よりもはるかに有益な形で地域社会に奉仕できるよう、ナイトウォーカーの高度な再配置が行われるの」

「だったら、本当に〝ラザロ計画〟はあるんだ」ぼくは言った。「モルフェノックス－Bはどうなの？」

「肯定も否定もできないな」ルーシーが笑みを浮かべて言った。「見落としてるといけないから言っておくけど、きみが受付で署名した書類は、秘密保持同意書だからね。ここで見た何かについてひとことでも漏らしたら、フック――フック調査員には会った？」

　ぼくはうなずいた。

「彼が力ずくで誓約を守らせに行くよ。それって、楽しい思い出にはならない気がする。うわさによると、フック調査員は昔、飢えた北極アナグマと戦ったんだって――そして勝ったの」

「すごい、ってほどでもないんじゃないかな」

北極アナグマは気性が荒くて有名だが、中型犬くらいの大きさしかない。戦いたくはないが、きちんと武装していれば、指一本か片目くらいはなくすとしても、たぶんだいじょうぶだろう。

「四歳のときよ」ルーシーが言った。「フック調査員は冬牧民《ウォマド》の出なの。オルディヴィシャン族だったかな。真冬の寒冷持久走《フリーザーソン》の最中だったとか[36]」

「なるほど、それはとんでもなくすごいね」

「そういうわさ。さあ、ふたりとも、〝B〟棟に行きましょ」

ルーシーが待合室の外へ出るように合図してから、手を二回たたいた。ゴルフカートの運転手がふたりとも、ナイトウォーカー特有の重たげなのろのろした動きで目を上げ、ルーシーがデイヴという名札をつけたほうを指さすと、彼がゆっくりこちらへカートを運転してきて停めた。そしてその場で座って待ち、上方の、ぼくたちの右側の壁をじっと見つめた。

ルーシーがぼくに、ティフェン夫人といっしょに乗るように身ぶりで示してから、自分も乗った。

「わたしたちは、再配置されたナイトウォーカーの技能を、ジャガイモを分けたりドアをあけたりだけじゃない、もっと高いところまで伸ばそうとしてるの」ルーシーが言った。「でも今はまだ、最終テスト段階ってところかな。だから、社外には出さないの。いっしょにゴルフカートに乗るときには、必ずジャムサンドウィッチとアーモンドスライスの箱を携帯するのが会社の規定。技能はあっても、お腹が空くと、まだちょっと噛みつく癖があるから」

ルーシーが運転手に行き先を告げると、ゴルフカートはタイヤをキーッときしらせて出発した。続いて、まさに身の毛のよだつようなドライブが始まった。すんでのところで障害物をかわし、行く手をふさぐ歩行者を警笛だけでよけさせながら、見通しの悪い曲がり角を無鉄砲に飛ばす。デイヴは自分の仕事にはおざなりな興味しか持っていないようで、道中ほぼずっと、犬が骨を見つめるかのように、ぼくの腕にじっと目を据えていた。

ルーシーが、名士グッドナイトに会わせるからマナーに気をつけるようにと言った。

「ほんとに？」

「そう、ほんとに」

ぼくが驚くのも無理はなかった。名士シャーロット・グッドナイトは、モルフェノックスの開発中、ドン・ヘクターとともに働いた緊密なチーム、〝ハイバーテック・ファイヴ〟の唯一の生き残りだった。グッドナイトは、チームに加わったとき十六歳の化学の天才で、十二歳未満のためのジュヴノックスを自身の手で完成させた。ドン・ヘクターが亡くなると、当然の成り行きとして会社のトップに選ばれた。

(36) 〝冬牧民《ウオマド》〟つまり〝冬季遊牧民《ウインター・ノマド》〟はしばしば、弱者と強者を分けるために、子どもたちを冬のなかに置き去りにする。

「きみが出ていくって宣言したとき、マザー・ファロピアはなんて言ったの？」猛スピードで移動しながら、ルーシーがきいた。

「ぼくは恩知らずのクソガキで、冬になったら一週間以内に死ぬし、ちゃんとした墓に入れてもらえたなら、行ってその上で踊ってやるってさ」

「そう言ったの？」

「そういう意味のことをね」

「それでも、きみは正しいことをしたのよ」

カートは自動ドアを抜けて別の長い廊下に入ったが、ここは片側が屋根のない開放空間になっていた。前に施設の空中写真を見たので、中庭を囲む大学みたいな建物であることは知っていた。この中庭は樹木と灌木《かんぼく》が茂る十二エーカーの区域で、カチカチに凍ってさえいなければ小川まで流れていて、片隅からわきでた水は岩々と小峡谷を抜け、滝となって落ち、もう片方の隅へコポコポと音を立てて消えていくはずだった。

「施設全体が、もともと〝冬眠性朦朧症《ナルコーシス》〟患者のための四千床の療養所として設計されたの」ルーシーがぼくの視線を追って言った。「でもそれは、ドン・ヘクターと彼のチームの研究がどんどん実を結ぶにつれて、彼らに譲り渡されていった。実用可能版のモルフェノックスが開発されるまでには、敷地全体が冬眠関連研究に明け渡されてたの。どうすればもっと多くの人が冬眠を生き延びる望みを持てるのか、どうすれば必要な冬眠期間を減らせるのか、どうすれば早期起床《アーリー・ライジング》をめぐる心と体の問題にうまく対処できるのか、という研究のために」

「すごく立派なことだね」ぼくは言った。

「そうでしょ」ルーシーが答えた。「ハイパーテックの企業理念は、社会と経済を弱体化させる冬眠の影響から、人間を永久に解放すること」

「大胆な約束だなあ」

「ハイパーテックは常に大きな視野で考えるの。着いたよ」

ゴルフカートが、〝ラザロ計画〟と記されたドアの前でキキーッと音を立てて停まった。

「ゴキゲンヨウ・はいぱーてっくデノ・ゴタイザイヲ・オタノシミクダサイ」デイヴが言って、まるで音だけで憶えたかのように何度も同じことばを繰り返した。

ルーシーがキーパッドでドアの錠をあけ、何度か左右に曲がって、さらにふたつのスイングドアを抜けると、机と椅子とファイリング・キャビネットがいくつか置かれた円形の部屋に着いた。丸い部屋から放射状に八本の廊下が延びていて、その両側にはしっかり閉ざされた小部屋が、おそらく各廊下に二十くらいずつ並んでいた。いくつもの音――つぶやきやバンバンという音――が聞こえ、入浴していないナイトウォーカー特有の不快なにおいも漂ってきた。廊下の少し先で、ゴムエプロンを着けた男性の看護師が、小部屋のなかをホースの水で洗っていた。汚れた水が中央の排水口に流れこんでいた。

ぼくはその場に立ち、ティフェン夫人の肘に片手を当てて、あたりを見回した。右側にガラス窓のついたドアがあり、つい好奇心に駆られて、歩み寄ってなかをのぞいた。薄緑色のつなぎを着たナイトウォーカーが、床屋の椅子みたいなものに革紐で留められている。真上には、カラーコーンの形に似ているが六倍くらい大きい奇妙な銅製の装置があり、とがった先端が被験者の額から二センチほどのところに位置づけられていた。手術台の後ろには技術者がふたりいて、たくさんの計器とボタンと文字盤と四つの大きなスクリーンがついた何台かの大きな機械を操作している。技術者たちは何か言っていたが、ドアにはめこまれた厚いガラスのせいで、その声はくぐもっていた。

「好奇心が猫をどうしたか、知っているのかしら?」

ぼくは振り返った。名士グッドナイトだった。

広報の写真で見るより老けていたが、七十代の初めといったところだろう。運動で引き締まった夏の体型をしていて、青い目はまばたきひとつせず、糊を利かせた白い制服を着ている。服からは、まじめ一方の効率のよさがにじみでているかのようだった。軽蔑をほとんど隠さずに、ぼくをじろじろと眺める。

「あっ」ぼくは、のぞき見しているところをつかまって気まずく思いながら言った。「すみません」

「で、どうなんです?」グッドナイトがきいた。

「何がですか？」

「好奇心が猫をどうしたか、知っているの？」

「殺したんだと思います」

「は？　聞こえませんね」

「殺しました」ぼくは声を大きくして言った。

「そのとおり。その意味はきわめて明白です、もちろん――」

グッドナイトがことばを切り、少し考えてから、ルーシーのほうを振り返った。

「ねえ、ルーシー、いったいなぜ好奇心は猫を殺したのかしら？」

ルーシーは、ティフェン夫人のファイルを読んでいたのだが、急に名前を呼ばれて目を上げた。

「ああ――ええと、そのことわざの前後関係ははっきりしませんけど、慣、用、的な意味はきわめて明白です」

「そのとおり」グッドナイトが言った。「わたくしでも、それほどうまくは説明できないほどよ。そう、慣用句です。わたくしたちのここでの仕事は、不快ではありますが、より大きな善のために必要なことなのです。慣用的なことばで言えば……ルーシー？」

「卵を割らずにオムレツはつくれない？」

「だいたい合っています」

「それって……慣用的っていうより、格言風じゃないですか？」

　ふたりがそろって、少しのあいだぼくをじっと見た。

「興を削がれたので、先へ進みましょう」グッドナイトが言った。「ローガン局長はどこです？」

「オーロラが殺しました」

「ちょっとした楽しみのために？」

「オーロラは、ちょっとした楽しみのために人を殺すんですか？」

「あなたは質問できる立場にありませんよ、取締官。トッカータは、ローガンが死んだことを知っているの？」

「たぶん、まだ知らないと思います」ルーシーが言った。

「誰が話すんですか？」ぼくはきいた。

「わたしじゃないよ」ルーシーが言った。

「わたくしでもありません」名士グッドナイトが、まだぼくを見据えながら言った。「その頭はどうしたのです？」

　あけすけな物言いにぼくは不意を突かれ、自分の顔の右側に手を当てた。その部分は内側にへこんで左向きにねじれていたので、ぼくの右目は左目よりおよそ目玉ひとつ半の幅だけ低い位置にあった。自分と友人とシスターたちにとっては、ただのぼくであり、口にするほどのこともない――それどころか、気づかれもしない――が、一般の人たちの反応からして、社会的な目で見れば、〝興味深い〟と、体の特徴によく使われることば〝見苦しい〟のあいだのどこかなのだろうと判断できた。「先天性の頭蓋《とうがい》変形症です」ぼくは言った。

「そう」グッドナイトがそっけなく言って、ひとえに医学的な見地からの興味しか持っていないことをわからせた。「カルシウムのせいではないのですね？」

「違います」

「不運だったわね」グッドナイトが言った。「わたくしたちはカルシウム移動の悪影響を減らして、逆によい影響に変えることにも取り組んでいるのですよ」

「ぼくはこれを不運だとは思ってません」ぼくは言った。

「教えてあげましょうか？」グッドナイトが言った。「わたくしには、まったくどうでもよいことです」

そしていきなり、ティフェン夫人の前腕に、開いた安全ピンを刺した。深紅のしみがわきあがってきた。たじろいだのはぼくだけだった。死人はまばたきもしなかった。

「血を見て動揺したのですか、取締官？」グッドナイトがたずねた。「的外れな同情は、あなたを殺しますよ」

「たいへん失礼ながら、殺すのは好奇心だったかと思います」

「もしかすると、猫を殺したものは、それかもしれないわね」グッドナイトが少し考えてから言った。「好奇心……同情絡みの」

ルーシーを見て、語義についての補足を期待しているようだったが、ルーシーは肩をすくめただけだった。

「そうですか、でしたら」名士グッドナイトは言って、クリップボードをぼくに差しだした。「点線の上に署名なさい」

「たくさんいるんですか？」ぼくはクリップボードを受けとってたずねた。「すごく巧みな芸をする〝空家〟たちのことですけど」

名士グッドナイトが疑わしげにぼくを見た。

「数字は公表してないの」ルーシーが言った。

「長年にわたるわが社の方針です」ぼくが保護に関する書類に署名していると、名士グッドナイトが言った。「〈本物の眠り〉がわたくしたちに言いがかりをつけるために、わが社の数字を利用したがるので、発表はしないのです。事実はときに、人々をひどく混乱させますからね。ですが、あなたの質問への答えとして言っておくと、かつてわが社にいたドロシーという名の〝芸達者〟は、誰かが言ったことをすべてモールス信号に変換することができました。わたくしたちは彼女を〝トン・ツー〟と改名させました。電話交換手として再配置すると、試験期間中、彼女は週七日、一日十六時間のシフトを、一回のトイレ休憩と三十分の夕食だけでこなすことができたのです。これこそ、世のための生産性というものです。そうではありませんか？」

正直に言えば、何もかもに少しばかりぞっとさせられた。

「はい」ぼくは答えた。「すばらしいです」

「すばらしい？」グッドナイトが軽蔑をこめてまねた。「フォルクスワーゲンのビートル、ぶらんこ曲芸師、彫刻家のロダン、水中翼、そして土木技術者ブルネルのあらゆる建造物は、すばらしいと言えるでしょう。わたくしたちがここでやっていることは、すばらしいを超えています」

「刺激的？」ぼくは言ってみた。

「空前絶後です」グッドナイトが言ってから、クリップボードを受けとり、ぼくの名前の下に署名した。これでティフェン夫人は、ぼくの手から完全に離れた。

「これはあなたへの報酬」ルーシーが言って、〈ネスビット夫人の喫茶室〉で使える五百ユーロ分のクーポンを手渡した。

「ごめんね」ルーシーが言った。「ふつうは現金なんだけど、ハイパーテックは今、この喫茶室とタイアップキャンペーンを始めたところだから」

「ああ、そうそう」グッドナイトが言って、ぼくたちのほうを振り返った。「何か変化はありましたか？」

「なんの変化ですか？」

「彼女にです」グッドナイトがぴしゃりと言って、死人のほうを指さした。「行動、演奏、態度の変化。悪くなった、よくなった、カッとしやすくなった、カッとしにくくなった、どうです？」

「前は『ヘルプ・ユアセルフ』しか演奏しなかったんですが、今では『デライラ』しか演奏しません。これはよくあることですか？」

「めずらしくはありません。では、これでおしまいです。ご苦労さま」

そう言って、グッドナイトは死人の腕を取り、一本の廊下の先にある小部屋へ導いた。どきりとし、背筋が寒くなったことに、ブズーキを置いたままで。同時にルーシーがぼくを出口へ導き、ぼくたちはゴルフカートに乗って、また前回と同じくらい無謀な速度で出発した。中庭の端に沿って疾走する。庭園のなかは背の高い草木が伸び放題で、施設の向こう側が見えづらいほどだった。

「ドン・ヘクターが初めてここへ来たころは、きちんと手入れされてたのよ」ルーシーがぼくの視線を追って言った。「いろんな木々と手入れの行き届いた花壇のなかに、小石を敷いた道が何キロも続いてたんだって。患者がぶらぶら歩くための安らかな場所だったの。〝魔女の溜め池〟って呼ばれてる滝や、温室――洞穴や野外音楽堂、夢の神モルフェウスの神殿まであった。今ではどこも草ぼうぼうだけど」

カートは両開き戸を抜けて暖かい場所に戻り、タイヤをきしらせて磨かれたリノリウムの床板に乗りあげた。

「ああいう再配置のあれこれ、ちょっと気味が悪いと思わない？」ぼくはたずねた。

「複雑ではあるけど」ルーシーが認めた。「八百五十万時間とも言われる労働時間を提供できる有効な労働力を持てる可能性は、ばかにできないでしょ。工場で働けるほどの技能を持つ人たちを再配置できたら、と想像してみて。ものの値段がぐっと下がるよ」

「それで、モルフェノックス－Bは？」ぼくはたずねた。

「次の夏には本格的に展開されて、誰でも手に入れられるようになる。状況を一変させる薬になるよ。でも、わたしからは聞かなかったことにして」

ルーシーが笑みを浮かべて眉をつりあげ、ゴルフカートの運転手に停まるよう命じた。デイヴが従順にカートを停めると、ルーシーは製薬部の前で降りた。

「まっすぐ帰るの？」ルーシーがたずねた。「聞いたところでは、〈セクター12〉の取締官たちとは本当にかかわらないほうがいいみたいよ」

「人と会う用事が済んだら、まっすぐ帰るよ」

ぼくはカートから降りてルーシーを抱きしめた。

「きみが春にいだかれんことを」ぼくは言った。

「きみも春にいだかれんことを。次の〝飽食の木曜日〟に会おうね。ハンバーガーを取っておくから」

ぼくがもう一度ゴルフカートに乗ると、ルーシーが運転手に「受付」と叫び、カートはふたたびガクンと揺れて走りだした。すぐにルーシーの姿は曲がり角の向こうへ消え、カートはこれまでと同じくらい危険な速度で受付の方向へ走り続けた。

けれども、ぼくの心はすでに、ゴルフカートの事故で死んだり致命傷を負ったりする心配から離れて、〝ラザロ計画〟へ移っていた。ナイトウォーカーについての数字は以前からあやふやだったが、ルーシーと名士グッドナイトの話からすると、ナイトウォーカーの有効利用は新たな段階に入るらしい。さらにしゃくに障るのは、単にモルフェノックスの権利を確保するために正気とは思えないほど危険な冬越しの仕事に就いた自分の決断が、もしありとあらゆる人に薬が行きわたるなら、まったく無意味になるかもしれないことだった。

まとまりのない考えがゆっくり消えかけたとき、カートがいきなり速度を落として停まった。ぼくは運転手のほうを向いた。デイヴは前かがみになって静止し、前方の床を見つめていた。ぼくは手を伸ばして背中に触れようとしたが、そのとき急にデイヴが振り返って、困惑のまなざしをぼくに据えた。

「彼女に、ぼくが悪かったと伝えてくれないかな？」はっきりと明瞭な口調で言う。

ぼくはぎょっとした。まるでデイヴは突然、ナイトウォーカーであることを忘れてしまったみたいだった。

「誰に伝えるの？」

「あれはひどい間違いだった」デイヴがうろたえた表情でつけ加えた。自分が何を言っているのか、あるいはなぜそんなことを言っているのかわからないかのように。「彼女のことを考えない日は一日もないよ」

失われた記憶の糸を懸命にたぐるかのように、眉をひそめている。困惑した表情から、途方に暮れた顔になり、下唇が震えはじめた。そして涙――たぶん後悔の涙――が目にあふれ、頬を伝い落ちた。

ぼくは彼の肩に手を置いた。

「デイヴ？」ぼくは言った。「だいじょうぶかい？」

しかしデイヴは何も言わず、またタイヤをきしらせてカートを出発させた。一、二分で、ぼくたちは受付に戻った。

「はいばーてっくニ・オコシイタダキ・アリガトウゴザイマシタ」デイヴが機械的に言った。

「オキヲツケテ・オカエリクダサイ」

ぼくは来訪者用の名札を返すため、受付に歩み寄った。

「チャーリー！」ジョッシュが言った。「あなたを元気づけるためにつくったものを試してみてください。〝フル・スペクトル・カクテル〟って名前で、ブラックベリーとミント、コーラ、レモンシロップが入ってます。おいしくつくるために、七個のレモンとまるごと一個のスイカを、斬新《ざんしん》で効率的で信じられないほど危険な、〝手ずからミキサー〟って呼んでる方法で搾ったんです。ちょっと硬くて嚙みごたえのあるものを見つけたら、それはぼくの小指の先かもしれない」

「ほんとに？」

「はい。革新的な料理の最前線では」ジョッシュが陽気につけ加えた。「事故はつきものですから」

ジョッシュがまるで事実を示すかのように包帯を巻いた指を高く上げ、ぼくは飲み物を凝視した。

「ざるでこして、指を取りだせばよかったんじゃないかな」ぼくは言った。

「そうしたら、果物のツブツブがぜんぶなくなっちゃうでしょ。まあ、ほんの先っちょですよ、どうってことありません」

ぼくは飲み物をひと口飲んでみた。スムージーとミントラテの中間みたいな味がした。実際とてもおいしかったので、ぼくはそう言った。

「うれしいな」ジョッシュが言った。「すごくうれしい」

ぼくは残りを飲み、指の先端を飲みこんでしまう前に拾いだして、本当にそれがすごく小さいことを知り、空のグラスをカウンターに置いた。

「ありがとう」ぼくは言った。「報告しておくべきだと思うんだけど、カートの運転手が、昔知ってた女性に謝りたいって言ってた」

「それは確かですか？」ジョッシュがたずねた。

「うん」

「絶対に確か？」

「うん」

「思い過ごしじゃないですよね？」

「違うよ」

「ふうん」ジョッシュが暗い顔になって言った。「ちょっといいですか？　メモを取っておきます」

デイヴの運転台帳を開き、メモを取る。ただ、それはメモではなく黒いバツ印だった。書き終えると、ジョッシュは急いで台帳を閉じ、深く息を吸った。

「過去の生活のなごりです」ぶつぶつと言う。「なくした記憶が表面にわきでてくる。でも、関連性や文脈をつかむ機能を失った心の記憶は、紙切れに書かれたでたらめな単語にすぎません。同意してくれますよね？　同意してもらうことがすごく大事なんです」

ジョッシュが苦しげな表情を浮かべてぼくを見た。

「同意するよ」

「よかった」ジョッシュが見るからにほっとした様子で言った。「帰りに武器を回収してください。また近いうちにぜひ立ち寄ってくださいね。スクラブルのことも忘れないで。

〈ウィンカーニス〉で、たいてい毎朝です」

ぼくはジョッシュにお礼を言って、出口へ向かった。ちらっと振り返ると、ジョッシュが自分の写真を〝今週の職員賞〟から外しているのが見えた。社屋から無事に外へ出たときには、とにかく本当にうれしかった。

12 〈ウィンカーニス〉

「……プロの越冬者たちは、インチキな〝睡眠療法《ドーメオパシー》〟を広めようとする者たちをよく思っていなかった。自称〝夜のシャーマン〟、〝夢専門家《モルフェイスト》〟、〝夢の舞踏家《ドリームダンサー》〟、〝睡眠同種療法医《ホモドーメオパス》〟などだ。多くの場合、市民は自分たちを冬から救ってくれるそういう者たちに感謝する。しかし本来、感謝されるべきなのはわれわれ、つまり守衛、専門技術者、補給主任、取締官などで……」

——ホッダー＆ストートン社刊『冬季学《ウインターオロジー》ハンドブック』第九版

列車が出発するまでまだたっぷり時間があったので、ぼくは約束どおりムーディーに会うために町へ向かった。シャッターの下りた薬局の角を右に曲がってから、橋を渡った。マヌケな運転手のせいでトレーラートラックが欄干にめりこんでしまったらしく、今では固まった雪と氷ですっかり橋に凍りついていた。その先は適度な大きさの中央広場で、車が二台駐まっているほかは人影もなく、郵便ポストと、電話ボックスと、砂岩の台座にのった銅像があった。

向こう側から広場を見おろしているのは、冬季取締局だった。ドーム形のいかめしい姿の建物は、おもに港の防波堤を建築スタイルの基準にしている誰かが設計したかのように見えた。〝超永続〟と呼ばれる様式で、氷河、地震、ビー玉サイズの隕石による損害にさえ耐えられる公共建築物の造りを反映していた。つまり、〈北部連邦〉の風潮を反映していた。ここに根を下ろせ、ということだ。

右側には、新たに改装された製粉所があったが閉鎖されていて、町役場の真下には公衆トイレがあり、こちらも閉鎖されていた。正面には毛糸屋があり――不思議なことにあいていて、生活協同組合とトルコ料理のテイクアウト専門店もあったが――こちらはやはり閉まっていた。何人か歩いている人はいたが、誰もぐずぐずしてはいないようだった。たいていは寒さを防ごうと頭を垂れ、フードつきのダウンジャケットに顔を隠していた。

〈ウィンカーニス・ホテル〉はぼくのすぐ左にあった。ホテルの名前は、ドアの上方に掲げられたウィンカーニス・トニックワインを宣伝する鮮やかな色のエナメルの看板と関係がある。パネルに描かれたエドワード朝時代風の服装の女が、氷と雪をものともせず、陽気な笑みを浮かべて世界を見渡していた。エナメル塗料の色が、ガス灯の冴《さ》えない明かりのなかで、過剰なほど鮮やかに見えた。

ぼくはロビーに足を踏み入れ、受付まで歩いていった。カウンターの後ろには、たぶん十六歳くらいの少女が座っていた。ギンガムチェックのワンピースを着て、ボタンふたつのカーディガンをはおり、まっすぐな茶色い髪をマッシュルームカットにきちんと整えている。開いた本を何冊も並べて熟読しながら、子ども用の練習帳にきれいな小さい字で何か書いていた。

「〈ウィンカーニス〉へようこそ」少女が明るい声で言った。「ここは初めてですね」

「立ち寄っただけなんだ」ぼくは言った。「ムーディーに会うことになってる。いるかな？」

「いいえ。たぶん、どこかでビュイックだかなんだかについてつぶやいてます。ムーディと何を話したかったんですか？」

「ビュイックだかなんだかについてさ」

「やっぱりね」少女が言った。

目の前のカウンターいっぱいに、学校の課題らしきものを広げている。

「宿題？」ぼくはたずねた。

「いいえ、博士論文よ」少女が少しむっとしたような声で答えた。「〝冬季国《ウインタースティート》〟内で、かつて伝説あるいは不明瞭な影と見なされていた存在の、証拠に基づく立証〟」

「それってどういう意味？」

「つまり、冬の魔物《ウインターフォルク》の存在を証明しようとしてるの」

ユニコーンの存在を証明するとか、妖精を罠《わな》でとらえようとするようなものだ。

「それは一筋縄ではいかないんじゃないかな？」ぼくは言った。

「ほとんど不可能ね」

「彼らが存在しないから？」

「ううん、存在してるのは確かよ。証拠を集めるのがむずかしいの。でもわたし、彼らの存在をめぐって地元の貸付屋《ボンズマン》と賭けをしてるんだ。だって、ジム・トリークルはほんとに賭けが好きなんだもの」

「賭け金はいくら？」ぼくは、トピック（ヘーゼルナッツ・チョコバー）一ダースくらいかな、と思ってたずねた。

「五万ユーロ」

「五万？」ぼくならその額を貯金するのに二十年はかかる。「なんでそんなに高いんだ？」

「話せば長くなるの。これをどう思う？」

少女が学生かばんをあけて、小さな箱を取りだしてから、細心の注意を払ってふたをあけ、直径五センチもない小さな帽子を見せた。

「よく見て」少女が言った。「冬の小人、トントゥーの帽子よ」

ぼくは少しのあいだそれを眺めた。縫い目は疑いようもなくみごとだったが、素材は革というより……プラスチックだった。

「それは、バービー人形のじゃないかな」ぼくは言った。「西部劇風の衣装のひとつかも」

「うん、わたしもそう思う」少女がため息をついて言った。「メーカーの名前が、内側にスタンプで押してあるんだ。見て」

少女はぼくにそれを見せてから、帽子を元どおり箱に詰め、かばんのなかに戻した。

「証拠を集めるのが重要なの」少女が言った。「たとえ反証でもね。科学とはそういうものよ。間違ってることが証明されてから、先へ進む。間違ってることが何度も証明されたとしても、わたしは前進してるはず。そうでしょ？」

「いい考えかただね」ぼくは言った。「でも、冬の魔物《ウインターフォルク》はただのお話だろう？　怖がらせて、子どもに行儀よくさせたり、嫌睡眠者《スリープシャイ》を寝かせたりするための？」

「わたしは〝存在〟、さらには〝証拠〟に関する昔ながらの定義に対して、幅広いアプローチをしてるの」少女が言った。「でも、ほかのどこより、ここでは運に恵まれる可能性があるんじゃないかな。グロンクや冷石鬼《サーマロヴァー》や食夢虫《ギズモ》は、ほとんど中部ウェールズでしか話に聞かないし、なかでもグロンクはかなりの新顔でしょう。初めて名前が出てきたのは、ほんの二十年前、ラアアデル近くでのこと」

「イカボドと冷たい水槽の話？」

「そうそう」

ぼくは、その地域が〝おとぎ話の揺りかご〟として知られているとムーディーから聞いたことを話した。

「当然ね」少女が応じた。「それに、グロンクは戻ってくるはずよ。無価値な人間の恥を餌にするために」

「ここでは、よりどりみどりなんじゃない？」

少女が目をぐるりと回してあきれ顔をした。

「ほんと、〈セクター12〉では、どれを選ぼうかっていうぜいたくを味わえるでしょうね。もしビッグGが来てくれるなら、わたしは非常勤取締官で貸付屋《ボンズマン》のジム・トリークルをお薦めするけど、〝罪の重荷〟っていう勝負では、たぶんこのあたりにいる何人かの変わり者たちの足もとにも及ばないと思う。ジョーンジーっていう人は指揮下の兵士を六十人死なせてるし、トッカータは一日の半分はわれを忘れてるし、フォッダーは間違いなく何かを隠してるし、ここの守衛のほとんどは、たぶん退屈さか無能さのせいですっかりだめになってる。でもお金を賭けるとすれば、〈セクター12〉が誇る変態マラソン独走男のフック調査員が有力かな。ところで、わたしはローラ・ストロージャー」

「チャーリー・ワージング」ぼくは言った。

ぼくたちは握手をした。〝冬の抱擁〟は、家族以外、子どもとはしないのだ。

「それじゃ」ぼくは言った。「グロンク探し、がんばってね」

ローラがお礼を言って勉強に戻り、ぼくは〈ネスビット夫人の喫茶室〉に入っていった。

質素な田舎風の装飾が施されたかなり大きな店だった。オークの梁《はり》、半分羽目板を張った壁、昔ながらの銅鍋、広場を見晴らす二枚の大きな窓。眠らせ屋《ドラウジー》と依頼人らしき人が、パチパチと音を立てる暖炉のそばのこぢんまりしたアルコーブに座って、印象派の画家について話していた。眠りへ導くためのお決まりの前置きだ。そこから、文学、詩、リュートの演奏へ移っていき——すべてが失敗したら——もっと肉体的に親密な手段をとる。そこまで必要になることはほとんどない。眠らせ屋《ドラウジー》の技能は昔から高水準なので、たいていの依頼人はディラン・トマスとロングフェローのあいだのどこかで前後不覚になり、W・H・オーデンまで持ちこたえる人はまれだった。リュートがケースから取りだされることはめったになかった。

店にいる眠らせ屋《ドラウジー》は、冬季不眠症《ウインソムニア》特有の虚ろで疲れきった目つきをしていた。何年ものあいだ、滋養になる眠りの深淵へ行ったことがない人の目だ。妙に親しみやすい顔の、六十代くらいに見える女だった。めずらしいことだ。何度も越冬している人が、四十代を越えて生きることはめったにないから……。バカみたいだが、ぼくは手を振って挨拶した。眠らせ屋《ドラウジー》が無表情で挨拶を返した。

ラウンジの残りの客たちは冬季不眠症患者《ウインソムニアック》で、十人余りいた。座っているというよりだらしなく寝そべっていて、無気力で無感動な雰囲気がにじみでていた。ふたりは軽量の駒を使ってチェスをし、数人は本を読み、ほとんどはただウトウトして、目と口を半分あけ、頬によだれを垂らしていた。ぼくが入っていくと、彼らはものうげにくるりと目を向けてから、同じくらいものうげにくるりと目を戻し、これまでやっていたこと、ほとんど意味はないが静かにできることを続けた。

「〈ネスビット夫人の喫茶室〉へようこそ」いちばん近くにいた冬季不眠症患者《ウインソムニアック》が言った。長い麻のローブを着て、爪先の見えるサンダルをはき、ドライフラワーにした春の花を顎ひげに編みこんでいる。緑色の縁の眼鏡をかけ、眠れない多くの冬と自然の力によって深いしわが刻まれた、優しく信心深そうな顔をしていた。

「こんにちは」ぼくは言って、嫌睡眠者《スリープシャイ》とかかわるときのただひとつのルール、すなわち〝かかわるな〟というルールを破った。

男は、〝シャーマン〟・ボブと名乗った。

「補佐取締官チャーリー・ワージングです」ぼくは言った。

「立ち寄りかな？」

「ええ。ムーディーに会いに来たんです」

「コケと対話したほうが賢くなれるだろうに。頭をどうした？」

行儀よくしなければならなかった名士グッドナイトとの会話とは違って、ここでは気の利いた返しができそうだった。

「これは、耐えがたい痛みをともなう不治の生殖器消耗性疾患の末期です。幸いにも、皮膚の接触がなければうつりません。おっと、ごめんなさい、握手する前に言うべきでしたね。不注意でした――お詫びします」

〝シャーマン〟・ボブが、にやりとした。

「しかたがないな」ボブが言った。「自業自得だと思うよ」

「ええ、そうだと思います」

ボブは立ちあがって、進みでると、ぼくを引き寄せて〝冬の抱擁〟をした。前回シャーマンに抱きしめられたのは十年くらい前だが、そのときとほとんど同じだった。乾いた麻と、カビと、切り干し肉のにおいがした。そして骨張っていた。すごく骨張っている。まるで麻袋に入ったつるはしの柄みたいだ。かなり長いあいだそのままの姿勢で立ち、もしや眠ってしまったのかと思いはじめたところで、ボブが体を離した。

「コーヒーが飲みたいか？」〝シャーマン〟・ボブがきいた。「ネスビット徳用コーヒー粉があるよ。風味には欠けるが、順応性で補える。ペーストに混ぜれば、とても弾力性のあるタイル用の糊になる」

「いただきます、ありがとう」

「コーヒーメーカーはあっちにある。淹《い》れるなら、ついでにわたしにも一杯つくってくれ。ほかに欲しい人は？」

店じゅうから、弱々しい同意の声がした。冬季不眠症患者《ウインソムニアック》にとって、〝熱意〟は禁句だった。ぼくはカウンターまで歩いていって、大きなコーヒーポットでコーヒーを淹れてから、中央のテーブルに置いた。冬季不眠症患者《ウインソムニアック》たちがよろよろと自分で注ごうとしたがうまくいかなかったので、ぼくはみんなにカップを回した。嫌睡眠者《スリープシャイ》たちはこうなのだ。いつだってほかの人に自分のことをやらせる。

「店のおごりだ」〝シャーマン〟・ボブが言い、ぼくは彼にコーヒーを渡してから、自分の分を取った。木炭とさびを混ぜたコールタール石鹸みたいな味がした。

「きみは『夢の神モルフェウスの書』の信奉者かね、ワージング?」〝シャーマン〟・ボブがたずねた。

「正直に言えば」ぼくは答えた。「信じてる人たちにはなんの反感も持ってませんが、物騒なたわごとだと思ってます」

「信じようとしない者は、好機そのものだ」ボブが非現実的なほどの楽観を示して言った。「そしてあふれんばかりの好機に囲まれた人間は、じつにぜいたくな人間だよ。なんの用で〈セクター12〉へ来たのだ、取締官? きみはここに……夢を見に来たのか?」

それで、ここにいる人たちが何者なのかに気づいた。モルフェノックスを飲んでいるぼくたちとは正反対のところにいる人々だ。彼らは、違法に入手した夢促進剤を使って、モルフェノックスを使った場合の単調で真っ暗な眠りを避け、薬物誘発性の体力を奪う意識下の現実逃避にたゆたいながら冬を乗りきる。しかも、冬季救護院をめぐる規則があるので、合法的に食糧と住まいをあてがわれ、無料でそれができる。

要するに、寄生者だ——最悪の部類の。

「ああ」ぼくはたいして遠慮もせずに言った。「あなたがたは夢見者《ドリーマー》でしたか」

「いかにも」〝シャーマン〟・ボブが、かすかな笑みを浮かべて答えた。「だが、わたしたちをこういう生活習慣の犠牲者だとは考えないでくれ。わたしたちは自らの意思でここにいる。そして、いいかね」声を落として続ける。「ここは、いくらかD－リームが手に入る場所なのだよ。混ぜ物のない、百パーセント純粋なやつだ。ハイパーテックにつてがあってね。タンノックのティーケーキ一キロにつき一グラムで交換している」

D－リームとは、上昇剤《エスカレーター》、つまり夢促進剤のことだ。スラングはかっこよく魅力的に響くが、実際には単にどうしようもなくばかげた代物だった。

「きみは夢を見るかね、取締官？」ボブがきいた。

ぼくがモルフェノックスを飲んでいることは、簡単にわかるはずだった。夢は見なかった。とにかく、本格的なものは何も。夜うたた寝するとき、妙な断片を見るくらいだ。

「子どものころから、夢を見たことはないです」ぼくは答えた。「それでかまいません」

「夢を見なければ、決して本当に眠ったとは言えない。夢は、きみがきみ自身でいられる場所だ。なんでもできるし、なんにでもなれる。心が解放されるのだ。モルフェノックスは心を抑えこみ、想像力を消し去ってしまう」

「なるほど、わかりました」

「きみは夢の列車に乗るべきだよ」〝シャーマン〟・ボブが微笑んで続けた。「上昇剤を飲んで、見逃してきたものを見るのだ。この薬はモルフェノックスの邪悪で醜い従弟ではあるが、一方がなければ、もう一方もなかった。それは夜と昼、絶望と希望、マニングとエルドン（イギリスのコメディアン、バーナード・マニングとケヴィン・エルドンのこと）、闇と光とも言える。わたしたちは、健全な眠りの裏面であり、きみがかきむしってマットレスの下に払いのけているカサカサした夜のかさぶたなのだ」

「よく理解できないんですが」ぼくは言いながら、そもそも理解すべきことがあるという前提に疑問をいだいていた。

「かのドン・ヘクターの履歴を知っているかね？」ボブが、その生きかたからすればかなりの熱意をこめてたずねた。「モルフェノックスを売りだして大衆に感謝される前の二十年間、あの善良な博士が何をしていたかを？」

言われてみれば、ぼくは知らなかった。伝えられるところでは、ヘクターは二十年かけて薬を完成させたという。実際にどうやって完成させたのかについては、聞いたことがなかった。

「モルフェノックスは、まぐれ当たりだった」ぼくが答えずにいると、〝シャーマン〟・ボブが言った。「まったくの偶然から発見されたのだ」

ぼくがもっと詳しく話してくれと頼もうとしたところで、ムーディーが現れた。しかし困ったことに、ぼくが望んでいた、あるいは予測していた現れかたではなかった。叫び声に話をさえぎられ、喫茶室の窓の外を見ると、裸のムーディーが体を覆う硬い冬毛を寒さに逆立てて、ぼくたちのほうへ走ってくるのが見えた。ムーディーは斧《おの》を振りかざして、声をかぎりに「青いビュイック！」と叫び、一瞬もためらうことなく〈ネスビット夫人の喫茶室〉の窓ガラスめがけて思いきり斧を振りおろした——が、その窓ガラスは豪雨にも、強風に運ばれるがらくたにも、激したマンモスにも耐えられると保証されていたので、無意味な行為に終わった。強化ガラスに引っかき傷はついたが、そこまでだった。

「これは、あまりよい夢の宣伝にはならないな」〝シャーマン〟・ボブが言った。「ムーディーはこのところずっと、現実の坂道の崖っぷちを走っているのだ」

「頭のなかにグロンクの卵を産みつけられちまえ、ネスビット夫人！」ムーディーが叫び、斧を高く掲げてまた振りおろした。「やつらに生き埋めにされちまえ！」

ちょうどそのとき、男が大股でゆっくり角を曲がってきた。フック調査員だった。ひょろひょろと背が高く、なめし革のような顔をしている。両手で構えているのは《サンパー》だが、〈ジョン・エドワード・ジョーンズ〉でロペスが持っていたような旧式の銃ではなく、Mk7だ——二倍の威力があり、マットブラックまたはニッケル仕上げを選べる。

「ハイパーテック保安部だ」フックが声高に言い、明らかに錯乱している鉄道技術者《レールテック》を九十センチくらい上から見おろした。「やめろ。でないと息の根を止めてやるぞ」

ムーディーが振り返り、驚きの表情でフックを見あげた。まだ完全には目覚めておらず、簡単な指示に従うこともできないようだった。

「青いビュイック！」ムーディーが叫んでから、ぼくに目を向け、はっと気づいた表情をした。

「青いビュイックのとこに行くと、ネスビット夫人が長々としゃべりまくるよ」ムーディーが叫んだ。「どうでもいいから好きにしろと言ってやれ。岩から離れるな、たくさんの手につかまっちまう！」

そして斧を掲げて振り返り、フックに向かって突進した。

ブワン

耳がキーンと鳴ると同時に、ドーナツ形の圧力波がフックの武器の前面から吹きだし、ムーディーの胸をまともにとらえた。胸毛の上にテューダー・ローズのような花模様が印された直後、二次的な衝撃波が体ごと持ちあげて、後ろ向きに広場の反対側まで吹き飛ばし、町役場の硬い壁にたたきつけた。湿ったドスンという音がして、ムーディーが生気のないかたまりとなって地面に倒れた。固まった雪がつかの間の加圧によって解けて水になり、敷石とマンホールの鉄ぶたが半分見えた。ほんの一瞬で圧力は正常化し、水はたちまち再凍結してジンのように透明な氷になり、ムーディーの体を地面に固定した。冬には、暖かさはひとときの消耗品でしかない。

フックが武器をこじあけて使用済の電池を外し、ポケットからもう一個出して再装塡した。何かが動くのを、ぼくは目の端でとらえた。武器を構え、角を曲がって走ってきたオーロラだった。何があったのかを見てとり、両手をさっと上げる。

「この大バカ者！」ムーディーの遺体を見て、オーロラが叫んだ。「古きよき比例原則はどうなったわけ？」

「じゅうぶんに権限の範囲内だよ、オーロラ」フックが平然とした口調で言った。「ムーディーは、おれや他の人々の命を危険にさらしたんだ。そういう状況では、法律で正当防衛が認められてる」

好きなバターのブランドを説明するときみたいな口調で言う。

「わたしたちには、インフラを支える人員が必要なのよ」オーロラが苛立《いらだ》たしげな口調で言った。「たとえ気の触れた連中でもね。誰が車庫に詰めこまれた列車をぜんぶ出して春蠢《スプリンググライズ》の時刻表どおりに動かすっていうの？　あなた？」

主張と反論が繰りだされる議論が続き、侮辱の応酬があり、降格がほのめかされた。しかし結局のところ、ほとんど進展はなかった。

数分のうちに、他の保安調査員が到着した。たぶん、半径一・五キロ圏内のあらゆる自記気圧計の針を急上昇させる《サンパー》の圧力の痕跡に気づいたからだろう。そのときようやく、オーロラが窓の内側にいるぼくに目を留め、近づいてきた。

「ワージング取締官」オーロラが、フックと並んで喫茶室に足を踏み入れながら言った。「伝染性の夢の調査は進んでる？」

「あなたの調査員のひとりが、ぼくの重要証人を殺したところですよ」

「正当防衛だった」フックが言った。「あいつが斧でおれに襲いかかってきたのを見ただろう」

「そうなの？」オーロラがたずねた。

「はい」ぼくは答えた。「そうだと思います」

「この地に棲息《せいそく》する寄生者たちに会ったようだな」喫茶室を見回していたフックが言った。

「こんばんは、〝シャーマン〟・ボブ」

「こんばんは」ボブがふてぶてしい笑みを浮かべて言った。「わたしたちみんなに、ゆっくりとした死を願いにきてくれたのかな？」

「あんたはおれの心が読めるらしい」フックが言った。「気味が悪いな。しかし、現実に向きあおうじゃないか。あんたらは最高に胸クソ悪い居候どもだよ」

「胸クソ悪い居候さんと呼んでもらいたいものですな」〝シャーマン〟・ボブが、フックの侮辱をものともせずに応じた。「そして、わたしは自分に権利があることを知っている。あなたは民間の保安部員で、冬季取締官ではない。わたしに対する管轄権はない」

しかし、夢を見る習慣のことがあるので、念のため店から出ることにしたようだった。

「また話そう」〝シャーマン〟・ボブがぼくに言ったが、それは無理そうだった。帰りの列車がもうすぐ出発する予定だ。しかし、ハイバーテックについてほとんど何も知らなくても、モルフェノックスがまぐれ当たりだというボブの話には興味をそそられた。

「みんな嘘《うそ》つきと策士どもだ」フックが言った。「やつに金を借したか？」

「いいえ」ぼくは答えた。「でも、たぶん知ってるとは思いますが、彼らはハイバーテックの誰かからD－リームを手に入れてるようですよ」

「おれたちはちっとも困らないね」フックが言った。「嫌睡眠者《スリープシャイ》がひとり減れば、食べさせなきゃならん口もひとつ減る」

「ムーディーと話せなくなってしまって、ごめんなさいね」オーロラが言って、話題を変えようとし、外にいる保安調査員たちのほうを顎で示した。彼らは熱線銃を使ってムーディーの体を氷から引きはがそうとしていた。あまりうまくいっていないようで、喫茶室のなかでも焦げた毛のにおいがかぎとれた。「フック調査員は、ハイバーテックの安寧《あんねい》を守ることに非情なほど忠実だからこそ雇われてて、細やかな気配りは得意じゃないの。許してくれる？」

「ええと、はい」

「よかった。いくつか質問があるの。いいかしら？」

「どうぞ」

オーロラが胸のポケットから写真を出して、カウンターに置いた。写っているのは四十代の男性で、ごく平凡な顔立ちをしていて髪が薄く、イグアナを抱いていた。

「この人を知ってる？」オーロラがきいた。

「会ったことありません」

「これがヒューゴー・ファウルナップ。ただひとりのヒューゴー・ファウルナップよ。会計士で、十二年前にナイトウォーカーになって、同じ冬に分配された。あの睡眠塔の部屋にいたヒューゴー・ファウルナップは、まったくの偽物だったわけ」

「なるほど」ぼくは言ったが、オーロラがどこへ向かうつもりなのか、ぼくに何をさせたいのか、よくわからなかった。「なぜこの人はイグアナを抱いてるんですか？」

「それは関係ないと思うわ。彼らはティフェン夫人をどうするつもりだったんだと思う？」

「夫人は飼育されるはずでした」

「ファウルナップが口に出してそう言ったの？」

「はっきりとは言いませんでした。でも見ればわかります」

「キキについて何か言った？」

「いいえ」

「ファウルナップは、自分が〈本物の眠りを求める運動〉にかかわってるようなことを何か言ってた？」

「思い出せるかぎりでは何も」ぼくは言ってから、本当に何も考えずにつけ加えた。「彼が運動にかかわってると疑ってるなら、どうしてとらえなかったんですか？」

口に出した瞬間、でしゃばってしまったことに気づいたが、反応したのはオーロラではなくフックだった。

「なかなか大きな口をたたくじゃないか。今度同じことをしたら、顔のつくりを変えてやるぞ。おまえの見た目からすると、もう誰かが試したようだがな」

フックが得意げに薄ら笑いを浮かべた。自分の冗談がおもしろいうえに独創的だと思ったらしいが、どっちも完全に間違っていた。

「それじゃ、あなたがきちんと直してくれれば、一件落着かもしれませんね」ぼくは言った。何年ものあいだ、はるかにひどい侮辱にさらされてきたのだ。しかし、ゲーリー・フィンドリーとのやりとりが転機になった。ゲーリーは長年ぼくの見た目をからかってきたが、ぼくがあいつの耳を嚙みちぎったのは、〝まったくのやりすぎ〟と言われた。マザー・ファロピアは、その事件のあと完全な情報開示を義務づけられ、ぼくの履歴に〝嚙み癖あり〟と記録されてからは、思いやりに満ちた里親たちでさえ、そそくさとぼくから遠ざかるようになった。

「よくわからないんだけど」オーロラが言った。「ワージングの顔に、どこかおかしなところがあるの？」

ふと、オーロラには自分の右側にあるものしか見えていないことを思い出した――奇妙な半分だけの似顔絵を書いたり、医療技術者《メディテック》が見えなかったり――つまり、ぼくの頭のゆがんだ側《ウオンキー》は見えないのかもしれない。

「先天性の頭蓋変形があるんです」ぼくは言った。

「ふうん」オーロラが言い、身を乗りだして見ようとしたが、うまくいかなかったらしい。

「だったら、フックのことばは、ものすごく失礼でしょう。謝るべきよ」

「申し訳ありません、部長」フックが一本調子でよどみなく言った。

「わたしにじゃないわよ、バカ」オーロラが言い、うなずいてぼくのほうを示した。

「ああ」フックがつぶやいてからぼくに向きなおり、わざとらしくはあるがくどいほど謝ったあと、もしそうしたいなら、自分が〝回転ドア絡みの異常な事故〟で左の睾丸《こうがん》をなくしたという事実をからかってもいいし、現在も将来もそれを根に持って報復することはないとつけ加えた。

ぼくが断ると、フックは一歩下がった。

「ごめんなさいね」オーロラが言った。「フックは斬新で恐ろしい尋問の手法を考えだすのがすごく得意で、おまけにときどきブチッとキレてしまうの。さて」写真を取りあげて続ける。「話は終わりよ。ハイバーテック・インダストリーズを代表して、〝キャベツ〟を無事届けてくれたことにお礼を言うわ。それと、もしあの睡眠塔の部屋にいた連中の誰かを見かけたら、直ちにハイバーテック保安部に連絡してちょうだい。いいわね？」

ぼくは必ずそうすると言ったが、内心ではとにかく、トッカータ局長と話したら家に帰って、もう二度と〈セクター12〉とはかかわりたくないと考えていた。オーロラが手を差しだして握手してから、ぼくを引き寄せて〝親密な冬の抱擁〟をした。かすれた息づかいが、耳のすぐそばで聞こえた。ぼくの太ももにぴったり当てられた太ももの感触と、胸に留めた《バンビ》の硬さを感じた。

「がんばってね、チャーリー」オーロラが、吐息にコーヒーとバナナミルクとミントチョコのにおいを漂わせて言った。「あなたはすごく優秀な取締官になるわ。びんびんとそんな予感がするの」

オーロラが手を離し、ぼくは振り返って出口へ向かった。時計を確かめる。帰りの列車は四十八分後に出発する予定だった。

13　取締局とフォッダー

「……〝友愛・共同・多産〟の社会政策は、冬に生存できる可能性が高まるにつれて、ほぼ時代遅れとなった。しかし、養育院《プール》による再配分、養子縁組、慈善活動はしっかりと定着した。かわいらしい子にとってはさほど悪くはないが、たとえ十分でも〝売れ残り〟として過ごしたことのある養育院《プール》出身者は、すぐさまこんな子ども動物園は閉鎖してほしいと……」

——キース・パンクハースト著『社会化保育批判』

「トッカータに会わなきゃならないんだ」ぼくは〈ウィンカーニス〉のロビーに戻ると、ローラに言った。「正面にあるのが取締局だよね？」

「いっしょに行きます」ローラが言ったので、ぼくたちはコートを着てオーバーブーツをはいた。「週に八時間、あそこで書類整理をしてるの。そうしないと、わたしもただの嫌睡眠者《スリープシャイ》になっちゃう。経済的に自立したいんです」

「フックってどんな人？」外へ出ると、ぼくはたずねた。

「避けるのがいちばん。陸軍情報部で働いていたんだけど、〝心理的な侵害をともなう尋問手法〟への抑えられない情熱のせいで辞めさせられたの。基本的にゲスな乱暴者で、しかもちょっとした権限を与えられてる――ぜんぜん魅力的な組み合わせじゃないよね。それとも」ローラがつけ加えた。「すっごく魅力的な組み合わせなのかも。見かたの問題ね」

「オーロラは？」

「トッカータと同じで、気分がコロコロ変わるの。ハイパーテック保安部に対する安全な基本姿勢は、できるだけ強気な態度で何もかも避けることね」

ぼくたちは町の広場に立つ銅像の横を抜けて、石段をのぼり、取締局の正面玄関に着いた。ローラがキーパッドに数字を打ちこんだ。ぼくたちは第一防犯門から入り、短い廊下を進んでから、第二防犯門を抜け、主要な部屋に足を踏み入れた。オフィスは、カーディフ地区取締局のレイアウトとそっくり――というより、どこもかしこも同じだった。唯一の違いは、入口から四分の一くらいのところで長いカウンターに部屋が仕切られていることだ。カウンターには、ファイルや報告書、〝技能ゼロ〟ルールの手順書、国家公認冬季不眠症患者《ウインソムニアック》のためのパンフレットなどが山と積まれ、微睡《スランバーダウン》まであと二日であることを示す大きな卓上日めくりカレンダーが置かれていた。

カウンターの背後は開放感のあるオフィスで、六台の机のすべてに、未整理の忘れられた書類、紙コップ、古新聞、よくある趣味の小物などがうずたかく積まれていた。一方の壁一面には、五、六個のありふれた超高感度自記気圧計が掛けられ、別の壁一面には、おびただしい数の行方不明者のポスターが貼られていた。新しいもの、古いもの、大昔のものもあった。

「二シーズンを超えて行方不明になってる人は、〝腐肉と推定〟と記録されて、死亡を宣告されるの」ローラが言った。「でも、人間の顔がまわりにあったほうがいいから、この人たちが誰で今どんな状況なのかに関係なく、ポスターを貼ったままにしてるんです」

ぼくたちは、しばらくのあいだ人々を見つめた。

「わたしたちは〝失われた魂の壁〟って呼んでる」ローラが言い添えてから、近づいてくる足音が聞こえると、こう言った。「ああ、フォッダー」

振り返ると、たくましい体つきの男がいた。ぼくより五十センチ以上背が高く、たぶん二倍の体重があり、ぼくを朝食として難なく平らげそうな顔をしていた。髪は角刈りで、左耳が半分しかなく、目はあまりにも暗い色なので、眼窩《がんか》に空洞があるかのようだった。鼻はまるで、過去に折れて、骨を接《つ》がないまま治り、また折れて、また治り、また折れて、また治ったかのように見えた。身に帯びている《サンパー》にはスマイルマークと〝ごきげんよう〟ということばが書かれていて、防弾チョッキにはD字型のリングが縫いつけてあった。これまで見たことはなかったが、その意味は知っていた。リングを引っぱれば、パルス爆弾が一瞬で爆発する。最後まで取締官でいる覚悟だ——そして事態がいよいよ深刻になったら、できるだけ多くの盗賊《ヴィラン》どもを道連れにするだろう。この男は職業柄というより気持ちのうえで、ほとんど兵士だった。

「フォッダー、こちらはチャーリー・ワージング」ローラが言った。「補佐取締官」

ぼくは丁重に会釈したが、フォッダーはまばたきもせずこちらを見据えた。

「転任の書類は見てないぞ」かなり長い間のあと、フォッダーが言った。

ぼくは、ナイトウォーカーを届けに来たのだが、指揮権の継続性の規則ＳＸ－70に従い、ローガン局長にかわって調査していることを伝えた。

ローラとフォッダーが視線を交わし、フォッダーの無表情な顔にかすかな苛立ちがよぎったような気がした。

「ローガン局長が死んだのか？　何があった？」

「オーロラが銃で撃って、壁にたたきつけました。ローガンは、ぼくを殺そうとしてるところでした。ナイトウォーカーを飼育してたんです」説明のつもりで、急いでつけ足す。「ぼくが秘密を漏らしそうで信用できなかったんでしょう」

しばらくのあいだ、沈黙が流れた。

「トッカータは喜ばないだろう」フォッダーが言った。「まったく喜ばないだろう。あと、おれは絶対に、それを伝える役はやらないからな」

「わたしだって」ローラが言った。「ジョーンジーならできるかも――走るのがいちばん速いから」

「トッカータはいますか？」ぼくはたずねた。「ぼくが話してもいいですよ」

「どうやらおまえさんはトッカータを知らないようだ。それに、いいや、局長は非番だ」

「たぶん、休暇の邪魔をしてもかまわないくらい重要だと思います」ぼくは言い張った。

「そういうわけにはいかないんだ。それに、もしおまえさんが少しでもローガンの死にかかわったとトッカータに判断されれば、まあ、おまえさんが生き残れる見込みはほとんどないね」

「まさか」ぼくは言った。以前からトッカータについての逸話は、冬のほぼあらゆる逸話と同じように誇張されていると考えていたからだ。「そこまでキレやすくはないでしょう」

「局長に思いきり目を殴られて、網膜剝離を起こしたことがあるよ」フォッダーが言った。

「で、おれの落ち度というのは、文章の終わりに前置詞をつけたことだった」

「それって調査の理由になりますよ。間違いなく懲戒になるか、もしかすると告訴だってできるかも」ぼくは言った。「トッカータに対して」誤解されないようにつけ加える。しかし、フォッダーは首を振った。

「おまえさんはわかってない。トッカータはきびしいが、いついかなる時でもチームを支えるだろう。それに、おれはすでに三回警告されてたんだ」

「そう、ほんとよ」ローラが言った。「トッカータは、スペリングにものすごいこだわりがあるの。よく不意打ちのスペリング・コンテストを開いて、わたしたちの間違いを見つけようとする。わたしが〝Algonquin《アルゴンキン族》〟のスペリングを間違えたら、二週間口を利いてくれなかった」

「ところで、何を知りたかったんだ？」フォッダーがたずねた。

「伝染性の夢です。青いビュイックについての何か」

フォッダーが、少しのあいだぼくをじっと見た。

「ジョーンジーとおれで、ここ二週間ほど調査してた」フォッダーが言った。「だが、さらなる行動は不要と判断された。スージー・ワトソンという人がいてね。感じのいい女の子だった。独身で、二十代後半。ムーディーやロスコーみたいに晩夏に眠って、二週間前に目を覚ました。しかし今回、スージーはどこか違ってた。引きこもって、取りつかれ……取りつかれて……」

「……首なし騎手に？」

「いいや」

「夜の乙女《ナイトメイデン》、グロンク、それとも貸付屋《ボンズマン》ですか？」

「夢だよ」フォッダーが答えた。

「なるほど」

ぼくはこれまで、夢についてあまり考えたことがなかった。八歳でジュヴノックスを飲みはじめてから、見たことがなかったからだ。わかりきっている事実のほかに、何があるというのか？　ほぼ無意味で、慎重に増やした体重を冬眠中に奪われる以外なんにもならない、懐古趣味の時代遅れな営み。

「モルフェノックスを飲んでなかったんですか？」ぼくはたずねた。

「ああ。スージーが勤めてた鉄道インフラサポート社では、職員はみんな二級限度額の給与水準なんだ。だから資格がない」

「知りませんでした」

「論議を呼んでるけどな」フォッダーが言った。「とにかく、スージーは不調を感じながら目覚めて、夢のことをぶつぶつこぼし、その後よくなるどころか、どんどん悪くなっていった。また夢を見て、それが毎晩続き、やがて心を支配されてしまった。引きこもって、疑い深くなり、とうとう目覚めたまま幻覚を見はじめた。じきにそのことばかり話すようになり、ついには〈ネスビット夫人の喫茶室〉に入っていって、鉈《なた》で手当たりしだいに客を襲った。男性ひとりを殺し、ふたりを病院送りにした。眠り関連の事件だから、取締局に通報があり、トッカータがスージーに鉈を捨てろと命じた。従わなかったので、トッカータは銃で撃った」

「死んだんですか？」

「トッカータ局長が銃を撃つときは、殺すために撃つ」

「楽しみだけのためにナイトウォーカーを食べるって、本当ですか？」ぼくはきいた。

「うわさではね」ローラが答えた。「風味をよりよくするために、ミントゼリーを添えるんだって」

「スージー・ワトソンの次は、ロスコー・スモールズだった」フォッダーが続けた。「青いビュイックとか巨石とかネスビット夫人とかぶつぶつ言って――そのあと、〝寒中逃走〟した。おれたちは、博物館の外のグウェンドリン七世(37)の銅像の下に丸まってカチカチに凍ってるロスコーを見つけた。まだそこにいるよ。それから、ムーディーが同じ症状になった。あいつのがいちばんひどい」

「ついさっき、フックがムーディーを撃ち殺しました」ぼくは言った。「ムーディーは、ネスビット夫人と青いビュイックのことを叫んでました。あれはどういう意味なんですか？」

「よくわからん」フォッダーが言った。「しかしおれたちには、睡眠状態妄想症《パラノイア》と冬眠性朦朧症《ナルコーシス》と覚醒時夜驚症のごたまぜに見えた。おそらく、会話によってどんどん拡大するフィードバックループにのみこまれたんだろう」

(37) 一般には姓が採用されているが、ウェールズ王室は昔から母系の名を継ぐことになっている。クラウン・プリンセスは常にグウェンドリンで、一一八三年以来、あらゆる君主の命名がとても簡単になっている。

「二級以下の人たちがパニックを起こすのは、めずらしくないしね」ローラが言った。「ある冬には暖房のことで、次の冬には害獣のことで、それから夢、クモ、さらには誰かが、夜の乙女《ナイトメイデン》の声を聞いたとか、グロンクに追いかけられたとか言いだす。自然睡眠者たちの問題はそこね。すごく簡単にびくついちゃうの。誰かひとりが不気味な何かを見たり聞いたりすると、みんながそうなってしまう。でも、結局は常識が勝つ。夢はつかまえられないから」

ぼくは訓練学校で、この現象について学んでいた。パニックは冬に猛烈な勢いで広がることがあり、特に、おしゃべりで知られる二級以下の給与水準者のなかで起こりやすい。フィードバックループ、エコーチェンバー、循環による強化。すべてがなんらかの役割を果たして、まったくの想像の産物を真に迫るレベルにまで増大させ、ときには致命的な結果を招くこともある。

「彼らはみんな、恐ろしいほど真に迫った夢を見たせいで、意識下からあふれだした夢に、起きてる時間まで侵食されていったんだ」フォッダーが言った。「どんどん大きくなる夢に支配されちまった。むさぼり食われたのさ」

「出しゃばるつもりはないんですけど、なぜこの事件は〝さらなる行動は不要〟と見なされたんですか？」

「ああ、確かに変だな」フォッダーが、ぼくの疑問に怒ることなく言った。「しかし、前例がないわけじゃない。なにしろ、奇妙なことにかけちゃ、伝染性の夢は〈セクター12〉のトップテンにも入りそうにないからな」

「トッカータは何位ですか？」

「五位か六位だろう。おチビちゃん、ワージング取締官に、報告書をコピーしてやってくれないか？」

ローラがうなずき、弾むような足取りで駆けていった。

「話してくれてありがとうございます」ぼくは、取締局間で情報を共有する義務はないことを意識しながら言った。「トッカータは、伝染性の夢に何かあると考えてるんですか？」

「局長は、おれたちと同じく、ナルコーシスに誘発された夜驚症だろうと言ってた」

「だったらなぜ、トッカータはそのことでローガンに連絡したんだと思いますか？」

フォッダーが肩をすくめた。

「おまえさんが、きいてみなくちゃならんな――勧めはしないが。ローガンの興味をそそってここへ来させたかったか、ただオーロラをイライラさせたかっただけかもしれない。あのふたりは込み入った関係なんでね。マシュマロは好きか？」

「はい」

「ほら」フォッダーが言い、袋から一個取って差しだした。

ローラが報告書を手に戻ってきたが、それは長いものではなく、フォッダーが言ったとおり、〝さらなる行動は不要〟と記されていた。ムーディーへの追悼のことばにはなりそうにないな、とぼくは思った。

ぼくはふたりにお礼を言って、防犯門を足早に抜け、鉄道駅に戻る道を歩いた。また雪が降りはじめていたが、ゆるやかな降りだった。大きな雪片が暗闇からゆっくり下りてくる。

ムーディーが最期《さいご》を遂げた場所は、いったん氷が解けてまた固まり、今ではまばらな軽い雪に覆われていた。〈ネスビット夫人の喫茶室〉の窓に入ったひびは、すでにシリコン充塡剤で部分的に修復してあった。ぼくは急ぎ足で通りすぎた。ありがたいことに、〈セクター12〉での時間はもうすぐ終わる。冬は思ったよりも過酷で、カーディフの取締局と訓練学校で習ったすべてではあらかたひっくり返ってしまった。この世には人に教わるルールがあり、仕事をするうえで守るべきルールがある。そのふたつは関連しているが、きょうだいというより遠い親戚だ。ぼくはカーディフで見習いに戻り、洗濯やコピー取りをする必要があった。ハイバーテックや〈本物の眠り〉、〈セクター12〉、オーロラ、夜驚症、夢見者《ドリーマー》たちから遠く離れて。

しかし、そうはいかなかった。駅に着くと、また別の衝撃が待ち構えていた。プラットホームはがらんとしていた。カーディフへ戻る列車は、すでに出発していたのだ。

14　置き去りにされて

「……〈本物の眠りを求める運動〉、略して〈本物の眠り〉は、国家の冬眠習慣の微妙なバランスを乱すことに躍起になっている危険な破壊主義者の集団――あるいは、不当に禁圧された冬眠権利団体だった。どちらと考えるかは、あなたの見かたによる。とはいえ、それが問題なのではない。この団体への財政的、物質的、または精神的な支援は、終身刑に値する罪であり……」

――ソフィー・トロッター著『死ぬべきか、あるいは眠るべきか？――〈本物の眠り〉の興亡』

ぼくは否定することでパニックを追い払おうとした。

「マーサー行きの列車は」石炭の煙と古い靴下と焼いたパンのにおいがする小さなオフィスで駅長を見つけると、ぼくは言った。「石炭か水か何かのために、いったん出ただけだよね？」

駅長がぼくを見てから、小さすぎるポケットから出した大きすぎる懐中時計に目を向けた。

「あたしが十五分前に出発させたんだよ」駅長がそっけなく言った。「急いでトーパントゥを抜けて戻りたがってたからね」

「二時間あるって言ったじゃないか」

「言い間違えたのさ。でも、あんたはいつだって次の列車に乗れるんだよ。春蠢《スプリングライズ》の二日後、十一時三十一分、マーサー駅まで各駅停車、軽食のご提供あり、混雑なし、特別割引料金は無効——でも自転車よりゃいいでしょ」

「六週間も待てないよ。今すぐ帰らなくちゃならないんだ」

「たぶん、マーサーで列車を遅らせる前に、そのことを考えるべきだったんだね。こういう話には、道義ってもんがあるんだよ、お兄さん。あんたがこっちの時刻表をめちゃくちゃにするなら、こっちもあんたの時刻表をめちゃくちゃにする。〝ザ・12《ドウージー》〟での滞在を楽しんでちょうだい。きっと気に入るよ。いや、ちょっと待って、間違えたわ——きっと気に入らないね。不運な暮らし、盗賊《ヴィラン》ども、トッカータ、寒さや冬の魔物《ウインターフォルク》につかまらなくても、まずい食べ物には、まあ間違いなくつかまるからね」

そう言って、駅長はにやりとした。

ぼくは言い返すことばを思いつかなかったので、ふざけるな、余計なお世話だとどなるのはやめて——どなってもむだなことは相手にもぼくにもわかっていた——とぼとぼと駅の外へ出て、穏やかに降る雪のなかに立ち、拳を固めたりゆるめたりしながら、たった今起こったことの意味を理解しようとした。何かを蹴りつけたかったが、まわりには硬く弾力性のない、痛い目に遭いそうなものしか見つからなかったので、ふつふつと煮えたぎる怒りを抱えながら、ただそこに立っていた。雪が、結晶化したすごく大きな涙みたいに、コートの肩に音もなく降り積もった。

ぼくは十分ほどのあいだ、自己憐憫《れんびん》にどっぷり浸って立っていたが、やがて寒さにぶるりと震え、もっと実際的な問題を優先せざるをえなくなった。つまり、生き延びること。ぼくは駅の歩道橋の上に移動し、周辺の地理をもっとよくつかもうとした。町は、最初に思い描いていたのとは違って、広場の回りに限定的に配置されているわけではなく、背後の丘にあるハイバーテックから始まる線となって延び、次に北西へ続く主要道路に沿って広がり、四、五キロ先に見える浅い谷の反対側の斜面には、四十棟ほどの睡眠塔が並び立っていた。目に映る明かりは、守衛室につるされたランタンと、連絡道路を照らすガス灯だけだった。ほとんど物音ひとつせず、すでに真冬であるかのように感じられた。公式には、あと二十九時間は秋季なのだけれど。

「ワージング?」下から声がした。「まだこんなところにいて、いったい何してるの?」

下にいるのはオーロラだった。寒さを防ぐためにコートのボタンを上まで留め、ひとりで立っている。正直言って、ぼくは彼女を見てほっとした。

「列車が早く出ちゃったんです」ぼくは言った。

「なぜ?」

「下りていきますね」

ぼくは歩道橋から下りて、待っているオーロラのところまで行った。

「マーサーで列車を遅らせたことで、駅長を怒らせたんです」ぼくは説明した。「仕返しみたいなものかな」

「それは腹立たしいわね」オーロラが言った。「でも意外ってこともないわ。これからどうするつもり？」

「わかりません。取締局に戻って、なんとか帰らせてもらえないか、きいてみようかと思います」

「たぶん、あまり賢いやりかたじゃないわ。特に、どこかの時点でトッカータに自分の行動を弁明しなくちゃならないとすればね。確かに引き金を引いたのはわたしだけど、あなたがこんな状況に陥ったのは、ブズーキ・ガールを取り戻すと言い張ったからだもの。勇敢な行為ではあったけど、無謀と見なされてもおかしくないし、そう、あなたは実際に命令に背き、結果として取締局長は死ぬことになった」

そんなふうにオーロラに言われると、いい気分はしなかった。

「違法行為にかかわってた人ですよ」

「ものごとがそんなに単純ならいいんだけど」オーロラが言った。「トッカータが絡むと、論理はちょっとばかり……変わりやすくなるのよ」

オーロラが、しばらくぼくをじっと見つめた。

「ねえ、確かにわたしのせいとも言えるから、あなたのためにスノートラックを手に入れてあげる。そうしたら、自分でヘレフォードまで運転していけるでしょう。あそこから冬季路線のレールプレイン(38)が出てるの。道路はずっと旗で目印がつけられてるから、割と簡単にたどり着けるはずよ。でも、暗くなってから行ってはだめ。最近は盗賊《ヴィラン》の動きが活発になってるから。今夜寝るところを見つけてあげるわ。それでいい？」

「はい」ぼくは言った。「すごく助かります。ありがとう」

オーロラが、とびきり魅力的な笑顔を向けた。

「よかった。むさくるしいけど人目につかないほうがいいなら、〈セーラ・シドンズ〉に部屋があるの。現金払いで、もしあした天気が悪かった場合に備えて、二、三泊分確保できるわ。二級給与水準者の睡眠塔だから、自然睡眠者たちと同じ場所で寝ることになるけど、暖かくて乾いてるし、害獣もいない。〈ハウエル・ハリス〉ではそうはいかないわ。あそこでは二年くらい前にネズミが出て、居住者三人が食われちゃったの。家賃がすごく高いのに、おかしな話よね。どうかしら？」

「お薦めのところでいいです」ぼくは答えた。とりあえず計画のようなものがあること――

(38) 吹きだまりの上方を走れる高架式プロペラ推進モノレール。冬のあいだは、主要路線のみ運行している。

そして何より、寒さをしのげることがうれしかった。

　オーロラが健康のために歩こうと言ったので、ぼくたちは町の反対側にある一群の睡眠塔のほうへ向かって道を進みはじめた。ぼくたちの声はくぐもり、息は冷気のなかで白く見えた。周囲の家々の低い屋根は、発砲スチロールでつくったようなつるりとした雪の帽子をかぶっていて、傍らの騒音制限の標示には五十五デシベル[39]とあった。カーディフではありえない、静寂のレベルだ。最近では、六十二デシベル[40]を超えなければ逮捕はされず、一瞬の急上昇で七十五デシベル[41]を出しても犯罪と見なされることはめったになかった。

「フック調査員があんな嫌なやつで、本当にごめんなさいね」オーロラが言った。「わたしが選んだわけじゃないんだけど、与えられたものとともに働くしかないこともあるのよ」

　背後で音がしたので、ぼくたちは振り返った。さっき〈ウィンカーニス〉で見た眠らせ屋《ドラウジー》が、足を引きずり雪をかき分けながら歩いていた。ふさふさした高価そうなアナグマの毛皮に身を包んでいる。毛皮は、アナグマの一部だったときよりずっと上等できれいになっているみたいだった。

「こんばんは、ジャジャ」オーロラが言った。「ワージング取締官には会った？」

「いいえ」ジャジャが言った。「はじめまして」

　抱きしめるかわりに温かい笑みを見せてから、オーロラに向き直る。

「フックに伝えといてほしいんだけど、あたしは眠くならない無料のお遊びはやらないの。

しつこく『オジマンディアス』の暗唱を無料奉仕でやれって言い続けるなら、目を殴りつけてやるわよ、って」

「伝えておくわ」オーロラが言った。

「ありがとう」ジャジャが言い、夕闇のなかへ足を引きずって去り、隠れた縁石につまずいて毒づいてから、先へ進んだ。

「どうして、ジャジャの顔にはこんなに親しみを感じるのかな？」ジャジャが声の聞こえないところまで離れると、ぼくは言った。

「ジャジャは三代めのネスビット夫人だったのよ。ジーナ・ロロブリジーダとブレンダ・クラクションのあいだの」

　もちろん、ジャジャはぼくが子どものころ知っていたネスビット夫人ではない。それに、歴代のネスビット夫人を全員憶えているというのは、ジェーン・ボンドを演じた俳優を、当時はかなり議論を呼んだ唯一の男優を含めて[42]、全員憶えているようなものだ。

(39)　五十五デシベルは、ふつうの会話レベル。
(40)　六十二デシベルはレストランでの会話レベル。
(41)　七十五デシベルは居間で掃除機を〝強〟でかけるレベル。
(42)　ちょっと繊細すぎるとはいえ、驚くほどいい演技だった。

「いったいどうしてここに行き着いたんですか？」ぼくはたずねた。

「四回の軽率な結婚と、唖然とするほどひどい投資アドバイスのせいよ」

巨大食品企業の素朴で親しみやすいイメージキャラクターをさまざまなテレビコマーシャルで演じる女優は、鳴り物入りの派手な宣伝で、定期的に生まれ変わった。元ネスビット夫人はたいてい、顔が売れたことで順風満帆のキャリアを積み、出版契約を結んでから、大衆演劇か政治のどちらか――ときには両方――の道に進んだ。つまり、正式な氏名ジャジャ・ルシャットが、外れの地区で眠らせ屋《ドラウジー》として細々と暮らすことになったのは、とりわけ異例だった。

「固定線は、ブリザードのとき命を救ってくれるわ」歩きながら、オーロラが、道路わきの白塗りの柱から柱へ張られたケーブルを示して言った。「矢印はぜんぶ中央広場を指してるから、もし迷ったら、あそこに戻ってやりなおすのが基本よ」

「知っておくと便利ですね」ぼくは言った。

外側にBP社の古びたマークをつけた、ヤードセールをしているトレーラーのそばを通りすぎると、街灯柱に寄りかかっている男と行きあった。ウォンチョ、つまりウェールズ製の厚い毛布でつくったポンチョにくるまり、優に三十年は流行遅れで、交換時期を過ぎて六回は使っている長いコーンパイプをふかしている。

「町の向こう側まで歩いていくのかい？」男がきいた。

オーロラがそうだと答えると、見知らぬ男は〝みんなで歩けば怖くない〟からいっしょに行くと言った。

名前はジム・トリークル、貸付屋《ボンズマン》で非常勤取締官だと自己紹介した。褐色の髪と繊細な顔立ちをしたわりと若い男だった。二度咳をして、微笑んでから、ぼくが伸ばした手をつかんで引き寄せ、〝冬の抱擁〟をする。カビた繊維とリコリスとインクのにおいがした。

「ザ・ドゥージーへようこそ」トリークルが弱々しく笑って言った。「来ていちばんいいのは帰ることとで、何より悪いのはとどまることである場所へ」

トリークルがまた咳をした。ガラガラと低く響く音を立て、死を告げる咳。以前、冬季不眠症患者《ウインソムニアック》たちが同じ咳をするのを聞いたが、長く続いたことは一度もない。

「長く越冬してるんですか、トリークルさん？」ぼくは歩きながらたずねた。

「十二年になる」トリークルが答えた。「でも、神にも見捨てられたこのひどい場所に来てからはまだ四年だ。いくつかの返せない借債《デット》の保証人になってて、賄賂《わいろ》を受けとったんだ――言っとくけどちっぽけな金額で、大げさに騒ぎ立てられただけさ――で、ここか刑務所かってことになった。ぼくはもちろん刑務所を選んだけど、裁判官が却下したんだよ。刑務所では過酷さが足りないってね」

「ここは刑務所より過酷なんですか？」

「まあ、食べ物はましだけどね、ここがひどくいまわしいのは、副次的な不利益のせいなんだよ。この四年でぼくは、ほとんどあらゆる恐怖を経験した。〝ラッキー〟・ネッドの一味とやりあい、餓死しかけ、凍傷になり、借り手にどなられ、トッカータに激怒され、ナイトウォーカーの集団に襲われたんだ」

「それは、けだるい感じの怖さってくらいなものでしょ、大きな坊や」オーロラが口を挟んだ。「ナイトウォーカーはそんなに速く動かないし、ちゃんと食べさせてれば、まったく危険はないわ」

「あいつらがこっちを見る目つきですよ」トリークルが身震いして言った。「虚ろな悪意に満ちてる」

「ローラと賭けをしてるって聞きましたよ」ぼくは言った。

「ああ、そうなんだ」トリークルがいやらしい薄笑いを浮かべて答えた。「グロンクが存在するかどうかについてね」

「賭けに勝ったも同然じゃない」オーロラが言った。「グロンクなんていない。冬の魔物《ウインターフォルク》はただの神話よ――子どもと頭の弱い連中のためのお話」

「ぼくは、何かしら奇妙なことが起こってると思うんです」長年グロンクにまつわる話をいくつか聞かされていたぼくは言った。「六年前、トーパントゥのすぐ南の線路で四人の保線員が、月のない晩、ボタンやファスナーも外されないまま体だけ消えたんです。その後、四人の姿を見かけた人は誰もいません。彼らの下着、シャツ、ベルト、フリースは、オーバーオールのなかに入ったままでした。しかも、たたまれてました」

「ぼくの箪笥《たんす》に入ってる服は、たたまれてるよ」トリークルが言った。「だからって、家具にグロンクが住み着いてるとはかぎらない」

四人がさらわれたのは、彼らが無価値な人間だからだという話だった。四人は全員、身体への侵害行為で有罪となり、春蠢《スプリングライズ》に収監されるまでの期間、無料奉仕をしていた。

「聞いたところでは」ぼくは言った。「グロンクは人間の恥をからかってから、その人が自分の行動のあまりにも重大な誤りと、何もかも二度と元どおりにはならないことに気づいたその瞬間に、魂を奪っていくんですって。その人が息絶えるとき、恥とやましさは消え去り、罪の重荷は取り除かれるそうです。そして許され、清らかになって、創造主のもとへ行くんだとか」

「ばかばかしいったらありゃしない」トリークルが言った。

「わたしもそう思う」オーロラが笑いながら言った。「幽霊や悪鬼のことで頭を悩ませて、時間をむだにしないでね、チャーリー」

不意に自分がちょっとバカになったような気がしたが、養育院《プール》にはテレビがなかったので、お話はぼくたちの娯楽のなかでかなり大きな割合を占めていたのだ。

「あなたは伝説をいくらかは信じてるんでしょう、トリークルさん」ぼくは言った。「でなきゃ、なぜ賭けを五万で抑えたんですか？　なぜ百万じゃないんですか？」

「なぜなら、どんな賭けも、双方が支払えなくてはならないからさ」

オーロラとぼくは視線を交わした。ローラは、そんな多額の現金を持っているようにはまったく見えなかった。

「ジム」オーロラは急に興味を引かれたらしかった。「ローラは何を賭けたの？」

「大人の女になってから産む第二子さ」

衝撃の沈黙が流れた。

「あきれたわ、ジム」オーロラが言った。「あの子はまだ十六歳よ。あなた、貸付屋《ボンズマン》っていうより、悪徳商人か何かじゃない？」

「あなたのひどく無礼なことばは許しましょう」トリークルが淡々と答えた。「でも、ローラのほうから賭けを持ちかけたんですよ。応じてくれと頼みこんだんだ。すべては完全に合法ですよ。もし彼女が先払いの現金を手に入れるために、ワックフォード&コーを通じて将来の出産を取引に使ったとしても、あなたは眉ひとつ動かさないでしょう」

確かにそのとおりかもしれないので、ぼくたちは黙って歩いた。ガス灯の温かいオレンジ色の輝きに、静かな空気が照らされていた。タルガース庭園とボート遊び用の湖を通りすぎた。吹きだまりで花壇と苗床は隠れていた。錬鉄製の門の向こうに、グウェンドリン七世の銅像と凍りついた噴水が見えた。水が出ているあいだに凍ったので、氷でできた不格好なキクの花みたいになっている。

「銅像の下の雪のなかに、かたまりがあるでしょう?」オーロラが言った。「ロスコー・スモールズよ。伝染性の夢だとかいうたわごとにとらわれて、〝寒中逃走〟したの。フォッダーから、何か新しい情報は得た?」

「特に何も」

「ロスコーのこと、好きだったな」ジム・トリークルが言った。「スージーもね。ムーディーは、まあ、気分屋《ムーディー》だったけど。幸いにも、三人のなかで保険に入ってた人は誰もいなかったから、会社にはなんの損害もないんだ」

どうやらジム・トリークルは、貸付だけをしているのではないようだ。

グウェンドリン七世の銅像と凍って止まった噴水の向こうには、雨で縞模様《しまもよう》がついた黒っぽい石造りの大きな建物があった。入口は、上部の三角形のティンパヌムから伸びた四本の巨大なドリス式円柱に囲まれ、その上方後部には、緑青《ろくしょう》で暗緑色になった銅製の丸屋根が見えた。建物は暗く静かで、すでに冬の冷たい手にしっかりとらえられていた。

「あれは地域博物館よ」オーロラが言った。「とても充実してるわ。ボブ・ビーミッシュのランニングシューズや、シルヴィア・シムズが一九五九年のアカデミー賞授賞式で着たドレス、ドン・ヘクターにちなむたくさんの記念品、初めて馬の二倍の速度で走った自転車の部品。[43] 切手もたくさんあるわ。〝アングルシーの二ペンスのロイド・ジョージの藤色〟も含めてね。世界に一枚しかないのよ。ねえ、すぐ向こうに、遊園地が見えるでしょう」

オーロラの言うとおりだった。すぐ向こうの夕闇のなかに、螺旋式すべり台、パラシュート・ドロップ、ジェットコースターが見えた。コースターのがっしりした格子造りの木の骨組が、厚い雪の毛布に覆われていた。

先へ進み、凍った小川を渡ると、すぐ右側に最初の睡眠塔があった。道路から離れたところに立っていたので、円形をした石造りで、勾配が急な円錐形のスレートぶき屋根がついていること以外、細かい部分はよく見えなかった。たぶん十六階建てくらいで──現代の標準では小さい──日常の気配は、正面玄関の外につるされた守衛の石油ランプ一個だけだった。

「〈ジェラルダス・カンブレンシス〉よ」オーロラが言った。「一二三六年に建てられた、今も入居者がいるウェールズでいちばん古い睡眠塔」

ぼくたちは坂をのぼり続けた。

「このあたりでは、冬に厄介ごとが多いんですか？」ぼくはたずねた。

「盗賊《ヴィラン》たちとの小競り合いがいちばん深刻だね」ジム・トリークルが答えた。「〝ラッキー〟・ネッドがこの地域を仕切ってるんだけど、正面攻撃より、穏やかな窃盗が好みなんだ。どうやら、トッカータが取り決めた協定があるらしい。やつらはちょっとばかり誘拐をやってるが、協定の条件に従って、この地区からはさらわない」

「身代金、それとも奉公人が目当て？」ぼくは、ダイ・パウエルの経験を思い出してたずねた。

「奉公人さ。料理や掃除なんかの家事をやらせるためだね。あとは、偽冬眠者のこそ泥もいるよ」トリークルが続けた。「隠れ家《が》が二カ所もあれば、コソコソクンクンする連中がいてもおかしくはない。〝スラニゴンの泥こね屋〟ってあだ名の空き巣常習犯もいるけど、たいていは冬季不眠症患者《ウインソムニアック》とナイトウォーカーの雑多な寄せ集めだね。そのほかは、たいしたことないさ」

「ここで人を参らせるのは、退屈と天気よ」オーロラがあとを続けた。「特に、気温がぐっと下がって、雪がしんしんと降りしきり、風がマンモスみたいに大きい吹きだまりをつくるときにはね。スノートラックに乗っても、移動にひどく時間がかかるし、ブリザードで何週間も足止めを食らったりもする。吹雪のなかで何も見えなくなったことある？　怖いわよね。あなたは勇敢な人？」

「わかりません」

「いずれ知ることになるわ」

ぼくたちは黙ってさらに百メートルほど歩いた。

(43) 二ペンスのロイド・ジョージがとにかく貴重なのは、アングルシーの消印があるからだ。一九二一年のある日、ボーマリス郵便局で消印を押され、氷床による侵食でこの地が放棄される前に配達された、たった三通の手紙のうちの一通だった。

「これを渡しておこう」トリークルが言った。ぼくたちは〝アッシュブルック・ガレージ――あらゆる型式の車修理　ランドローバーはおまかせ〟という古びた大きな広告掲示板近くの十字路に来ていた。トリークルがぼくに名刺を差しだした。電話番号はなく、〈ウィンカーニス〉にいる時間だけが書かれていた。

「いくらか現金が必要になったときのためにね。困ったら、トリークルを訪ねてくれ。証書も買うから――便宜《フェイヴァー》とか借債《デット》とか――返済は現金じゃなくてもいい」

ぼくは、ほとんどまっすぐ帰るからと言ったが、それを心に留めておくことにした。

トリークルがにやりとしてから、〈ハウエル・ハリス〉と案内板に標示された睡眠塔へ向かった。

「あの男には気をつけて」トリークルが声の届かないところまで離れてから、オーロラが言った。「貸付屋《ボンズマン》のただひとつの目的は現金よ。でも彼は賄賂を受けとるから、従順にもなって都合がいいの」

ぼくたちはまた歩きだし、広告掲示板のところで左に曲がり、やはりシャッターが下りているガソリンスタンドを通りすぎてから、右に曲がって、かつては大邸宅の庭園だったと思われる場所へ入った。ゆるやかな斜面に沿って歩き、鎧戸が下りた夏の別荘のそばを抜ける。すでにハイバーテックから見て谷の反対側に来ていて、製薬会社の建物は輝く光の集まりとして見えたものの、暗闇のなかで形を見てとるのは無理だった。ぼくが思いを巡らせていると、空からフクロウがそばの道路に舞い降りて、雪のなかで翼を力なく引きつらせた。アルビオン半島（アルビオンはグレートブリテン島の古名）に棲む鳥のうち七種は冬季活動性だが、フクロウは違う。

　ぼくたちは、さらに歩いて冬眠区に入った。周囲には、巨大なカラカサタケの森みたいに、地面から睡眠塔がにょきにょきと生えていた。どれも〈カンブレシス〉より大きかったが、すべて昔ながらの形をしていた。円形で、窓は最小限、傾斜の急な円錐形の屋根。

　太陽に面したいくつもの塔を通りすぎ、北側の先にある安っぽい建物のほうへ向かうにつれ、睡眠塔の質が徐々に下がっていくのがわかった。六棟は三階しかない瓦礫にすぎず、二、三棟は単に地面に残された空っぽのコンクリートの円で、地下深くにあるふたをかぶせた原子力暖房《ホットボット》は、まだ上の厚板を凍らせないほどには稼働していた。オーロラは、ぼくを冬の家畜小屋みたいなところへ押しこむつもりだろうか、と考えはじめたちょうどそのとき、彼女が立ち止まって、渦巻く雪と薄闇のなかから目の前にぼんやり現れた大きな睡眠塔を顎で示した。

「ようこそ」オーロラが言った。「〈セーラ・シドンズ〉へ」

15 〈セーラ・シドンズ〉

「……守衛の起源である夜警という職業は、古くからの伝統により、去勢された男性が就くことになっていた。現在は強制ではないが、〝名誉ある夜警組合〟は頑固にこの慣例を守っていて、なおも大衆の支持を得ている。おおかたの人は、十六週間にわたって廊下を行き来する仕事を任せるなら、自分の天職に絶対的な献身を誓った者のほうがよいと考え……」

——ホッダー＆ストートン社刊『冬季学《ウインターオロジー》ハンドブック』第六版

〈シドンズ〉は少なくとも三十階建てで、並外れて広く、かつて魅力的な住宅だったことが見てとれた。正面《ファサード》は、下塗りされてからポートランド石を模して刻み目を入れられ、玄関口には欠伸をする夜のサテュロスや雪のニンフたちをかたどった装飾が施されていた。目立ちはするがみすぼらしく、場所にそぐわなかった。準工業団地としての睡眠塔は町の中心からかなり離れた安い土地に建てられているうえに、この地域は活気を失い寂《さび》れているように見えたからだ。

「ええ、わかってるわ」オーロラが言った。「ちょっと気が滅入るわね。建設されたときには、たっぷり日が当たって、影が差すこともまったくなかったんだけど、長い年月のあいだに目の前にもっと現代的な睡眠塔ができてしまったのよ」

コートをかけ、雪靴をスリッパにはき替えてから、ぼくはあたりを見回した。誰かがわびしげな内装を明るくよみがえらせようとしたらしいが、あまりうまくいっていなかった。不釣り合いなじゅうたんとありふれた現代風の家具は、かつて豪華だったロビーを安っぽく粗末に見せ、不器用に何重にも塗られたペンキは、漆喰仕上げの繊細さを消し去っていた。ぼくは空気のにおいをかいだ。マーサーの〈ジョン・エドワード・ジョーンズ〉と同じように、空気にはかすかだが間違えようのない眠りの臭気があった。ねばつく汗と腐った卵に似た冬眠のにおいに、磨いていない歯を通して吐きだされる、少しよどんだ空気が混じりあっている。

守衛が、ぼくたちを迎えるために待っていた。一分の隙もない服装をし、つるつるにはげていて、小さな金縁の眼鏡をかけ、人間の頭を限界まで球形に近づけたかのような丸い顔をしている。ぼくは急に、『マペットショー』のブンゼン・ハニデュー[44]を思い出して、くすくす笑った。守衛がいぶかしげな目つきでぼくをにらんだ。

(44) 忘れた人のために言っておくと、ブンゼンはマペット研究所で働いている。アシスタントはビーカー。

「今、ブンゼン・ハニデューのことを考えてたでしょ？」

「いいえ」

守衛が片方の眉をつりあげた。

「うん——ちょっとだけ。ごめんなさい」

「ワージング取締官」オーロラが言った。「ロイド守衛を紹介するわ」

ぼくは驚いた顔をしたに違いない。守衛がため息をついて言ったからだ。「ええ、あのロイド守衛ですよ。イカボドのために魔物のおとりをやったのは、人生最悪の間違いだった」

「怖かったから？」

「いや、延々と話を繰り返さなくちゃならないからですよ。『ひとりぼっちの山羊飼い』の歌詞が二十年間頭のなかをぐるぐる回ってて、たまにうっとうしいけど、いい面があるとすれば、落ちこんでるとき足取りが軽くなることだね」

オーロラがコーラスの部分をヨーデルで歌ったので、ぼくたちはにんまりした。

「いつだって、ひとつはいい面があるもんです」守衛が愛想よく言い、カウンターから出てぼくを抱きしめた。レモン石鹸と掃除機の紙パックと防虫剤のにおいがして、ぼくより頭ひとつ分背が低かった。

「ザ・ドゥージーへようこそ」ロイドが言った。「人が言うほど悪くないとこですよ。ムーディーのことを聞いて、残念に思ってます。誰が引き金を引いたんです？」

「フックよ」オーロラが言った。「きかれる前に言っておくと、正当防衛だから」

「情報が伝わるのは速いね」ぼくは言った。

「地区には七十六人の守衛がいるんです」ロイドが受付の後ろの定位置に戻って言った。「冬には、誰もわざわざ外に出ません。常時オープンラインの電話網があるから、助かります。受話器を持ちあげて、話すだけでいい。たいてい誰か聞いてる人がいるし、もしいなくても、すぐに戻ってくる。誰も戻ってこなくても、いつだってひとりごとを言ったり、雑音を聞いたりできる。正直、雑音を聞いてると、ほかの大半の連中の話を聞くよりのんびりできますよ——特に〈ジョージ・メリー〉のルブコンさんの話よりずっといい。ところで、なんのご用です？」

「一日から三日ほど、滞在できる部屋を」オーロラが言った。「請求書はハイバーテックに回して」

「ここに来たのは正解ですね」ロイドがうれしそうに言った。「一九九〇年以来、寝室への不法侵犯は九件しかないんです。こそ泥が三件、睡眠殺人《ドーミサイド》が一件、侵害事件が五件——うち三件は視覚的、一件は触覚的、さらに一件は口には出せないな。もちろん誇れはしませんけど、地区の冬季犯罪の発生率としては最も低いんです。しかも、ここじゃ三十七年近く、睡眠中に食われちまった居住者は出てないと知ったら、うれしいでしょ」

少しのあいだ明かりがちらちらと点滅し、消えてから、またついた。

「ハイドロ12の調子が、最近悪くてね」ロイドが説明のつもりで言った。「どんな部屋がお望みですか？　エコノミー、ベーシック、スタンダード、デラックス、それともスーパーデラックス？」

「あなた、夢を見る？」オーロラがだしぬけにたずね、じっと問いかけるような表情をぼくに向けた。ふつうは人にするような質問ではないが、彼女はハイバーテック保安部の部長だ。

「八歳から見てません」

オーロラが少しのあいだ、ぼくに目を据えた。

「スージー・ワトソンは最近、闇の世界へ旅立ったのよね」オーロラが言った。「彼女の部屋はどう？　若い睡眠者の前向きなエネルギーが、部屋から悪い夢を追い払ってくれるでしょう」

「了解」守衛が言った。

「なぜ夢を見るかってきいたんですか？」

「別に、なんとなくよ。ワージングは、あなたのスノートラックを借りる必要もあるわ」オーロラがロイドに言った。「できるだけ早く返すようにするから。それともうひとつ、ちょっと扱いにくい問題があるの。ワージングがここにいることを、わたしたちだけのことにして、ほかには広めないようにしたいのよ。ワージングはジャック・ローガンの死に少しばかり責任があるから、トッカータがどんな反応をするか、わかるでしょう」

「えっ」ぼくは言った。「ぼくはそんな——」

「ローガンのことも、オープンネットで聞きましたよ」ロイドが口を挟んだ。「たいへんな損失ですね。黙ってたほうが賢明かもしれない。ほかに必要なものはありますか？」

ぼくは少し考えた。

「カーディフのぼくのオフィスにファックスを送って、帰りが遅れることを伝えてほしいんだ」

「それはわたしに任せて」オーロラが言った。「あすの朝いちばんに、あなたは三日以内に戻ると伝えておくわ。どうせジャック・ローガンについても報告しなくちゃならないし——あなたにはなんの罪もないってこともね。そのくらいはできるわ。夜はゆっくり眠ってちょうだい。冬の最初の数日は、かなりつらいから」

ぼくがお礼を言うと、オーロラは元気でねと言い、ぼくたちふたりに向かって陽気に手を振り、立ち去った。

玄関扉がカチリと閉まると、ロイドがスノートラックの鍵を渡すためぼくに署名させた。

「地下室にあるんです」ロイドが言った。「今すぐ乗っていきます？」

「オーロラは、夜に出発するのは賢明じゃないと言ってた」ぼくは言った。

「そのとおり」ロイドが言って、急に少しそわそわしはじめた。「でも、その、〈セクター12〉ではいろんなことが、あっという間にこんがらかってく傾向がありますからね。〈セクター12〉にとどまるより、夜道を行く危険のほうがましだと思うかもしれない」

「あなたは出発すべきだと思う？」

ロイドが左右に目をやってから、声を落として言った。

「すべてあなたしだいです」

ぼくはじっくり考えてから、外を見た。風が強くなってきて、視程はまだゼロではなかったが、運転がひどくむずかしくなりそうだった。スノートラックがどこともしれない場所で動かなくなってしまったら困る。

「朝まで待って、どんな様子か見てみるよ」

「わかりました」

ロイドがボードから部屋の鍵を取り、ぼくたちはエレベーターのほうへ歩いた。どこにでもあるグウェンドリン三十八世とドン・ヘクターの肖像画の鋭い目に見守られ、半円形のロビーを歩きながら、ぼくは羽目板を張られた暗い冬季談話室をのぞいた。五、六人があちこちに散らばって、本を読んだり、ボードゲームをしたり、静かに話したりしていた。全員が健康的な秋の体重を身につけてみごとな肥満体型をし、身ぶりや動きはものうげだった。

「欠伸人《ヨーナー》㊺がたくさんいるね」ぼくはロイドに言った。「どうして起きたままでいるの？」

「伝染性の夢だかなんだかを居住者たちが怖がってましてね、誰も眠りたがらないんです。ビュイックの夢を見て、ワトソンやスモールズやムーディーみたいになったらどうしよう、ってね。でも眠気と戦うなんて、むだな抵抗ですよ」

　ロイドのことばに合わせるかのように、眠る準備を整えた居住者たちのなかで最も健康的に太った人が欠伸をした。あの体格になって、周囲の温度が摂氏十五度以下に下がると、眠りを押しとどめるにはヘラクレス並(46)の超人的な努力が必要だ。

　循環式エレベーターは、ぼくたちが乗りこむとすぐに動きだし、自動バラストのゴボゴボという水の音とともにゆっくり上へ向かった。このエレベーターには扉がなく、上へ進むあいだ目に入る廊下の眺めは退屈で変化に乏しかった。夢の神モルフェウスへの捧げ物がほとんどのドアの前に置かれ、そばにはよい夢を願う新しいろうそくが灯《とも》されている。しかもすごい数だった。廊下は、ときどき建物を吹き抜けるかすかな風に揺らめく何百もの小さな明かりで活気づいていた。

　カーディフの〈メロディー・ブラック〉ではこんな風景は見られなかったが、あそこの居住者は一級水準の給与をもらってモルフェノックスを飲んでいた。〈シドンズ〉の居住者は、夢見態《ドリームステート》にあるときの猛烈な脂肪燃焼を薬で和らげる手段を持たないので、迷信的な信仰を保っているのだ。モルフェノックスを飲んでいるぼくたちは、もう夢のなかに入って見張っ

(45)　〝冬眠へと入っていく境目にいる〟人のこと。
(46)　ヘラクレスの六番めの難業にも〝冬が仲間たちを庇護下に置くまで眠らずにいる〟とある。

てくれる神を必要としなくなった。薬が神を無用な存在にしてしまったからだ。崇拝の対象は、超自然から薬へと移っていった。そしてルーシーがほのめかしたことが本当なら、次の冬にはこういう信仰はすべてなくなるかもしれない。

「あのさ」ぼくはロイドに話しかけた。エレベーターはたぶん階段をのぼるよりわずかに速いという速度で、三階を通過したところだった。「冬季談話室にいた欠伸人《ヨーナー》たちは、本当に伝染性の夢をうつされると考えてるのかな？」

「そうですよ——あたしだって否定はしないね」

「なぜ？」

「あたしもきれぎれになった夢を見ますから。いくつもの手、オークの木、引っかき傷のある巨石、青いビュイック。でも妙なのは、あたしの夢をムーディーやスモールズの夢と比べると、ほかにも似たとこがあることなんだ。話してないのに、細かいとこが同じなんですよ。何かが、起こってる」

「なぜあなたは、ムーディーやロスコーやスージーみたいに、頭が変にならなかったの？」ぼくはたずねた。「思い当たることがある？」

「見当もつきません。でもさっきも言ったみたいに、あたしの夢はきれぎれだからね。憶えてるよりたくさんの夢を見てて、絶対に岩から離れなかったって気がしてる。あなたも、もし夢を見たら、同じようにしたほうがいい」

「でも、ぼくは夢を見ないよ」

「わかってるけど、もし見たらね。この階ですよ」

ぼくたちが降りると、エレベーターはもう数秒動き続けてから、精巧なバランスシステムがもう荷重を受けていないことを感じとり、停止した。

「よし、と」ロイドがパンと手をたたいて言った。「緊急のときには、あたしが一階下の八〇一号室にいますからね。ああ、それとハイバーテックが勘定を持ってくれるから、ルームサービスを存分に利用したらどうです？」

ぼくはそうすると言った。ロイドがお休みなさいと言って、循環エレベーターの〝下〟側に乗ると、それは一瞬ゴボゴボと音を立ててから、ロイドを連れて下りていった。

九〇一号室は、建物の南側へ廊下を半分回った、階段の反対側にあった。ドアの下に、若い女性の写真とお悔やみ状が何枚も置かれていた。ぼくは、死んだ人間の部屋やベッド、靴や親友まで受け継いだことがある——誰だってそうだ——が、今回は奇妙な感覚に襲われ、ぞくりと身震いした。

16　九〇一号室

「……〈セーラ・シドンズ〉は三十三階建て、外径七十五メートル、床から天井まで三メートル、各階八部屋ずつとなっていた。熱を上まで伝える導管が通った中央の空洞は、階段を含めて四・五メートル幅だった。一九〇六年に建設され、まさに当時の多くの睡眠塔を代表するような……」

――ストランド・パブリッシング刊『中部ウェールズの睡眠塔』

ドアを押しあけると、小さな手紙の山にぶつかった。ほとんどは、まだスージー・ワトソンが死んだことを知らない人たちからの、よい冬眠を祈るカードで、残りは請求書とチラシだった。ぼくはそれらを椅子に置いてから、部屋を見回した。標準的な〝ピザ型〟の間取りで、家具調度品やじゅうたん、壁紙は古びているとまでは言えないが、どう見ても最良の時期を過ぎていた。キッチンのほうへ行ってみた。冷蔵庫はほぼ空っぽで、いくらか残っていた牛乳はヨーグルトを超えた科学的にも未知の状態に入り、いくつかのしなびた何かは簡単には識別できなかった。壁にはドン・ヘクターの写真が掛けられ、テレビの横には蓄音機とワックス・シリンダーの膨大なコレクションがあった。タイトルをざっと見てみた。古いヒット曲――『狂気』、『噂』、『ジギー・スターダスト』――に、ジャズとプッチーニが少し交じっていた。

　室内はいたって平凡だったが、ひとつだけ目を引くものがあった。寝室の壁に掛けられたクリュタイムネストラの巨大な絵だ。ギリシア神話のとおり、たった今、夫を殺した場面が描かれている。この肖像画が目を奪うのは、題材の力だけでなく、その大きさのせいだった。床から天井まで壁一面をふさぎ、ぴったり合うよう下部を調整された装飾つきの大きな金色の額縁に入っている。クリュタイムネストラは上半身裸《トップレス》で、口もとに不思議な微笑を浮かべ、人のよい社会病質者といった風情で顎を上げていた。

　歴史は、正確に冬季のいつクリュタイムネストラがアガメムノンを殺したかを語っておらず、それは多くの推測を呼んでいる問題だった。もし春蠢《スプリングライズ》に殺したのなら、衝動的な行為であり、寝ぼけていたせいと片づけられるかもしれない。もっと寛容な芸術的解釈では、クリュタイムネストラを痩せこけて混乱した姿で描く。ところがこの絵は、人生を謳歌《おうか》するふくよかさに穏やかな自信を備えた姿として描いていた。画家はこの絵で、計画的な行為だったことをほのめかしている。クリュタイムネストラは寝ずに起きていて、アガメムノンが眠りに落ちるとすぐさま殺し、それからゆっくり朽ちていく夫の傍らで冬眠へ入っていったのだ。これだと、彼女の性格も動機も変わってしまう。学界で盛んに議論されるのも不思議はなかった。

「ナイフを持ってるトップレスの女の子は誰？」

ぼくはびっくりして飛びあがり、さっと振り返った。

部屋のまんなかに立っているのは、絵の具の筋がついたオーバーオールと大きなだぶだぶの男物シャツを着た女だった。漆黒の髪を結って高い位置でゆるくまとめ、鉛筆で留めていて、布切れで何本かの絵筆をふいている。ぼくではなく、クリュタイムネストラの絵をじっと見ていた。

「もっと大事な質問があるんだけど」ぼくは言った。「ぼくの部屋で何してるの？」

女が振り返ってこちらを見ると、ぼくは不意に、その暗く愁《うれ》いのある美貌に打たれた。貫くような菫色《すみれいろ》の目、心なしかトルコ風の顔立ち、弧を描く感情豊かな眉。たぶんぼくより十歳ほど年上で、紛れもなく、並外れた美女だった。しかし、彼女の魅力は単なる美しさだけではない。そこには、独特の物腰、活力、強さがあった。

「ドアがあいてて、不思議に思ったの」女が言った。「それに、ここはあなたの部屋じゃないでしょう。スージーのよ」

「ああ、うん」ぼくはちょっと口ごもりながら言った。「そうだね」

気の利いた返しではなかったが、ぼくは彼女の美貌だけでなく、身ぶりにも釘づけになっていた。艶《なま》めかしさと自信のうっとりするような組み合わせ。そのとき知ったのは、生きているかぎり、これほど心を打つ人には二度と会えないだろうということだった。

「まだ起きてるの？」ぼくはたずねた。

「遅くまで起きてるのが好きなの」女が答えた。「四室向こうがわたしの部屋。でも、ここに来たのは初めて。それで、あの女の子は誰？」

「クリュタイムネストラだよ」ぼくは言って、歩み寄った。

「ああ」女は言って、不意に理解したようだった。「計画的犯行という視点ね」

ぼくたちはしばらくのあいだ、絵を見つめていた。

「それと」ぼくは知性がにじむように努めながら言い添えた。「〝同伴冬眠〟には気をつけろという教訓だね」

「わたしたちは絶対に、いっしょには冬眠しなかった。夫とわたしは」女がぼんやり応じた。「ゼフィレッリの『冬に阻まれた恋人たち』を見たあとは」

彼女が言っているのは、ロミオが目覚めて、となりで寝ているはずの花嫁ジュリエットを捜したが、見つかったのは、骨に貼りついた小さくぴんと張った皮膚と、ベッドシーツについた腐敗の黒いしみだった、という場面のことだ。ぼくは九歳のときにこの映画を見て、その映像が頭から離れなくなった。何年もあと、バズ・ラーマンはこのシーンをディカプリオの顔だけで表現した。ジュリエットの遺骸を見せる必要はなかった。ゼフィレッリがすでに人々の頭に恐怖を植えつけていたからだ。

「彼女にとって、いい結果になったのかしら?」黒髪の女がたずねた。「つまり、クリュタイムネストラが夫を殺したことで?」

「彼女と愛人は、ミュケナイを七年間統治することになった」

女は満足げにうなずき、まだ絵を見つめていたが、ぼくは彼女のほうに興味を引かれた。うなじ、ピアスをしていない耳、柔らかそうなたっぷりとした濡れ羽色の髪。さっと振り返り、見つめているぼくの視線をとらえたので、ぼくは目をそらしたが、あまりにも見え透いていたと気づいて視線を戻した。そして、彼女のまなざしにとらわれてしまいそうになった。まるですばらしい絵の魅力にとらわれるかのように。

「あなたは冬季取締官ね」女がきっぱり言った。

「そんなにわかりやすい?」

「外套《がいとう》みたいにしっかりその肩書きをまとってる。それが、あなたのなりたいものだっていうのは確か?」

「どう……なのかな」

「いつも考えてるんだけど、せめて人生にひとつくらいは、確かだと思えることがあったほうがいい」

「あなたにとっては、何が確かなの?」ぼくはもっともらしい会話を続けようとしてたずねた。

「もう確かなものは何もないってこと」女が不意に哀愁《あいしゅう》を帯びた表情で答えた。首を横に傾けて、少しのあいだ考えてから、五百ユーロで額縁なしのぼくの肖像画を描かせてほしいと申し出る。ぼくは絵を描いてもらう時間もお金もなかったが、もっと彼女といっしょに時を過ごすという考えには大賛成だった。しかも、どんな理由であれ、彼女がぼくをじっと見つめるという形で。

「もっといいモデルが見つかるかもしれないよ」ぼくは小声で言って、暗に自分の顔のことを伝えた。ゲーリー・フィンドリーの耳を嚙みちぎったあと、自分の容姿とは折り合いをつけていた。それまで抱えていた憤懣《ふんまん》は、一度の暴力ですべて吐きだされた。ゲーリーは耳を失ったが、ぼくは悟りを得て、自分の見た目を管理する者になった。

「あなたは養育院《プール》出身、それとも親族内生まれ《キンボーン》？」

「養育院《プール》」

「夫も、養育院《プール》出身だった」

そしてまったく思ってもみなかったことに、ぼくの頭のねじれた側に、柔らかい手を当てた。そこに触れたことがあるのはシスター・ジゴシアと、あとはルーシーが酔っぱらったときに一度、それだけだった。目がぴくりと引きつって、体の片側を恐怖の震えが走るのを感じた。彼女にはこんな厚かましいことをする権利はなかったが、たとえ愛情はなくても、この親密さには説明のできない不思議な高揚感があった。だけど、ぼくは勘違いしているのだ。

彼女は年上で、絶世の美女で、どう考えても手の届く相手ではない。まったく、自分はどうしようもないバカだ。ぼくはさまざまな思いを頭の片隅に追いやった。

「もっといいモデルが見つかるかもしれない、そうね」女が言って、優しくぼくの頭を押して横向きにさせ、人差し指をぼくの鼻先に置いた。「でも、こんなに……胸が躍るほど惹きつけられはしないでしょう」

そのことばは、ぼくが容姿についてそれまでに受けた最高の賛辞[47]だったから、ぼくはすばやくまばたきして、目にこみあげてきたものを隠した。

「じゃあ、お願いします」

「それなら、来て」

彼女が振り返ってぼくのわきを抜けていくと、ふわりと香りが漂ってきた。油絵の具と、洗いたての洗濯物と、麝香《じゃこう》が絶妙に混じりあったにおい。ふたりで円形の内廊下を歩いてフロアの反対側にある部屋まで行き、彼女がなかへと手招きした。壁のあらゆる面はキャンバスに覆われ、壁に掛かっていないものはすべて重ねて壁に立てかけられていた。

一枚、とりわけ目立つ絵があった。ガウアー半島のロッシリ・ビーチを印象派風に表現した絵で、横二メートル、縦一メートルはありそうだった。背景には、浜に乗りあげた大型客船〈アルゼンチン女王〉号の残骸が描かれていた。さびついて避けがたい崩壊へ向かい、侵食するさびの下に青い塗装がわずかに見えている。空にはうっすらとした馬尾雲がたなびき、岬は遠くにぼんやり霞《かす》むただのぎざぎざした輪郭になっていた。前景の、広いだけで閑散としている砂浜には、目を見張るほど大きく華《はな》やかなオレンジと赤のパラソルがあった。その下に隠れたふたりの海水浴客は、部分的にぼやけた姿で、青と白のストライプのタオルを敷いて座っていた。

　すばらしい絵だったので、ぼくは彼女にそう言った。

「まあまあね」女がほとんど感情をこめずに言った。「タイトルは、『ずっと変わらずそこにある、ガウアー』」

「何回も行ったことがあるよ」ぼくはうっとり絵を見つめながら言った。「難破船がこのくらい残ってたころに」

「今では、崩壊して海に沈んだ」女が言った。「風と潮の避けがたい作用。マンブルズ埠頭《ふとう》に寄ったことはある？　ザルガイとベーコンとラーヴァーブレッド（干したアマノリを煮詰めたウェールズの食べ物）をのせたトーストを食べに」

「寄らずにはいられないよ」

　部屋の中央には、絵の具がはねかかったイーゼルが置かれ、その上に鑑賞者のほうを向いた男の未完成の裸体画がのっていた。この絵には何か特別なものがあった――ぴんと張った

(47)　今でもそうだ。

たくましい体つきのなかにひそむ、どこか荒々しい、ある季節だけに限られたエネルギー。裸体を遠慮がちに表現した絵でもなかった。体のあらゆる細部が綿密に描かれている。髪の一本一本、筋肉の起伏のひとつひとつまで。男の体のなかで、綿密な観察に値しないと彼女が考えた部分はまったくなかった――ただし、顔を除いて。そこにはなんの特徴もなかった。絵には身体的な特徴だけが描かれ、顎の形以外、顔に個性はない。なのに、どういうわけか、なじみがあるような気がした。以前、しかも最近、見たことがあるかのように。

「あなたの友だち？」ぼくはたずねた。

「わたしの夫だった人」

「顔を最後に描くの？」

「肖像画は完成してる」女が答えた。「夫は越冬が始まる直前のある晩、姿を消したの」

「何があったの？」ぼくがたずねると、彼女がさっと怒りのまなざしを向けた。

ぼくは正直、その反応に驚いた。人々はしょっちゅう姿を消しているので、それは不適切な話題とは考えられていなかった。ビリー・デフロイドの遺骸は雪解けのあと駐車場じゅうに散乱した状態で発見され、シスター・プラセンシアは、誰にたずねられても喜んで話した――どの部分が見つからなかったかまで詳しく。

「いくつか考えられるわ」女が急に冷静さを取り戻して言った。「それに、夫が死んだことを知ってるわけじゃないけど、最悪の事態以外を望むには時間がたちすぎてる」

少しのあいだ考えてから、また絵をじっと見る。

「夫の顔立ちは記憶から消えはじめても、体のことはいつまでも忘れない。わたしの指先に伝わってきた感触、わたしの上にあった体の重み。夫は、子どもをつくる予定だった春が来る前に消えてしまった。わたしはお産に備えて特別に太ってたのに」

「そうなんだ」ぼくは彼女の率直さにまごつきながら言った。「お気の毒に」

女は物思いにふけりながら絵を見つめた。

「夫は雪が好きだったけれど、冬は嫌いだった」静かな声で言う。「頂上からの眺めよりも、登ることに大きな価値があると考えてた。あまり笑わなかったけど、笑うと世界もいっしょに笑った。わたしたちは、まるでこれが初めてみたいに、そして最後みたいに、シーツにくるまった」

「ぼくは、そういう誰かに出会ったことないな」ぼくは言った。「ぼくの友だちはみんな、その、ごくふつうなんだ」

「平凡さを見くびってはだめよ」女が言った。「気づいたんだけど、永遠の幸せは、決まって冒険しない者に与えられるの。座ってちょうだい」

女が背もたれの高い椅子のほうへぼくを導き、ポラロイドカメラを取りだした。本体を開いて新しいフラッシュバルブをホルダーに取りつけ、シャッターをセットしてから、カメラをぼくに向けてピントを合わせる。

「下を見て」彼女がカメラの後ろに半分顔を隠して言った。「目だけで」

ぼくは言われたとおりにした。

「シーツにくるまったことある？」

「はい」

「自分ひとりで、は数に入れないの」

「だったら、いいえ」

「今、想像してみて」彼女が言った。「特別な誰かとのこと。頭のなかにいる誰かじゃなくて、心のなかにいる誰か。体のなかで高まる熱と、親密な触れ合いへの切望を感じるとき、肉体的な思いが向く誰か。その思いで頭がいっぱいになったら、目を上げて」

ぼくは長年のあいだに惹かれた人をひとりひとり思い浮かべてみたが、全員を退け、いつの間にか、目の前で暗い色の髪をして、暗い物腰で、暗い妖《あや》しさをまとっている画家のことを考えていた。ぼくは彼女と自分がぴったりと絡みあって情熱の固い結び目をつくる場面を思い描き、目を上げた。

フラッシュがぱっと光ってから、使用済のフラッシュバルブが冷えていく乾いた音がした。彼女がレリーズをさっと放して、紙のタブを引っぱってはぎとり、それを捨ててから、腕時計を見た。

「二、三日でこの地区から出ていくんだ」ぼくは言って、名刺を渡した。「ここに連絡すればつかまるよ」

　女は名刺を受けとり、さらに十秒待ってから、ポラロイドカメラ後部のふたをあけて、ネガから写真をはがした。それを見て満足げにうなずいてから、乾かすために仕事机の上に置く。

「あなたはモルフェノックスの権利を持ってるの？」彼女がたずねた。

「はい」

「でも、起きてるんだから、必要ないでしょう？」

「はい、たぶん」

「今シーズンは、太るのを怠けてしまったの」女が打ち明けた。「冬眠を乗りきらせてくれる何かが必要なのよ。あなたの薬をくれるなら、絵の料金を二百ユーロおまけするわ」

　考えてみれば、彼女は少し瘦せていた。モルフェノックスを譲るのはもちろん違法だが、薬は持っているし、彼女ができるだけ確実に生き延びられるように手助けしたかったので、ぼくは同意した。

「ただし、支払いはしないという条件でね。絵の料金をおまけするのもだめ、何もかもだめだよ。もし見つかったら、譲っただけでもじゅうぶんまずいことになる」

　彼女はその理由に納得してお礼を言ったあと、一枚の大きなキャンバスのほうへ移動した。グウェンドリン九世が馬の背に乗り、軍隊を率いている場面を描いた絵だった。史実ではそんなことはしなかったのだが、偉大な女性の誇張された肖像画は、雇われ芸術家の生活の糧だった――〃いつか訪れる死を忘れるな《メメント・モリ》〃、花瓶に生けた花の静物画㊽、品評会で入賞した牛マンモスなどの題材も。女はパレットを手に取り、絵筆に少し絵の具をつけてから、キャンバスの上で無造作に動かした。突然、ぼくはそこに存在しなくなったみたいだった。

「さて、それじゃ」ぼくは言った。「帰るね」

彼女が何も言わなかったので、ぼくは歩きはじめたが、ドアまでたどり着くと彼女がまた口を開いた。

「賢い人は、岩から離れてはだめだと言うわ」

「なんの岩？」

「オークの木の下にある岩」彼女が目を上げずに言った。「青いビュイックのそばの」

「あなたはその夢を見たの？」

「断片をね」

「ぼくはだいじょうぶ」ぼくは言った。「夢は見ないんだ」

「誰にでも夢は必要よ」彼女がさらりと言った。「見ることがなければ、かなえられないんだから」

ぼくはもっと質問したかったが、彼女は絵画の制作に戻り、ハミングしはじめた。会話は終わり、ぼくは自室に戻った。

これ以上耐えられないほどの疲れを感じ、ぼくは寝ることにした。蓄音機のゼンマイをいっぱいまで巻いてから、プッチーニの『交響的前奏曲』の超長時間演奏を選び、プレイヤーに設置して、〝スタート&リピート〟ボタンを押した。そのあと、《バンビ》を枕の下に置き、服を脱いでベッドに入った。毛布を引きあげて天井を見つめ、両手を頭の後ろに当てて、となりの居間から流れてくる音楽の穏やかな調べに耳を傾ける。

状況は、ぼくが計画していたものとはだいぶ違っていた。ぼくは辺鄙な地区の奇妙な町にいて、夜驚症をともなう冬眠性朦朧症《ナルコーシス》の発作を起こして死んだ女の部屋で寝ようとしている。人望が厚い取締官でもあった師匠を、ひとつには自分の頑固さのせいで失った。とはいえ、エレベーターの扉があいたとき、もしローガンが一瞬ためらわなければ、死んでいたのはオーロラのほうだった——そして、たぶんぼくも。

夜の仮眠をとるだけで深い冬眠への坂を転げ落ちてはいけないとわかっていたので、翌朝早く起きられるようテーザー時計(49)をセットし、耳たぶに電極をつけてから、明かりを消した。薄暗がりのなかで、クリュタイムネストラの姿がぼんやり見てとれた。たった今夫を殺して、満足げだ。ぼくは画家のこと、彼女が写真を撮るとき思い浮かべるように言ったことについ

(48) 昔から根強い人気があるが、なぜなのかはさっぱりわからない。

(49) 〝レージーテージー〟という商品名の旅行用バージョン。念のため、列車旅行用に持ってきていた。

て考えた。そのあとぼくの思考は、ありがたい微睡みがのしかかってくるにつれて、ごちゃごちゃと入り乱れていった。オーロラ、ブズーキを持つ死んだ女、ヒューゴー・ファウルナップの偽物、ロイド守衛、ジャック・ローガン。最後にムーディーが、青いビュイックのところへ行ったら岩から離れるな、と言った。

でも、何も問題ないことはわかっていた。夢は見ないからだ。

だがもちろん、ぼくは見た。

17　ガウアーへの小旅行

「……早期起床者《アーリー・ライザー》の起床失敗率は三十パーセント前後で、何十年も早期起床を続けていた人にもそれは起こる。約三分の一は、単にテーザーの電極を外してしまい、寝返りを打ってうめき声をあげ、やがて予備の脂肪が燃え尽きて、飢えにもがきながら表面へ浮上してくるまで身動きもしない。早期起床は、意志の弱い人には向かず……」

――ロージー・パテラ博士著『取締官のための冬季生理学』

ひらめく光、混沌《こんとん》、叫び、そして闇。しかし、ふつうとは違う形の闇だ。そこに何も存在しないような闇や、時を超えた濃厚で揺るぎない冬眠の闇ではなく、重いビロードの幕としての闇。幕の後ろにあるものの音とにおいが感じられたが、まだ幕は上がっていなかった。聞きとれないことばをささやく声がしてから、木々がサラサラと擦れあう音と、子ども時代の夏の甘いにおいがした。反《かえ》したばかりの干し草、干上がった水たまりを棒で掘ったときの熱いぬかるみ、刈り入れ、牧草地。

次に、闇は……つややかになった。降り注ぐとりとめのない映像。ジャック・ローガンが壁にはまりこみ、半分漆喰を塗られている。ムーディー、ティフェン夫人、〈シドンズ〉、『ひとりぼっちの山羊飼い』をハミングするロイド守衛。それから、突然ザーッと短い雑音が響き、ぼくはロッシリ・ビーチにいて、目を見張るほど大きく華やかなオレンジと赤のパラソルの陰に座っていた。視界の中心にあるのは、大型客船〈アルゼンチン女王〉号の残骸で、今ではさびて半壊し、何十年ものあいだ打ち寄せる波にかじられて、船体にぽっかり穴があいていた。

ぼくはあたりを見回し、自分がひとりではないことに気づいた。ビーチタオルの上でとなりに座っているのは、〈シドンズ〉で会った画家だった。体にぴったり合った若葉色のワンピースの水着を着て、好奇心にあふれた大きな目でじっとぼくの目を見つめ、日焼け止めやアイスクリームや干した海藻といった夏休みの思い出の香りがするそよ風に、漆黒の髪をなびかせている。今では、彼女の名前はベルギッタだとわかっていた。うっとりさせる笑みをぼくに向けてから、ほつれた髪を耳の後ろに押しやる。ぼくは、ひとつに結ばれているという酔わせるような感覚、これまで経験したことのない感覚に浸っていた――誰かに愛されていることがわかり、自分も同じくらいその人を愛していることがわかる。お互いだけのもの、一心同体であることが。

「愛してるわ、チャーリー」

「愛してるよ、ベルギッタ」

砕ける波の音がドーンと響き、小さな女の子がケラケラと笑いながら、海岸の端のほうへビーチボールを追いかけていった。

そのとき、ぼくは知った。子どものとき以来初めて、ぼくは夢を見ているのだ。ぼやけた不明瞭なものとして記憶していたのだが、この夢は現実よりもリアルに感じられた。砂のザラザラした手触りが感じられ、波がまだらになって泡立つのが見え、海辺の空気に混じる潮のにおいがかぎとれた。

ぼくは下を見て、自分もビーチ用の格好をしていることに気づいた。黒いワンピースの水着を着て、対照的な白い運動靴をはいている。ぼくの靴ではない。ぼくの足ではない。ぼくの体でさえなかった。違う、引き締まっていて、ぞくぞくするほど違う。ベルギッタの失踪した夫の体みたいな感じがした。

いや、そうじゃない。ぼくはベルギッタの失踪した夫みたいではなかった。ぼくはベルギッタの失踪した夫なのだ。彼女と恋に落ち、彼女に愛されている。ふたりでひとりだ。

「これは本当にぼくなのかな？」ぼくは少しバカみたいな気分でたずねた。

ベルギッタが目をぱちくりさせ、おもしろがるかのようなまなざしを向けた。

「あなたは今、チャーリーよ、わたしのチャーリー」くすくす笑いながら言う。「あの複合施設やハイバーテック保安部のことは考えないようにして。きょうとあしたの、四十八時間だけ。あなたとわたし。〝どんな夢を見るのだろう〟」

「〝どんな夢を見るのだろう〟」ぼくは応じて、あたりを見回した。「ここはどこ？」

ベルギッタがまた笑った。教えてもらう必要はなかった。ぼくはすでに知っていた。ぼくたちはガウアー半島にいるのだ。子どものころ、何度も来たことがあった。ワームズヘッドとさびかけた大型客船の眺めは、脳裏に焼きついていた。

ベルギッタが、またこちらを見て微笑んだ。

「何が起ころうと、ずっと変わらずそこにある、ガウアー」

ぼくたちはそのことばに笑った。安っぽくて、まったくの真実で、すべてがそろっている。

「愛してるわ、チャーリー」

「愛してるよ、ベルギッタ」

波の音がドーンと響き、カモメが鳴いて、ビーチボールが弾んで通りすぎ、同じ子どもが同じケラケラという笑い声をあげて追いかけていった。ふとぼくは、それがいつどこでのできごとなのかを、はっきり悟った。ベルギッタとチャールズが幸福の絶頂にあったとき、暗い影が差し冬が迫ってくる前の、何もかもが美しく驚きに満ちて、純粋で申し分なかったまさにその瞬間がわかっていた。そこで過ごした休日は、ぼくにとっても幸福の絶頂だった。養育院《プール》にとらわれたわびしい生活のなかの、ささやかな楽しいオアシス。

「記念に一枚いかが？」ポラロイドカメラを持った写真屋が言った。「見目よくすてきにお撮りしますよ。料金もお手ごろで——」

――突然ぼくは目覚めた。びっしょり汗をかき、爆発するんじゃないかと思うほど心臓が激しく鼓動を打っていた。上半身を起こして、明かりのスイッチを入れたが、何も起こらなかった。光っているのは、自動的にスイッチが入った非常灯だけだった。最近不調なハイドロ12は作動していないようだ。

部屋のなかの何かが、奇妙で間違っているように思えたが、それがなんなのかを理解するまでに少し時間がかかった。クリュタイムネストラがいない。ぼくは身をこわばらせ、彼女に自分の居場所を知られないよう、物音を立てまいとした。装飾つきの額縁はまだそこにあり、背景もそこにあった――描かれたカーテン、描かれた大理石の階段、描かれた床についた、描かれた血の染みまで。しかし、王妃クリュタイムネストラはどこにもいなかった。まるで、するりと額縁の外へ歩みでたかのように。

ぼくは枕の下から《バンビ》を取り、ナイトテーブルの上の懐中電灯を手にして、そっと居間へ歩いていったが、そこにも人影はなかった。バスルームを確かめてから、衣装簞笥の後ろやキッチンユニットの下など、彼女が身を隠せそうな狭い場所も見たが、成果は何もなかった。出入口まで行くと、ドアの錠は下りていて、少しのあいだわけがわからなくなったが、そのあとドアの下に細い隙間があることに気づき、おそらく彼女はそこから抜けだしたのだろうと考えた。

ぼくはドアをあけ、よい夢を願うろうそくの明かりに今も照らされている廊下に出たが、そこにもやはり人影はなかったので、建物中央の熱い吹き抜けを螺旋状にたどっていく階段まで歩いてから、石を踏む軽い靴音を聞いて立ち止まった。クリュタイムネストラがサンダルをはいていたかどうか思い出そうとしたが、思い出せなかったので、足音がぼくのいる場所の向かい側にたどり着くまで待ってから、懐中電灯を手に進みでた。

チャールズだった。ベルギッタが描いたとおりの姿。全裸だが、顔がない。奇妙なことに、手にホットチョコレートのマグを持っている。彼がはっとして、足もとの階段に少し飲み物をこぼした。

「なぜ絵から出てきたんだ？」ぼくはたずねた。

「何から出てきたって？」チャールズがきき返した。口がないのだから不可能なはずだった。しかしそのとき、ぼくは相手がチャールズなんかではなくロイド守衛で、顔にはあるべきところに目鼻がついていることに気づいた。ロイドは裸でもなかった。ぼくは《バンビ》を下ろした。

「ごめん」ぼくは言った。「あなたのことを、油絵の具の薄い層かと思ったんだ」

「なんの薄い層ですって？　まあ、それはどうでもいい。どうしたんです？」

「クリュタイムネストラを捜してたんだ。王妃っぽくて、背が高くて、トップレスで、きれいな冬毛をまとってる――ああ、それと血まみれの短剣を持ってる」

ロイドがにやりとした。

「いいえ、そんな女は見てませんね」

「確かかい？」

「見たら憶えてるはずだと思いますよ」

「見えにくいかもしれないんだ」ぼくは言い張った。「彼女を横から見ると、ペラペラの紙くらいしか厚みがないから、あまり目立たないかもしれない」

「なるほど」ロイドが心得たという――そして正直に認めれば、もうそろそろいいだろうという――目つきをして言った。「ところで、悪く思わないでほしいんですが」守衛が言った。「あなたは、軽いナルコーシスを起こしてるんじゃないかな」

ばかげていたので、ぼくはそう言った。

「よく聞いてください」ロイドが言った。「歴史上のトップレスの人物が絵のなかから抜けだすはずないし、あなたが夜中に裸で〈シドンズ〉をうろついてるのは、あんまりまともには見えませんよ。違うかな？」

「ぼくは裸じゃない」ぼくは言って、身震いした。

「あなたが裸じゃないなら」ロイドがゆっくり言った。「どうしてあたしの目に、あなたのぶら下げてるナニが見えるのかな？」

「見えないいよ」

「あたしの顔に鼻があるのとおんなじくらい、はっきり見える」

「慣用句の使いかたが悪趣味だな」

「確かにね――でも自分で見てごらんなさい」

視線を下げると、ロイドに言われたとおり、ぼくは裸だった――スージーのえび茶色の靴下を、片方だけはいている。ぼくはまた身震いした。電力が戻って、明かりがチカチカして元どおりにつくと、状況の現実味がわかってきた。

「クソッ」ぼくは言った。「ナルコを起こしたんだね？」

ロイドが穏やかにうなずいた。ナルコーシスをうわさで聞くのと、経験するのはまったく別物だった。ロイドがぼくの手を取って、上階の自室へ戻らせると、自分の行為の完全な愚かさがすっかりあらわになった。クリュタイムネストラはいるべき場所にずっといて、金色の額縁に満足げに収まり、殺意を解放したあとの冷静な表情を浮かべていた。絶対に身に着けたはずのぼくの服は、脱いだときのまま、椅子の背に掛かっていた。

「夢を見てたらしい」ぼくはため息をついて言った。

「青いビュイックとか、オークの木とか、たくさんの手とかの？」

「いや、違う」

「だったら、たぶん、ナルコーシスの一部だね。このホットチョコレートをお飲みなさい。自分のはまたつくるから」

ぼくはだいじょうぶだと言ったが、ロイドはぼくがまだルームサービスで何も頼んでないからと強く勧めた。ぼくが受けとると、ロイドはお休みなさいと言って出ていった。

ホットチョコレートを飲み終えて、とてつもないマヌケになった気分で、ベッドに身を横たえた。ナルコーシスは、自分の身には絶対起こらないと思っているもので、実際に起こってみるとなかなか恐ろしい——発症したあとになって気づくのだが。起こっているあいだは、この町でのいちばんすてきな現実だ。ただひとつの例外は、ガウアーでベルギッタと過ごした夢かもしれない。できるならあそこへ帰りたかった。だから、仰向《あおむ》けになってふたたび目を閉じ、すぐにぐっすり眠ってしまった。

18　夢、目覚め、繰り返し

「……ルーヴル美術館の『モナ・リザ』の来歴は、一九八三年春、ついに証明された。同時代にアゴスティーノ・ヴェスプッチが本の余白に記した書きこみに、〝眠りの準備中であるリザ・デル・ジョコンドのみごとな絵が、現在レオナルドによって制作されている〟とあったのだ。ルーヴル美術館の『モナ・リザ』が紛れもなく痩せた姿で描かれていることを考慮すると、ダ・ヴィンチの真作は、現在アイズルワースに展示されている『ふくよかなリザ』のほうだと考えられ……」

――サー・トロイ・ボング著『芸術と眠る芸術家』

最初は、夢のない眠りと闇があった。ただしぼくが憶えている闇、形のない永遠の黒とは少し違い、明かりのついていない広間のような闇だった――記憶や場所、人やもの――これまでの人生の節目が詰まっている。いきなり裂け目が入った。リネンを引き裂いたかのようだが、目には見えず、音も聞こえない。一瞬のうちに、ぼくは戻っていた。砂浜で青と白のタオルに座り、若葉色の水着を着ているベルギッタ、そしてあの目を見張るほど大きく華やかなオレンジと赤のパラソル。同じ日、同じ砂浜、同じ〈アルゼンチン女王〉号。ぼくも同じだった——チャーリー・ワージングではなく、もうひとりの違うチャーリー。ベルギッタのチャーリーで、彼女といっしょにストライプのタオルの上に座り、黒い水着を着て白い運動靴をはいていた。

ベルギッタがぼくを見て微笑み、ぼくは自分が微笑み返すのを感じた。夢は、ぼくにわかる範囲では、隅々まで前回とそっくりだった。空高くカモメが鳴き、そよ風に乗って潮の香りが漂ってきた。ベルギッタがうっとりさせる笑みを向け、髪をもう一度耳の後ろに押しやった。ぼくはチャールズで、彼女はベルギッタで、これはふたりの完璧なひとときだ。

「愛してるわ、チャーリー」

「愛してるよ、ベルギッタ」

波の音がドーンと響き、子どもがケラケラと笑いながら、海岸の端のほうへビーチボールを追いかけていった。またしても。

「これは本当にぼくなのかな？」ぼくは、自分でも気づかないうちに同じ質問を繰り返した。ベルギッタが目をぱちくりさせてぼくを見てから、微笑んだ。

「あなたは今、チャーリーよ、わたしのチャーリー」くすくす笑いながら言う。「あの複合施設やハイバーテック保安部のことは考えないようにして。きょうとあしたの、四十八時間だけ。あなたとわたし。〝どんな夢を見るのだろう〟」

「〝どんな夢を見るのだろう〟」ぼくは応じた。

もうすぐ目覚めそうだとわかっていたので、あたりを見回し、なんとか細かいところまで心に刻みつけておこうとした。

背後には駐車場まで続く小道があり、そこに国でいちばんのピスタチオ・アイスクリームを出す、漆喰を塗った羽目板張りのカフェがあるはずだった。ぼくたちは、ベルギッタの母親が住む家の近くにいて、車庫の上階にある、真鍮製のダブルベッドとツゲ材の羽目板とレースのカーテンを備えた部屋に泊まっていた。日曜の朝早く出発して、帰りにマンブルズ埠頭に立ち寄り、近くのラジオから流れる『グルーヴ・ミー』を聴きながら、ザルガイとラーヴァーブレッドを食べた。ぼくはこういういろいろなことを、なぜ知っているのか知らないまま知っていた。もっと奇妙なことに、さかのぼって思い出せるだけでなく、先行きを思い出せるのだ。砂浜は何年も前の、幸せな日々のひとつの記憶にすぎなかった。そのあと、ベルギッタとぼくは別々に〈セクター12〉を訪れた。彼女は絵を描き、ぼくはハイバーテックの〝ラザロ計画〟を進める睡眠科学部で、用務員として働いていた。ぼくたちは、ごくたまにだが、会えば情熱を交わした。そのあと、別れてしまった。今度は永遠に。

「記念に一枚いかが？」砂浜を行ったり来たりして商売に精を出している写真屋が言った。

「見目よくすてきにお撮りしますよ。料金もお手ごろです、どこよりもね」

前回の夢はここまでだったので、ぼくは目が覚めるのを待ちかまえたが、そうはならなかった。ぼくたちは頼むことにし、写真屋はポラロイド写真を撮ってぼくたちに渡し、〝きちんと満足のいく〟ものになっていたら料金をもらいに来ると言った。ぼくたちは写真が浮かびあがってその瞬間を閉じこめるのを眺めた。ぼくは、自分がどんな容貌をしているのか初めて見ることになった。ベルギッタのチャールズはとんでもなくハンサムで、整った顔立ちをして、褐色の巻き毛を半分目にかかるように垂らしていた。なのに、どこか当惑して、望みを失い、ついには運が尽きたような――

――ぼくはオークの古木の根もとに座り、上を見ていた。枝の広がりはほとんど視界いっぱいに達して、さわやかな夏の朝の光が葉の隙間から降り注いだ。ぼくは何度かまばたきして、きちんと座りなおした。砂浜の夢は、いきなり断ち切られてしまった。徐々に消えていくわけでも、スムーズに移行するわけでもなく、ブッツリと。ぼくは今、別の場所、別の夢にいた。ワトソン、スモールズ、ムーディー、ベルギッタ、ロイドの全員がぼくより先に訪れた夢だと、すぐさま気づいた。

ぼくは、木の下にでたらめに積まれた巨石のでこぼこした山のてっぺんに座っていた。石は大きな青っぽい砂石で、平らでつるつるしていて、幹のまわりに人工島をつくっている。どこまでも広がる真っ青な空には、柔らかな雲が点々と浮かび、周囲の牧草地はあらゆる方向の地平線まで延びていた。

直前まで見ていたベルギッタの夢と同じく、まったくの現実に感じられた。まわりのすべてが、細かい部分までくっきりとしている——樹皮の質感、葉の葉脈、岩の表面を覆い尽くす黄色いコケ。これが現実ではないという唯一の証拠は、現実ではないとぼくが知っていることだけだった。ほかには何もない。だとしたら、ムーディーやワトソンが夢と現実をごちゃまぜにしてしまったのも理解できる。

自分の両手を見た。やはりぼくのではなかった。しかし、チャールズのでもない。

老人の手だった。優に七十歳は超えていて、しわだらけで、しみに覆われ、震えている。衰えを感じ、左半身にはぼんやりした痺《しび》れのようなものがあった。奇妙なことに、いや、もしかすると人々の生涯における彼の存在感を考えればそれほど奇妙ではないのかもしれないが、ぼくは今、ドン・ヘクターになった夢を見ていた。ヘクター博士の老い、その威厳、その物腰。でも、完全に彼になったわけではなく、部分的になったのだ。ぼくが博士になった夢を見ているのか、博士がぼくになった夢を見ているのか——ただ、ドン・ヘクターは二年前に死んだのだから、自分が彼でないことはわかっていた。

ぼくは声をあげて笑った。自分の大胆な発想だけでなく、その明快さがおもしろかったからだ。これが夢というものなら、かなり楽しく気晴らしになる現象を逃してきたらしい。確かに、意識下の創造に余計なエネルギーが費やされるから、微睡《スランバーダウン》時にもっと体重を増やす必要があるが、ぼくが思うに、その価値はあった。ここは、新しい、わくわくするような現実だ。

ここは逃避の場だ。

深く息を吸うと、夏の甘い香りが肺を満たし、温まった牧草とシモツケのかすかなにおいもした。ぼくはあたりを見回し、もしやクリュタイムネストラもどこかにいて、短剣を手にこちらへ迫ってくるのではと考えたが、そんなことはないとわかってほっとした。しかし、それとは別のもの、オークの木と巨石に加えて予言されていたものは、確かにあった。

青いビュイック。

車は、テールフィンやクロムめっきが主流になる前、アメリカの自動車設計がもっと控えめで上品だった時代に製造されたものだ。新しくはなく、もとの状態とはほど遠かった。クロムバンパーはあちこちさびだらけで、衝突による傷の修理がまずかったせいで右側のフロントウイングにしわが寄っていて、運転席側の窓は半分下りたまま引っかかり、乳白色に変色していた。ビュイックのとなりに、ピクニックの用意がしてあった。赤い毛布が敷かれ、冷却容器に入ったワイン一本と、折りたたみ椅子が一脚置かれている。車の向こうの一キロほど先、どこまでも続く緑色のじゅうたんの上にぽつんとあるのはモルフェリウム、夢の神モルフェウスの神殿だった。古びて荒れ果てていたが、場違いでありながらも、どこか安らぎを感じさせた。

こんな筋書きのふたつの夢が、どうして頭のなかでつくられたのかについて、ぼくは理性的に推測できた。ひとつめは、出会って好きになった女性に、彼女の絵と自分のガウアーでの休日を取り混ぜた夢で、ふたつめは、人から聞いた夢に、ドン・ヘクターとハイバーテックという圧倒的な全知の存在を結びつけた夢だ。すでにいくつもの視点からものを見ていて、休息中だというのに頭が満杯になっていた。なかなかの離れ業だ――夢がエネルギーを消耗するのも不思議ではない。

　ぼくは巨石から下りようとして、足を止めた。ベルギッタ、ムーディー、ロイド守衛、みんなに警告されたのだった。岩の上にとどまれと。

　好奇心に駆られて、低い位置の石に下り、爪先で土をちょっとつついてみた。ほとんどすぐさま地面から手が飛びだし、万力のように強くぼくの足首をつかんだ。恐怖に悲鳴をあげ、体がぐらついて、もう少しで岩から落ちそうになったが、どうにか持ちこたえ、力のかぎり足を引き戻そうとした。石をつかんでいた指の爪が裂けて割れた。数秒のあいだ格闘したあと、いきなり手がぼくを放し、すばやく視界から消えた。ぼくは岩山の頂上まで退いた。何ひとつ現実ではないと知っていたのに、ぼくは震え、ハアハアとあえぎながら座っていた。ふと、さらに多くの手――百本まではいかないが、数十本の手――が、ますます恐ろしい気配を漂わせて待ちかまえていることに気づいた。望みのない最後の砦《とりで》を襲撃者が取り囲むように、木のまわりをゆっくり動いている。ときどき止まって草むらで遊んだり、空気のにおいをかいだり、パトロールを続ける前につまらないけんかをしたりもする。ようやく、ムーディーがおびえた様子でたくさんの手について話していた意味がわかった。

いや、待て、ちょっと振り返ってみよう。よく考えると、ムーディーが何を怖がっていたのかは知らなかったかもしれない。ムーディーは〝たくさんの手につかまる〟と言っただけだった。ぼくが木と岩の話に合わせて、勝手に筋書きをつくったのだろう。大筋は同じだが、夢は違うはずだ。

そのときまったく唐突に、背後から女の甲高い声がして、ぼくのだらだらと続く思考をさえぎった。でも、それはおかしなことだった。さっき見たときには誰もいなかったのだから。

「バックリー夫人が住んでいる、リンカンシャーの片田舎にある農場を知っているでしょう」ゆっくり説きつけるような口調で話す女の声がした。「毎年七月になると、あそこではエンドウマメが育つのです（冷凍食品会社フィンダスのコマーシャルの一節）」

ぼくは振り返った。ビュイックのとなりに女が立っていて、気さくな笑みを浮かべてぼくをじっと見ていた。灰色の髪を結ってまとめ、白いブラウスと赤いワンピースの上に料理用エプロンを着けている。ネスビット夫人だった。企業のトレードマーク、映画やテレビのコマーシャルに絶え間なく登場するあの姿――しかし、現在のネスビット夫人を演じている女優ではなかった。八代前のネスビット夫人、ずっと若いころのジャジャ・ルシャットだった。周囲の様子には気づいていないかのようで、彼女のまわりには揺らめく異質性みたいなものがあった。まるで夢の一部ではなく、なんらかの方法でここに入りこんだかのように。

ぼくは、若いころのジャジャジャまで夢につけ加えたのか。

「こんにちは」ぼくは言った。

ザーッと短い雑音がしたあと、ネスビット夫人がまたしゃべりだした。しかし、声はネスビット夫人から聞こえているようなのに、ことばが口の動きと合っていなかった。声の主は彼女だが、話しているのは別人なのだ。この人はネスビット夫人でありながら、ネスビット夫人ではない。ぼくが自分自身でありドン・ヘクターでもあるのと同じように。

「ワージング取締官？」ネスビット夫人が言った。その声は、真っ赤に焼けた針をぼくの頭に刺して穴をあけようとしているみたいだった。痛みがぼくを危険なほど覚醒に近づけ、自分が夢見態《ドリームステート》から引きだされるのを感じ、一瞬クリュタイムネストラのぼんやりした輪郭と、居間へ続くあいたドアと、枕もとの時計が見えたが、やがてまた夢見態《ドリームステート》に戻った。

「落ち着いて、チャーリー、まだ眠っていてもらう必要があるのです。さて、あなたは自分が何者だと思っている？」

「ぼくは……ドン・ヘクターだ」

「ずいぶん厚かましいとは思いませんか？　ビュイックを描写してみて」

「青い、空の色」ぼくは答えた。「新しくはなくて、いろんな傷やへこみがあって、ちょっとさびてて、フロントグリルにＡＡバッジ（自動車協会の会員章）がついてて、故障してる」

ネスビット夫人がまた微笑んだ。ぼくを見つめているが、その目は見えていない。ぼくの目に映っているものが、彼女には見えないのだ。ネスビット夫人は周囲よりなんだか鮮やかな色をしていて、体のまわりに薄く輝くオーラをまとっていた。

「子ども時代のことを話してちょうだい」

「生まれたときから養育院《プール》にいた」ぼくは言った。「歩く未払い保険金だった。ぼくは、頭のせいと、ゲーリー・フィンドリーの耳を嚙みちぎったせいで引きとられなかったんだ」

「あなたではありません――別のあなたのことよ。ドン・ヘクターのことが知りたいのです」

「何もないよ」ぼくは言った。「自分が彼になった夢を見てるだけなんだ」

しかし、何かがあった。自分がベルギッタの夫だったときのように。あやふやでぼんやりしているが、枝に止まったミサゴみたいに、心の奥のほうに何かがうずくまっている。幼いころ、大きな田舎屋敷のじゅうたん敷きの廊下で、子ども用三輪車を思いきり速くこいで何かから逃げようとしたことがあった――たぶん、深い悲しみから。

「わたしは三輪車に乗っていた」ぼくは言った。「春蠢《スプリングライズ》から一週間後のことで、母親の不在を察していたことを思い出せる。あの喪失感がよみがえる」

ぼくにはそれが感じられた。胸につかえた虚しさの不快なかたまり。養育院《プール》にいたとき、同じようなかたまりを感じたことがあった。里親候補の人たちが、まばたきもせずに急いでほかの子どもたちのほうへ行ってしまったとき。ちょっとした非対称のせいでみごとなほど目立って個性的な子とは、違う子どもたちのほうへ。

「よかった――合格です。それでは、しっかりお聞きなさい。どこか近くに、シリンダーはある？」

「どんなシリンダー？」

「ワックス・シリンダーよ」

「音楽が録音されてるやつ？　部屋にたくさんあるよ」

「違います、夢のなかによ。シリンダーが必要なの。あなたが見つけなくてはなりません。ドン・ヘクターの心の奥底を探ってちょうだい」

ぼくはあたりを見回した。オークの木とピクニックと車のほかに見える唯一のものは、地平線に立つモルフェウスの神殿だけだった。

「モルフェウスの神殿がある。一キロほど先に」

「よかった。行ってみてちょうだい。ビュイックを使うのがいちばん成功の見込みが高そうだということは、わかっています」

「あなたも試してみたの？」

「ある意味ではね」

ぼくは、自分と車のあいだの空間を見た。ほんの十歩の距離だったが、見ていると、すぐさまぼくとビュイックのあいだに手が浮かんできて、そのあと沈んで見えなくなった。

「できない」ぼくは言った。

「たくさんの手のせいで？」

「そう、たくさんの手だよ。ぼくをつかまえる気だ」

「あいつらはいつだってあなたをつかまえる気なのですよ、チャーリー。車で神殿へ行こうとしても、たどり着けない。何かがシリンダーを探そうとするあなたを止め、神殿へ近づくのを止める。でも、シリンダーはこの夢のどこかにあるはずです。手始めに神殿から取りかかるのはよいことだわ。時間はどんどん過ぎていく。運転しはじめるべきね。急ぎなさい」

ぼくは言われたとおりにしようとしたが、ぞっとする感覚とともに、あの手がただの切断された手ではなく、手に似た小さい生き物であることに気づいた。手首は治癒した切断面のように皮膚で半球形に覆われていて、人間の一部のようにはまったく見えなかった。ぼくはポケットを探って、ウサギの足のキーホルダーを出し、ビュイックに向かって走った。

思っていたほど速く走れなかった。体は衰え、足はのろのろと引きずっているかのようだった。二、三歩で、たくさんの手がズボンの裾をつかみ、そこから脚をのぼってきて体を重くさせ、先へ進むのを邪魔した。なんとか車にたどり着き、乗ろうとしたが、たくさんの手の重みとかさのせいで運転どころか動くこともできなかった。蹴ったり押したり手を引きはがしたりしたが、ひとつ追い払っても、さらにふたつが地面から伸びてきてかわりを務めるのだった。ぼくは運転席に体を押しこみ、キーをイグニッションに入れた。オイルとジェネレーターのランプがぱっとつき、勢いよく車のエンジンがかかった。足でクラッチを踏めなかったので、ぼくはとにかくギアをファーストに入れた。ギアボックスがガクンと音を立て、車がぐらりと揺れて、エンジンが止まった。ぼくは叫んだ。いくつもの手が波のように土から生えてきて、車のなかへ洪水となって押し寄せ、ぼくの顔を覆ってから、体ごと外へ引きずり出した。ちらちら光るネスビット夫人の姿が一瞬だけ見えたあと、ぼくは地面の下に引きこまれ、口に土の味がして、大地が胸に重くのしかかり、包みこむような闇が訪れた。叫ぼうとしたが、口のなかは乾いた土でいっぱいで――


――声。しかし、ネスビット夫人のではない。

「いまだにこんなとこにいて、何してるの？」

「なんだって？」

「言いなおすね。いまだにこんな寒くて腐りきった終わってるとこにいて、いったい何してるの？」

19　ジョーンジー

「……冬眠死亡率の高さが原因で起こる技能の低下は、複雑な製造、インフラ、管理システムに大きな損害を与えかねないので、ほぼあらゆる仕事は〝技能ゼロ〟ルールを念頭に置いて立案されていた。一般技能で合格点八十二パーセント以上を取った者は誰でも、ファストフード店から黒鉛炉まで、なんでも操業することができ……」

――ホッダー＆ストートン社刊『冬季学《ウインターオロジー》ハンドブック』第六版

誰の声だかわからなかったが、きっとぼくが完全な冬眠状態に陥らないようにするため、ローガン局長が差し向けた取締官だろう。いつの時代も、初の越冬をする者につきまとう危険だ。カーディフに戻れてありがたかった。〈セクター・ドコダカ〉の〈セーラ・ナントカ睡眠塔〉での初仕事は、ものすごく楽しかったとは言えそうにない。ただ、どうやって戻ってきたのかまだ思い出せないのだけど。

たぶん、レールプレインに乗れたのだろう。

「言ってることわかってる、ワージング？」

「わかってます」ぼくはしわがれ声で答えた。喉がからからで、使っていなかった声帯がこわばっていた。

「ほんとに？」

「いいえ」

自分のうめき声が聞こえた。頭は泥が詰まったようで、まぶたは目やにでべったりくっつき、とにかくひとつのことしか考えていなかった。なんでもいいから、今すぐ、切実に、眠りに戻りたい。

「ストライプのタオルがあった」ぼくは言った。記憶が戻りはじめ、福引の玉みたいに頭のなかをでたらめに駆け回っていた。「ビーチボールも。子ども、女の子が、笑ってる。水着の女、難破船——〈アルゼンチン女王〉号」

「覚醒譫妄《せんもう》ってやつだね」暗闇から女の声がした。「二、三分は何がなんだかわからなくて、たわごとばっかりしゃべるの」

「彼女がポラロイド写真を撮った」ぼくは言った。「それと、オレンジと赤のパラソルは、目を見張るほど大きくて華やかだった」

「あたしの言ったとおり」声が指摘した。「たわごとばっかり。頭が眠ってる状態で、記憶がまだ配置を整えてるとこなんだ。それが終わるまで、あんたはとっ散らかったままだね。自分の名前は憶えてる？」

　ぼくは数分間、黒い闇のなかに横たわり、ぴったり目を閉じたまま、思考が整うのを待った。

「チャーリー・ワージング」頭に情報がぱっと浮かぶと、すぐにぼくは答えた。「BDA2635５F。春蠢《スプリングライズ》九日後に二十三歳になる。カーディフの〈メロディー・ブラック〉五〇六号室に寝泊まりしてる」

「だいぶましになったけど、まだおかしなことを言ってるよ」声が言った。「でも、最初の質問に戻ろう。あんたはローラとフォッダーに、最終列車で帰るって言ったよね。なのに、いまだにこんなとこにいて、何してるの？」

　ぼくは、本当に必死で考えなくてはならなかった。どこかでスノートラックを借りる話があった。だめだ、またわからなくなった。

「そっか」声が言った。「そろそろカーテンをあける時だね」

　女が何か湿ったものを手に握らせたので、ぼくはまぶたを強力に貼りつけていた硬い目やにをそっとぬぐった。上まぶたを引っぱると、目やにがパリッと音を立てそうな勢いで割れ、すぐに視界が開けた。最初はまぶしすぎてゆがんでいたが、長く休眠状態だった大脳皮質がよみがえると、世界が秩序らしきものを取り戻した。

　まず、クリュタイムネストラが目に入った。前回見たときとまったく同じ姿だった。でもクリュタイムネストラのせいで、自分がカーディフに帰っていないというのうれしくない事実を知った。

「〈セーラ・シドンズ〉」ぼくはため息をついた。「〈セクター12〉」

「それがウドンコ病や貧乏な親戚みたいに、あんたにつきまとってるんだね」ベッドわきの椅子に座った女が言った。「あたしたちは〝ザ・トゥエルヴ〟か、たいていは〝ザ・ドゥージー〟って呼んでるけど。楽しめるようになるかもよ。あんまり見込みはないけど、もしかするとね」

くすんだ茶色の髪を短く切り、取締官や便利屋《フットマン》や軍人に好まれるオフホワイトの冬用戦闘服を着て、困ったような笑みを浮かべてこちらを見ている。とても健康な四十歳か、ひどく不健康な二十歳のどちらかに見え、心なしか南国風の顔立ちをして、名札の上に〝銀のコウノトリ〟をふたつ着けていた。《バンビ》を二丁腰の両側に携え、フォッダーと同じく防弾チョッキにD字型のリングを縫いつけている。

「こんにちは」ぼくは言って、視界を曇らせる目やにをまばたきで追い払った。

「あたしは、取締局副局長のブロンウェン・ジョーンズ」女が言った。「みんなにジョーンジーって呼ばれてる。そのまんまのあだ名で、あんまり気に入ってないけどね。〝氷の女〟とか〝黒い未亡人〟とか〝霜降りヒップ〟とか、そんな路線がよかったけど、そういうのは自分じゃ選べないから」

「〝霜降りヒップ〟？」

「それは常に三番めの選択肢だったの」ジョーンジーが認めた。「あたしだって気に入ってなかった」

「ぼくは昔、〝ウォンキー〟って呼ばれてたんです」ぼくは、ごくわずかに共通する経験を語って、感じよく思われようとした。「定着しないことを願ってます」

「することになるね」

ジョーンジーが握手を求めて左手を差しだした。右手はほとんど失われていて、残っている部分はぎざぎざになって癒合していた。冬のつぎはぎは、決まってひどい見た目になる。どこかでやかんがピーピーと鳴りはじめ、ジョーンジーが立ちあがってとなりの部屋へ姿を消し、そのあいだにぼくは伸びをした。力を入れると筋肉が震え、すぐさまこわばってこむら返りになった。ぼくは何度か失敗しながら起きあがろうとがんばり、やっと支えなしで上半身を起こせるようになったところで、ジョーンジーがマグをふたつ持って戻ってきた。甘く濃いホットチョコレートで、飲むと体の中心の温度が上がるのを感じた。頭にかかった霧が急速に晴れてきて、それとともにいやな記憶もよみがえった。オーロラがローガンを強力な銃で撃って壁にめりこませ、ぼくは〈セクター12〉に置き去りにされ、〈セーラ・シドンズ〉に二、三泊してから車で発《た》つことになった。それと、なんだか落ち着かない気分なのは、子どものころガウアーで過ごした思い出の休日を夢に見て、数枚の絵と、ぼくがどういうわけかベルギッタと名づけた画家をまぜこぜに登場させたらしいことだった。ぼくが知っているベルギッタは、昔シスター・プラセンシアが飼っていた耳の臭い嚙み癖のあるスパニエル犬だけなのに、おかしな話だ。

すべてが心配だった。楽しかったのは確かだけれど、無意味なでたらめだった夢そのものだけでなく、夢を見るという行為自体が……。夢を見るのは、二級以下の給与水準者だけだった。ぼくが夢見者《ドリーマー》だといううわさが広まれば社会的に終わったも同然だし、何より、危険を冒して冬季取締官になったことがすべてむだになる。何がどうなっているのか把握するまで、誰にも知られてはならない。

ぼくは筋肉を伸ばし、またほとんどすぐさま引きつるのを感じた。

「最初は焦《あせ》らずにね」ジョーンジーが鎧戸をあけながら言った。「急がば回れだよ」

部屋に灰色の光が降り注いだ。ぼくはベッドに座り、寝具を押しのけて、今朝三度めの大きなショックを受けた。

ぼくは痩せていた。ものすごく痩せていた。

ジョーンジーが片方の眉をつりあげた。

「ちょっときわどかったんじゃない?」ぼくの骨張った体を眺めながらたずねる。「予備の脂肪をつけずに最初の冬に向かっていくのは、勇敢な人か無謀な人のどっちかだよ。トッカータにはばれないようにね。局長はBMIのむやみな軽視を深刻に受け止めるから。というか」少し考えてから言い添えた。「トッカータは何もかも深刻に受け止めるところがあるの。

深刻に受け止めることまで、深刻に受け止めるからね」

とりあえず、トッカータの意見は正直どうでもよかった。あとで重要になるだろうけど——楽しみだ——今はいい。質問はひとつだけだった。

「きょうは何日?」

「微睡《スランバーダウン》プラス二十七日」

「なんだって?」

「プラス二十七日。あんたは四週間ぐっすり眠ってたの」

事実をのみこむのに少し時間がかかった。ぼくは目覚まし時計を見たが、それはぼくが眠りに就いてさほどたたないうちに止まっていた。そのせいで、うっかり冬眠への坂を転がり落ちてしまったのだ。恥ずかしいことだった。初回の越冬で眠りこんでしまうのは、素人だけだ。

「それじゃ」ジョーンジーが言った。「もう一度最初からね。ここで何してるの?」

ぼくはできるだけ短く、ありのままに説明した。オーロラがローガンから救ってくれたこと、取締局でローラとフォッダーに話を聞いたこと、駅で置き去りにされ、またオーロラにばったり会い、車で発つことにして、この部屋をあてがわれたこと。

「気がついてみたら、あなたに起こされてた」

「寝過ごしたんでしょ?」ジョーンジーが口もとをゆるめて言った。「快調なスタートとは言えないね」

「はい」ぼくは認めた。「ぜんぜん快調なスタートじゃありません。でも、なぜ今起こすんです？」ひと呼吸置いて言い足す。「なぜ四週間前じゃないんですか？」

「カーディフのあんたのオフィスがね」ジョーンジーが答えた。「何度か電話で、あんたはどこにいるんだってきいてきたの。ローガンに何があったのかについて、オーロラの話を確認する必要があるからって。あたしたちは、あんたが最終列車で発ったって答えたけど、そのあとも彼らがしつこくきくんで、四週間たってもうちょっと調べたら、あのマヌケなトリークルが、こっちの方向へあんたとオーロラといっしょに歩いたって言うじゃない。それで睡眠塔を片っ端から探ってみたら、ここであんたを見つけたわけ。幸運だったね」

そのとおりだった。もし予備の脂肪を四週間分でなく二週間分しかつけていなかったら、今ごろ死んでいただろう。

「さて」ジョーンジーが言った。「あんたはすべてをトッカータに説明する必要がある。局長は、一時までは忙しい。朝食を食べたい？」

ぼくはうなずいた。ジョーンジーはぼくにストレッチを続けるように言ってから、キッチンへ戻った。ぼくはベッドの端まで移動して、枠をつかみ、両足をついて体を持ちあげた。ひと呼吸置いてから、二、三歩歩き、よろけたあと、体勢を立てなおし、バスルームまでふらふらと歩いていった。発酵しすぎたサイレージみたいなにおいでヨットのワニス塗料みたいな色のものを、焼けつくような痛みを感じながら排泄《はいせつ》する。

それが終わると、シャワーに足を踏み入れて、自分の冬毛からきたない夜の垢を洗い落とし、そうしながら画家のことを考えた。なぜかあの夢は、眠りの靄《もや》であいまいな形に和らげられた断片的な映像の寄せ集めではなく、実際に起こったいろいろなことと同じくらい強烈でリアルだった。ここまでの旅、ローガンの死、ファウルナップ――ハイバーテックの手術台に固定され震えているナイトウォーカー、フックがムーディーを撃ち殺した場所に敷かれた小石の湿った輝き。

二回石鹸をつけてこすり洗いをしてから、六ミリのバリカンでフェルト状に絡まった毛を刈り、もつれたかたまりをゴミ箱に捨てた。痛む四肢のこわばりを伸ばすために何度も中断し、やっと全身の毛をすき終えてシラミの卵と八匹の夜虫《ナイトワーム》と六匹の鉤蜘蛛《フックダディー》を取り除くと、心地よく熱い湯(50)の下に立ち、こみあげてくるパニックと敗北感を押し戻そうと努めた。十分たっても、現在の苦境について前向きな考えは何も浮かばなかったので、ぼくはシャワーから出て鏡で骨ばった体をじっと見てから、爪を短く切り、歯に触って虫歯やぐらつきの兆候がないか確かめ、スージーのジョギングパンツとTシャツを身に着けた。それから窓のところへ行って、冬に目を凝らした。これまで見たことのない眺めだった。

(50) 原子力暖房《ホットポット》の大きな利点のひとつが、豊富なお湯だ。

景色には、まったく色がなかった。灰色の雲が山々にかぶさり、町と田舎は白一色で覆われ、建物の鋭い輪郭は積もって固まった雪で柔らかな丸みを帯びている。ほとんどなんの動きもなかった。ただひとつの命の気配は、〈シドンズ〉裏の廃棄物処理場か何かの上をすばやく旋回している五、六羽の犬頭のコンドルだけだった。

「あいつら、ゴミ捨て場のまわりを回ってるの」横に来ていたジョーンジーが言った。「二、三日前、あそこに冬季不眠症患者《ウインソムニアック》を二体捨てたからね。ぱっぱと凍ってくれなくて、においがしてるんだ」

「雪解けですか？」ぼくはたずねた。

「ううん、割と穏やかだった期間の終わりかけってとこ。これからもっとひどい天気になる——二日ほどで、かなりすごいのが来るよ。氷点下五十度だってさ。守衛は、暖房を強める準備に忙しくなる。寒波が襲ってくるときは、建物のなかにいたいね。朝食ができたよ」

ぼくたちはテーブルに着いた。何もかもがあった。ベーコン、ベイクドビーンズ、燻製《くんせい》ニシン二枚、バタートースト、マッシュルーム、ソーセージ、炒めたジャガイモ。たっぷりとしたうれしいごちそうだが、すべては長期保存食品か、缶詰か、フリーズドライだった。冬に新鮮なものは何もないと言われる——風を除けば。

ぼくたちはがつがつと食べた。ジョーンジーは、自分にも同じくらいの量を用意していた。

「いい感じ」ジョーンジーが言った。

ぼくを見てにっこりしてから、妙に優しいしぐさでぼくの手をポンポンたたき、手を重ねたままにする。ずたずたになったほうの手で、赤みがかった瘢痕《はんこん》と太い縫い跡に覆われていた。いやな思いをさせたくなかったので、ぼくは手を引かずに、ジョーンジーが手をどかして塩を渡してくれるまで待ってから、今後のためテーブルに手をのせないことにした。

「なんだか長年の相棒みたいだね」ジョーンジーが続けた。

「えっ、なんですって？」

「なんだか長年の相棒みたい」ジョーンジーが繰り返した。「ここにいっしょに座って、隠退生活を楽しんで、いっしょに過ごした昔の思い出みたいなのを分かちあうの。温かくのんびりした気安さみたいなのを」

頭のなかで警報ベルが鳴りはじめた。

「意味が……よくわかりません。隠退生活はすてきだけど、現実的にはむずかしいんじゃないかな」

「ただの空想だよ。取締官が長生きすることはめったにないから、できるうちに、今好きな老後を過ごせないかなって考えてたの。仕事のあとに待ちあわせて、ふたりでただ居心地よく黙って座ったりしてね。あんたは靴下の穴を繕って、本を読んでるあたしにときどき意見を言うの。たとえば、〝そうだね、きみ〟とか、〝それはおもしろいね〟とか。あたしがこむずかしいことを言うと、あんたは理解できないの。クルードをするのもいいな。でも、あたしはスカーレット嬢の役だけで、殺人犯の役はやらないけどね」

「クルードは、そういうゲームじゃないんですよ」ぼくは言ったが、ジョーンジーが眉をひそめたので、食べながら簡単に推理ゲームのルールを説明した。

「あんたはすごい名人なんだね」ジョーンジーが言ったが、そこまで褒められることじゃない――クルードはそんなに複雑なゲームではないのだから。

「シスター・ジゴシアが、養育院《プール》でよくぼくたちを誘ってやってたんです」ぼくは言った。

養育院《プール》のことを話す人はあまりいなかった。しかし話に出ると、ジョーンジーが興味を持った。

「長くそこにいたの？」

「同期で最後のひとりでした」

「どんなとこだった？」

養育院《プール》は、食事やテリアの犬種や約束と同じように、質に開きがある。家畜にもふさわしくなさそうな養育院《プール》もあれば、パリやロンドン、ニューヨークに支局を持つきわめて好条件なワックフォード&コーもある。

「どの施設にも改善の余地があります」ぼくは言った。「でも全体としては、悪くないと思う。ぼくはただ、長くいすぎたんです。ええと」少し間を置いて続ける。「恩知らずみたいに思われたくないんですけど、できたらすぐにここを発って、まっすぐカーディフの家に帰れるとすごくうれしいんですが」

「だめ、それはできないよ、ウォンキー。トッカータがあんたに会いたがってるんだから、そうするしかないの。ケチャップを取って」

「ないですよ」

「そうそう」ジョーンジーが悲しげな表情で言った。「あれを水で薄めて、トマトスープだって言って冬季不眠症患者《ウインソムニアック》に飲ませたんだった」

しばし会話が途切れたが、ジョーンジーは長くは黙っていられない人らしかった。たぶんよどんだ空気を何かで埋めるために、順を追ってしゃべり続けるのが好きなのだ。そして、冬はよどんだ空気に満ちていた。ジョーンジーは定住した出稼ぎ労働者の第一世代で、北半球と南半球出身の両親を持つアウトサイダーであることがわかった。母親はアルゼンチン人のメイドで、恋に落ちて外泊をした。当時としてはスキャンダルだが、現在ならどうということもない。

「あたしは、オスマントルコに何度か遠征したあと、取締局に入ったの」ジョーンジーが言って、しばらく黙りこんだ。「あっちじゃ、あたしの指揮下で何人か死んだんだ」少ししてから言う。「何人かの善良な人たちが死んだ」

「だから〈セクター12〉に来たんですか？」ぼくはきいた。

「まあ、報いみたいなもんじゃないかな」ジョーンジーが、自分でも確信が持てないかのように言った。「隠退してもよかったんだけど、トッカータの下で働けば退屈しない。それに、少しはいいことをしてるかも。危険がないわけじゃないけど、名誉ある行いにはつきものだしね」

朝食が終わり、ジョーンジーは、ちょっと用事があるので正午に待ちあわせてトッカータのところへ行こうと言った。

「あんたなら、すごくすてきな〝あのときのこと憶えてる？〟みたいなやつをこしらえられるんじゃない？」ジョーンジーが言った。「若いころいっしょに過ごした思い出話よ」

「はい、できると思います」

「今やってよ」

「即興でつくるのは得意じゃなくて――」

「朝食はおいしかった？　あたしがあんたのためにつくったやつは？」

「はい」

「だったら、ふたりの出会いの物語を聞かせてよ」

ジョーンジーが危うい目つきでぼくをじっと見た。快活でおしゃべりなジョーンジーは、彼女の一面でしかなかった――正気な一面でしか。

「ええと、それじゃ」ぼくは言って、独創的な話を考えようとしたが失敗した。「ぼくたちは――その――俳優で……パントマイムの馬の前半分と後ろ半分だった」

「いけてるじゃない」ジョーンジーは、ぼくが期待したより興味ありげに言った。「で、どうしてそうなったの？」

「冬の……演芸会の余興で？」

「いいね」

「最初は仲が悪かったんだけど――」

「それはどうして？」

「あなたがぼくに後ろ半分をやれと強要したから？」

「すごくありそうだよ。続けて」

「でも、演芸会に出なくちゃならないし、〝馬のガヴォット〟はステップをぴったり合わせなくちゃならないから、ぼくたちは意見の相違をとりあえず忘れて、ふたりでいっしょに練習し、ついには大成功して……恋に落ちた」

「最高だね」ジョーンジーが満面の笑みを浮かべて言った。

「本当に？　ものすごくありきたりな話だと思ったんだけど」

「あたしの経験では、最高の関係っていうのは、いつもつまんないロマコメみたいに始まるんだよ。それじゃあたしは、スノートラック用のタータンチェックの膝掛け毛布とピクニックセットを探しておくね」ジョーンジーが、今やすっかりこのつくり話に夢中になって言い添えた。「あんたが朝食の後片づけをしておいて。でも、言い返してもいいんだよ――〝このあいだもやったじゃないか〟とか」

「あなたが朝食をつくったんだから」ぼくは言った。「当然じゃないかな」

「じゃ、よろしく」ジョーンジーが少しがっかりしたように言った。

立ちあがってコートを着てから、部屋のドアをあける。

「キッチンのカウンターに食べ物のかごが置いてあるよ。正午に外で会おうね」

それから、楽しい一日を、最初の排便は無理に出すとひどく後悔するから気をつけて、それと外の廊下に包みがあるよ、と言った。

「ありがとう」ぼくは、湾曲した廊下を歩いていく後ろ姿に向かって言った。ジョーンジーが振り返らずに手を振った。

包みは大きく平らで、茶色の紙と紐で包装されていた。室内へ運び、紐をポケットナイフで切ると、絵が現れた。ぼくの肖像画だ。書棚に絵を置き、二、三歩下がる。

ぼくが画家に依頼した絵だった。しかし、それは一から描いたものではなかった。四週間前、彼女のアトリエで見たのと同じ絵、顔のない夫の絵だ。とはいえ今ではもう彼女の夫ではなく裸でもなかった。それはぼくで、ぼくの顔をしていて、黒いワンピースの水着が描き足してあった。しかも、以前は裸足《はだし》だった足に白い運動靴をはかせ、青と白のストライプのタオルの上に座らせている。

その絵には、ひどく心をかき乱すものがあった。失踪したらしい夫が描かれたキャンバスを、画家がほとんど知らない他人のために使い回したからではなく、夢のなかと同じようにガウアーにいるぼくを描いていたからだ。もっと奇妙なことに、それはどう見ても、彼女が砂浜にいる自分の視点から描いたようにしか見えなかった。夢のなかで、彼女はぼくに愛していると言った。これは、そのことばを聞いているぼくの絵だった。ぜんぜん筋が通らない。逆でなければならないはずだ。現実があって、次に夢がある。ぼくは優に十分はその絵に目を凝らし、答えを見つけようとしたが、どうにもならなかった。どちらにしても、よく似た肖像画だと思った。これで彼女に五百ユーロの借りができたわけだが、よく考えると、とても払える額ではなかった。それでも、とにかく彼女ともう一度話すきっかけにはなる。

ぼくは部屋を何度かぐるぐる歩き回って、どうにか腕立て伏せを二回やってのけ、疲労と焦燥《しょうそう》を感じながらしばらくベッドに座って休んだあと、肖像画を取ってきて、クリュタイムネストラのとなりに置き、王妃の病的な目つきを和らげようとした。それからお茶を淹れて、もう一度シャワーを浴び、窓の外を眺めた。

一時間もそうしていると飽きて落ち着かない気分になってきたので、ロイド守衛に会いに行くことにした。制服を着て、肩にかばんをかけて外へ出たが、廊下をぐるりと歩いていく途中、画家の部屋の前で立ち止まった。お礼と自分の住所をメモに走り書きして、次の春蚕《スプリングライズ》に請求書を送れるようにし、そのメモを郵便受けに入れようとしたところで、はっとした。呼び鈴の下に書かれた名前は、ベルギッタだった。不意に激しい混乱に襲われた。

彼女の名前は知らなかったはずだ。彼女は言わなかった。夢のなかで聞いたのだ。ぼくは深く息を吸って、無意識のうちに表札を見ていたのだろうと考えたが、まだ混乱したまま階下へ歩いていった。

20　地下室で飢えて

「……一八一五年の〝ヴィクトワール〟暦は、〈北部連邦〉のあらゆる構成員が採用している暦であり、冬季の百十八日を、冬至を中心とするひと月と見なした。残りの二百五十二日は、二十八日ずつの効率的な九カ月に分けられ、十九年ごとに公転周期のずれを補正するため閏年《うるうどし》を設けて……」

——ブライアン・ノウマン著『天空の時計の歴史』

「ほんとに、ほんとにすみません」受付で会うと、ロイド守衛が言った。「あなたがまだ上階《うえ》にいるなんて、思いもしなかったんです」

「まだスノートラックを借りてなかったんだから」ぼくは言った。「いるって知ってたはずだ」

「地下室に行くのはあんまり好きじゃなくて」ロイドが言った。「車があるかどうかに気づかないこともあるんですよ。どのくらい仕事に遅れちゃったんです？」

「四週間」ぼくは答えた。「たぶんちょっとした記録じゃないかな」

ロイドが短い笑い声をあげ、ぼくもばかばかしい気分になっていっしょに笑った。それから、クリュタイムネストラが絵から抜けだしたとぼくが思いこんだ夜のことをたずねた。

「あれは最初の晩ですよ」ロイドが言った。「そのあと、あなたの姿は見てなかった。ほんとに申し訳ないと言うしかありません。入ってくる情報に従って働いてるもんだから」

ぼくは窓の外を見て、天気を確かめた。曇ってはいるが、視程は良好だった。不意に、大胆な考えが浮かんだ。トッカータに会うために、ここでぐずぐずする必要はまったくない。厳密に言えば、ぼくはトッカータの指図を受けなくてもいいのだ。カーディフに配属されているのだから。

「出発したほうがよさそうだ」ぼくは言った。「スノートラックは地下室にあるって言ったよね？」

「そのとおり」ロイドが言った。「案内しましょう」

ロイドがデスクの下から野犬捕獲用の長い棒と、ピンポン玉サイズのフラッシュバルブをつけられる報道カメラマン用のフラッシュガンを取った。ぼくたちはロビーを突っ切って小さなドアを抜けてから、階段を下りて睡眠塔の深部へ向かった。地下一階に着き、原子力暖房《ホットポット》に近づくと、明らかに暖かさが増した。銅製の伝熱管の弁が自動的に開閉するたびに、奇妙なゴボゴボという音がした。鉄製の階段の手すりは、触れると温かかった。

「地下はずいぶん暑いんだね」ぼくは言った。

「寒波が迫ってますから」ロイドが説明した。「それを見越して暖房を強めてます」

「何かトラブルがありそうなの？」ぼくは、ロイドが持ってきたフラッシュガンと野犬捕獲用の棒を示してたずねた。

「〈セーラ・シドンズ〉は六割しか埋まってないんで」ロイドが打ち明けた。「〝地下の下宿人〟を受け入れて、手数料をもらってるんです」

「〝地下の下宿人〟？」

「町のこっち側の睡眠塔で出たナイトウォーカーたちですよ。そこの守衛たちが見つけて、ハイパーテックか取締局が立ち入ってくるまで、あたしに預けるんです。ここにはぜんぶで六人いる。やけに多いのはわかってます。モルフェノックスには、欠陥がないわけじゃないでしょ？」

ロイドが言っているのは、薬を飲んだ人たちだけがナイトウォーカーになるという事実のことだ。顔に春の日差しを浴びる約三千人にひとりは、ナイトウォーカーになってしまう。誰も、その確率を受け入れがたいものとは考えなかった。

「一日にカブ一個とウィータビックス（ビスケットタイプのシリアル）三個を食べさせてるから――願わくは――まだ共食いを始めちゃいないだろう」

ぼくは、まさか共食いしそうなナイトウォーカーと対決させられるとは一瞬たりとも考えていなかったので、ロイドにそう言った。

「心配ご無用」ロイドが言った。「子どもだってあいつらより速く走れますよ。ただ、ポケットにチョコレートやオクソ・ブイヨンキューブを入れておかないようにね。やつら、一キロ先からでもかぎつけて、すっかりいかれちまうから」

ぼくたちはスチールドアの前に着いた。そこにはチョークで六人の名前と、閉じこめられた日付が書かれていた。ロイドが上着のポケットからフラッシュバルブを取りだし、半球形の反射板のなかに押しこんだ。

「手動でスイッチを入れるんです」ロイドが説明した。「明るい光がやつらの脳の残った部分をごちゃごちゃにさせて、いざってとき逃げられるだけの時間が稼げるから」

ロイドが、ドアに書かれた最後の名前の上を、指のつけ根でたたいた。

「エディー・タンジアーズには気をつけてね。でかいやつで、雄牛みたいに強くて――ほんの一週間前、ここに誘いこんだんです。知りたいなら教えてあげますけど、ここまでの道にフルーツグミをまく方法を使ったんですよ。マシュマロほど効果はないけど、運ぶのにかさばらないし――値段も安いしね」

「ためになる情報、ありがとう。どうやってそいつを見分ければいい？」

「だいじょうぶ、見分けられます。ちょっとでかくて、ちょっと死んでて、ちょっと避けたほうがいい。がんばってね。スノートラックは入って左側の、五十メートルほど先にあります」

ロイドはドアに耳を寄せて少し待ってから、ばね仕掛けのかんぬきをあけて、フラッシュガンをひらめかせた。明るい閃光があたりを照らしたが、ありがたいことにナイトウォーカーの姿はなく、薄暗がりから漂う温風がぼくたちを迎え、いっしょに腐敗のにおいを運んできた。ロイドが急いで使用済のバルブを外し、ポケットから出した新しいバルブをつけた。「ひとりかふたりは、けっこう元気なはずです」ロイドが言って、鼻にしわを寄せた。「もしかすると、食べさせるウィータビックスの量が足りなかったかもしれないな」

ぼくは足を踏み入れ、懐中電灯のスイッチを入れた。貧弱な光の輪が広がり、地下室のだいたいの配置が見てとれた。中核部分を取り囲むドーナツ形で、上の建物を支える頑丈な煉《れん》瓦《が》の丸天井に覆われている。ぎっしり並んだ車やオートバイ、トラック、干し草車、農機具は、ほとんどがちりよけカバーをかぶせられ、内側半径に沿って通路をあけつつ二列に駐められていた。ぼくはしばらく動かずにいたが、ロイドは違った。ドアがカチャンと閉まり、足音がすばやく階段の上へ遠ざかっていった。

スノートラックは簡単に見つかったが、どこにも行けそうにない状態だった。誰かが圧縮空気タンクをあけたままにしたので、空気が漏れてしまっていた。これではエンジンのかけようがない。ぼくはしばらく考えこんでから、どうするか決まるまで、車用出口から外へ出て周囲を偵察することにした。

車の列に沿って、静かに歩を進めた。ぼくがここにいることを〝能なし〟たちに知らせたくなかったからではなく、先に相手の立てる音を聞きたかったからだ。地下室を三分の一ほど回り、ちょうど向こう側に出口が見えたところで、最初のナイトウォーカーに出くわした。しかし、そいつは今やほとんど骨だけで、ほかはきれいにしゃぶりとられていた。

「ひとり倒れた、残るは五人」ぼくはつぶやいて先へ進み、この暖かさにもかかわらず冷や汗をかいて身震いした。首筋の血管がドクドクと脈打った。二番めと三番めのナイトウォーカーも近くで見つかったが、ただの乱雑なむきだしの骨と軟骨の山になって、二台の車のあいだに押しこまれていた。集団で見つかるのはめずらしくなかった。食べる合間に休むとき、ナイトウォーカーはたいてい注意を引くものがある場所に集まった。天窓、伝熱管、あるいは雑音に合わせたラジオや水車、風鈴、かごの鳥など、気を静めてくれる音がするもの。ふと、地下室に彼らはひとりもいないような気がした。カバーをかけられた車と、煉瓦の壁と、丸天井と、さびた中核部を伝って伸びる電気ケーブルだけ。

不穏な気持ちが体の奥からこみあげてきた。ナイトウォーカーたちが周囲に集まっていた車は、ほかの車よりも大きかった。大きく、なめらかな形で――

ぼくはカバーをつかんで引きはがした。

青いビュイックだった。

高まっていく混乱を感じながら、ぼくはそれを凝視した。夢で見たのと同じ車だった。単に車種や、色、型式が同じなのではない――まさにその車なのだ――なくなったホイールキャップ、傾いたＡＡバッジ、さびたバンパー、フロントの傷、半分下りたままの運転席側の窓。ぼくは身震いしてこめかみをさすり、視線をそらしてから戻し、手を触れてみた。車は実在した。ぼくは、一度も目にしたことがないものを夢に見たのだ。

　ボンネットを指先でたどりながら、暑さと恐怖を感じた。たくさんの手も、ネスビット夫人も、オークの木も、巨石もなく、車だけがあった。ぼくはそろそろと運転席側へ歩き、ドアをあけた。なかは、めったに外気を入れないクロゼットのような、こもったカビ臭いにおいがした。ネスビット夫人の缶入りキャンディーと数枚の未払いの駐車違反切符を除けば、めぼしいものはほとんどなかったが、ドアポケットに車検証が見つかった。登録書類に記された名前はドン・ヘクターで、ぼくはさらに仰天した。サンバイザーの裏を調べると、足もとに鍵が落ちた。

　ウサギの足のキーホルダーがついていた。これも夢に出てきたとおりだ。

　ぼくは驚きのあまり何歩か後ずさり、夢が戻ってきて自分の意識に猛烈な勢いで侵入するにつれ、熱く不快な気分がこみあげるのを感じた。広がっていくオークの大枝の隙間から漏れた光がコンクリートの床にまだらをつくるのが見え、唐突に目の前のビュイックが夢のなかのビュイックに変わり、床にはぼくを取り囲むたくさんの手が、生命を持って、皮膚に覆われた小さなクモのようにうごめいていた。

「手が！」ぼくはおぞましさに身震いしてあえいでから、まるでムーディーみたいなことを言っていると気づいた。衝動的に、ぼくは助けを求めて叫んだ。シスター・ジゴシアにでも、ルーシーにでも、ジョーンジーにでも、オーロラにでもなく、ベルギッタに。何か効果があるとは思っていなかったが、あった。突然、野原と木とたくさんの手は消え、ぼくは車庫のむっとする密閉空間に戻っていた。

呼吸が落ち着き、心臓の激しい鼓動が静まるまで少し待った。

冬眠性朦朧症《ナルコーシス》だよ、バカめ。

冬に変則的な覚醒をしたとき、いちばん危険な副作用は、生理面ではなく心理面に起こる。最も軽症のナルコーシスはうずきや痺れ感で、症状が進むと、眠気から、酩酊《めいてい》感、幻覚にまでいたり、そうなると、一時的に抑えがきかなくなった夢の断片が現実をあいまいにして、それが妄想や解離行動、極端な例では自傷行為や他者への暴力行為につながることもある。

しかし、今回の発作は悪いことばかりではなかった。プラス面としては、ベルギッタを思い浮かべれば、どんな幻覚からも抜けだせるらしいとわかった。便利なわざだ。また使おう。けれどマイナス面としては、ワトソンやスモールズ、ムーディーと似たようなナルコーシスを起こしてしまった。しかも、彼らがいっさい口にしなかったベルギッタの夢を除けば、彼らが見たものを見ていた。もしかするとまったく同じではないかもしれないが、かなり似ている。その夢を見た三人に、何もいいことはなかった。

ぼくはがらんとした駐車場を見回した。薄暗く陰気で、ときどき床に落ちる水滴の音だけが、静寂のなかに響いた。ぼくの懐中電灯は、手から落ちて車の下に転がっていて、後部左側のタイヤを照らしていた。手が届かなかったので、ぼくはコンクリートの床に腹ばいになって、ビュイックの下にもぐりこもうとした。手を伸ばして指先で懐中電灯に触れたが、それは転がっていき、明かりが別のナイトウォーカーに当たった。車の下で死んでいる。もつれた黒髪の女だった。

さらに奥へ進み、懐中電灯をつかんで、身をくねらせて這いでようとしたところで、上腕が万力のような強い力でつかまれるのを感じた。恐怖で跳ねあがり、懐中電灯を振り回す。ぼくは間違っていた。車の下にいたナイトウォーカーは、死んでなどいなかった。歯は黄色く、服は汚れ、爪は割れてぎざぎざだった。こちらが戸惑うほど人間性をなくした表情で、腹を空かせた物欲しげな子どもがアイスクリームを見つめるように、ぼくを凝視している。ロイドの恐怖には、じゅうぶんな根拠があった。一日にウィータビックス三個とカブ一個では足りなかったのだ。しかし、すぐさま嚙みつかれる危険はないことに気づいた。女が着ているオーバーオールのストラップの片方が、車のジャッキポイントに絡まっていた。

後ずさりで逃げようとしたところで、女が乾いた喉の奥深くから、ささやくような低いうなり声をあげた。ぎくりとしたのは、女がしゃべったからではなかった。ナイトウォーカーは、たいていいくつかの単語を憶えている。よくあることなので、特に注目すべき芸とは見なされていなかった。そう、ぼくがぎくりとした理由は、その短いことばが、恐ろしいほどなじみ深かったからだ。

「チャーリー」女が言った。「愛……してるわ」

ぼくは恐怖と驚きと喪失感がごちゃまぜになった気分で、菫色の目をのぞきこみ――誰なのかをはっきり悟った。

「ベルギッタ？」

反応はなかった。ぼくは懐中電灯で彼女の頰をつつき、幻覚を見ているわけではないことを確かめた。確かにベルギッタだった。前回会ったときより痩せて、生気がすっかり失われている。手を差し伸べて触れようとしたが、ベルギッタはぼくの指に嚙みつこうとし、前腕をきつく握ったので、爪が皮膚に食いこむのが感じられた。

「チャーリー」彼女がまた言った。「愛……してるわ」

「嘘だ」ぼくは言った。ベルギッタが口にしたことばの本当の意味が、グサリと胸に突き刺さった。「嘘だ、嘘だ、ありえない」

また同じことが起こっていた。最初は彼女の名前、次に車、次にウサギの足のキーホルダー、次に彼女が夢のなかと同じように、チャーリーを愛していると言う。ものごとはこんな順番で進みはしない。こんな順番で進むはずがない。

現実があって、次に夢がある。原因があって、次に結果がある。

ベルギッタがまたぼくに向かって歯をカチッと鳴らした。ぼくはキャドバリー・フルーツ

&ナッツチョコバーを持っていた。ベルギッタは前置きもなくそれを食べ、非常時のために取っておいた最後のショートブレッドフィンガーとワゴンホイール半分も食べた。

「ビュイックの下にいるのは、そういうこと?」ぼくはたずねた。「夢で、ここに引きつけられたから?」

質問してもむだだった。今のベルギッタには、筋の通った会話をする能力はまったくなかった。けれどなぜか、垢ともつれた髪、泥とクモの巣の下からのぞく目は、ぼくの記憶にあるままだった――菫色で、この上なく澄みきって輝いている。

ベルギッタの様子、彼女がぼくの夢を実演している不可解な状況、モルフェノックスを飲んで永眠させられる運命になったのはぼくのせいだという思いも寄らない現実について考えを巡らせていると、近くで足を引きずる音が聞こえた。懐中電灯をさっと回すと、がっちりした男の向こうずねから足先までが見えた。たぶんロイドが警告した新入り、エディー・タンジアーズだろう。ぼくは反対側へ転がったが、こちら側にもナイトウォーカーがいることに気づいた――ウサギのスリッパをはいた女だった。

目を向けると、骨張った指で車のリアフェンダーの下端をつかみ、逆さまになった無表情な顔でぼくをじっと見た。二十代で、青白い肌をして、片方の目がなく、頭にのせたティアラがくしゃくしゃのブロンドの髪にはまりこんでいる。ぼくをきょうの主食としか見ていない三人に取り囲まれ、劣勢に立たされているのが気がかりだが、ぼくに有利なことがふたつあった。第一に、彼らの動きはゆっくりだ。第二に、彼らはすごく頭が弱い。

「婚約は破棄しよう」ぼくは、〝ギンギラ・ティアラ〟が垢じみた指に婚約指輪をつけていることに気づいて言った。彼女がこちらに腕を伸ばした。ぼくは身を引き、ベルギッタを避けて車の反対側を向いたが、そこではエディー・タンジアーズがたくましい腕を伸ばして今にもぼくの足首をつかもうとしていた。こっちのほうが問題だった。タンジアーズは重量があって強そうだし、痛みや慈悲や道理を解する脳の部分が機能していない。《バンビ》で撃てば倒れるだろうが、衝撃波が車の燃料タンクを破裂させたり、もっと悪くすれば、タイヤに当たって跳ね返り、ぼくが気絶して、一日をだいなしにしてしまう可能性もあった。

タンジアーズが、ぼくの足首をつかんで引っぱりはじめた。ぼくはビュイックの後車軸をつかんで体を固定し、相手の手を蹴ったが、サスペンションアームの基部ですねを擦りむいただけで終わった。ホルスターから《バンビ》を抜くあいだも、ベルギッタが前腕にきつくしがみついて歯をカチカチ鳴らしていた。ぼくは安全装置を手探りして――

ブワン

突然、あたりの空気が飛び散ったちりでいっぱいになり、一瞬何も見えなくなった。《バンビ》を暴発させてしまったのかと思ったが、そうではなかった。武器はまだ冷たい。それにもかかわらず、タンジアーズはぼくの脚を放し、今では反対側にある車のボンネットにぐったり横たわって、衝撃で少しのあいだ放心状態になっていた。ぼくはまばたきして、あたりに目を凝らした。車の横に別の脚が二本見えたが、それはすり足でのろのろ歩くナイトウォーカーとは違って、完全に制御された動きをしていた。越冬者だ。銃を撃ったのはこの人だろう。

「おーい！」快活な女の声がした。「そこにもぐりこむのって、そんなに楽しい？」

「もっと愉快な苦境に陥ったこともあるよ」ぼくはできるかぎり自信ありげな口調で言った。「それに、バカみたいに聞こえるかもしれないけど、ぼくは取締官で、事態は制御できてる」

「制御できてる？　へえ！」声がしてから、抑えた口調になった。「ちょっと待って――もしかして、チャーリー？」

ぼくは、そうだと答えた。

「オーロラよ。この男をどうにかするのに、手を貸してくれない？　彼は百二十キロはあるし、ほかの連中もみんな、わたしをランチにしたがってるわ」

チームワークが必要な状況だった。

「あなたの左にもうひとり、ティアラをかぶってるのがいる」

今回はぼくから離れた方向へ発射されたので、車の下部から土が少し落ちただけだった。ビュイックの前部の向こうに、〝ギンギラ・ティアラ〟の姿が見えた。正面に駐められたオースチン・マキシの前に、ひどく擦りむけた両腕と両脚をだらりと絡みあわせて倒れている。ぼくは車の下から転がりでて、立ちあがった。オーロラはほとんど変わっていなかった。左目は何も見ておらず、着古したしゃれた冬服をまとって、背中のケースにパンガ刀[51]を追加していた。

「教えてくれてありがとう」オーロラが陽気に言った。「で、どうして戻ってきたの？」

「戻ってきた？　まだ発ってないよ」

「それじゃ、この四週間、何をしてたの？」

ぼくはため息をついた。

「それが……眠りこんじゃったんだ」

オーロラが口もとの笑みを隠した。

「冗談でしょ？」

「いいえ。完全に正体をなくしてた。目覚まし時計が止まってたんだ」

「あなたはバカよ、ワージング。でもね、そういうこともあるわ。ジャック・ローガンは見習いのころ、それで有名だったのよ。寝過ごして、一週間張りこみをサボっちゃったの」

オーロラが少し間を置いた。「ジャック・ローガンは、どうしたんだっけ？」

ぼくはまじまじとオーロラを見た。まるで〝今どこにいるの？〟みたいなききかただった。

「あなたが……殺した？」

「そうだったわね」オーロラが言って、指をパチンと鳴らした。「ものすごい大騒ぎだった。トッカータが喜んでなかったのは確かね。伝えたのがわたしじゃなくて、本当によかった」

ぼくは早く次の話題に移りたかった。

「ジョーンジーが捜しにくるまで、誰もぼくの居場所を知らなかったんだ。ぼくのオフィスに、どうやって戻るつもりか説明するファックスを送ってくれた？」

オーロラが一瞬考えこんだ。

「フック調査員に頼んだわ。届いてなかったの？」

「そうみたいだ」

「きいてみるわね。クソッ」オーロラが言って、指で探るようにぼくの体をつついた。「ほとんど骨と皮だけじゃない」

ぼくは、これから一週間は一日じゅう朝からもりもり食べるつもりだと言い、オーロラは、特別な配給を受けられるように手配すると言った。そのあとぼくたちは、もっと緊急の問題

(51) 鉈《なた》に似ているが、もっと重い。

に取りかかった。男のナイトウォーカーはすでに、ふらふら立ちあがろうとしていた。〝能なし〟は、じゅうぶんな知能を持つ人ほど簡単に、あるいは長く気絶することはない。取り乱すほどの頭がないからだろう、とローガンは言っていた。しかし、ふたりがかりなら、タンジアーズの両手首を縛るのにさほど時間はかからなかった。それが終わると、オーロラが男を近くのフォルクスワーゲン・ビートルのバンパーにくくりつけた。タンジアーズは、しきりにリスをいじめる犬のように、絶えず縄を引っぱって逃れようとした。

「エディー・タンジアーズとは初対面かしら？」オーロラが、カクテルパーティーで誰かを紹介するときと同じ調子でたずねた。

「ええと、はい」ぼくは少しまごつきながら答えた。タンジアーズは体格がよくハンサムでとびきり力強いだけでなく、全裸で――かなり大きく硬くなった股間のふくらみをあらわにしていたからだ。

「タンジアーズは子種の直接供給者《ティア・ワン》だったの」オーロラが言った。「ザ・トゥエルヴで商売に励んでるうちに、取り残されてしまったのよ。エディーは生きてたころ、ほとんどひとつのことしか頭になかったけど――今じゃ、頭にあるのはそれだけになったみたいね。あなたが小瓶と液体窒素を持ってれば、ひと儲けできるわよ。この男は金のなる木なんだから」

ぼくは驚いた表情をしたに違いない。オーロラが顔をしかめた。

「冗談よ、ワージング。食べ物と暖房が必要なのと同じように、ここでは彼みたいな人が必要なのよ。今後は、輪投げの練習用か、帽子掛けとしてしか使えないけどね。左に寄ってちょうだい」

ぼくたちが話しているあいだに、〝ギンギラ・ティアラ〟が起きあがって、よろよろとこちらへ向かってきていた。やつれた顔には泥の筋がつき、倒れたせいで肩を脱臼している。オーロラが進みでて、無頓着に見えるほどの巧みさでティアラの肩をポンともとに戻してから、タンジアーズとのあいだに安全な距離を置いて縛りつけた。

「仕事完了」オーロラがにんまりして言った。「スニッカーズいる？」

「ありがとう」

オーロラが内ポケットからいくつかチョコレートバーを出し、ぼくにひとつくれたあと、ナイトウォーカーたちに包み紙ごと二個ずつ食べさせた。

「〝ギンギラ・ティアラ〟が話したがってる」ぼくは言った。女のナイトウォーカーが、チョコレートを噛む合間に何かモゴモゴつぶやいていた。

「本当ね」オーロラが同意した。「なんなのか確かめましょうか？」

バッグから水のボトルを出し、ナイトウォーカーの喉に少し注ぎ入れる。〝ギンギラ・ティアラ〟が咳きこんでから飲み下し、喉を湿らせたおかげで、きしるようなカーマーゼン訛《なま》りがぼくにも聞きとれるようになった。高次脳機能が失われた瞬間から、ずっとしゃべり続けていたに違いない。声はざらつきしわがれていた。

「缶入りトマトピューレ、すり下ろしたモッツァレラチーズ……強力粉」ティアラが言った。

「カラーピーマン、アンチョビー」

「夕食はピザみたいね」オーロラが言った。「もっとスニッカーズいる？　スポンサーに提供してもらったの。トラックに何百個もあるわ」

「だったらください」

オーロラが五本入りパックをくれた。

「またあなたに借りができたね」ぼくは言った。

「いいのよ」オーロラが言った。「あなたがまだここにいるのは、わたしのせいでもあるんだから。ちゃんと確認しておくべきだったわ」

「ロマネスコ・カリフラワー」〝ギンギラ・ティアラ〟がつぶやいた。「ウーロン茶を少し」

「地元の〈ジョリーマート〉に行くつもりなんじゃない？」オーロラが言った。「あっちにいる子は、あなたと何か関係があるの？」

ビュイックの下から見えているベルギッタの両脚を示す。脚は力なく動いていた。

「はい」ぼくは言った。「ぼくが見てない隙に噛みつこうとしました」

「芸はする？」

「死人を食べます」

「芸とは言えないんじゃない？」オーロラが指摘し、しゃがんで車の下を見た。

「はい」ぼくは認めた。「生存本能に近いかな」

「ちょっと待って」オーロラが言った。「この人、ベルギッタかしら」

「ベルギッタ・マンダレーです」ぼくは何も考えずに言った。聞いてもいないし、どこかで読んだわけでもない。ただ知っているのだ。さらに、わけがわからないがなぜか驚くまでもなく、以前オスマントルコで軍務に就いていて、お気に入りの色は黄土色で、犬とウィリアム・サッカレーとピーク・ディストリクト国立公園内の散歩が好きで、誕生日はぼくと同じ春蠢《スプリングライズ》九日後だということも知っていた。

「残念ね」オーロラが、かつてベルギッタだった生ける屍《しかばね》を眺めながら言った。

残念どころの騒ぎではなかった。

「待ってちょうだい」オーロラが言った。「ベルギッタは確か二級給与水準者だったわ。誰かが彼女にモルフェノックスを売ったはずね。誰か……この冬は薬がいらなくなった人が」

こっちをにらみながら言ったので、ぼくは頬の熱さがあらわになっていないことを願った。

「心配しないで」オーロラが言った。「誰にも言わないから。でも、もしあなたが薬を売らなければ、彼女は〝能なし〟にはならなかったのよ」

正直、そのことを指摘されたくはなかったし、される必要もなかった。

「ベルギッタにモルフェノックスを売ってはいません」ぼくは言った。嘘ではない。

「そう？　まあ、どっちだってかまわないんだけど」

オーロラが《バンビ》を抜いて、ベルギッタに狙いをつけた。芸のないナイトウォーカーは、見つけしだいすぐさま永眠させられることが多い。

「だめだ！」ぼくは少しあわてすぎた口調で言った。「その、ぼくが処理するよ。こういうことにも慣れなくちゃならないから」

「そう、いいわ」オーロラが言って、《バンビ》をホルスターに戻した。

「なぜ地下室にいるの？」ぼくは必死に話題を変えようとしてたずねた。「きいても差し支えなければだけど」

オーロラが〝空家〟たちのほうを顎で示した。

「会社のために、何人かナイトウォーカーを集めてるの。〝ラザロ計画〟には常に〝芸達者〟な被験者が必要だから、ちょっと見に来たのよ。たぶんブリーダーなら飼育したでしょうね。〝ギンギラ・ティアラ〟だけだろうけど。わたしも急いで連れて帰るわ。トッカータに邪魔される前にね。あの女は、うちの会社でやってることに対して古臭い考えを持ってるから、単に全員を永眠させたあと、切りとった左の親指を害獣対策局に差しだして、決まった報酬を請求するのよ」

オーロラは立ち去ろうとして、ふと大きな青い車に目を留めた。

「ちょっと待って。これは青いビュイックじゃない？」

ぼくはうなずいた。

「ワトソンとムーディーがぶつぶつ言ってた、あれ？」

「ほかにも何人か……はい」

オーロラが立ち止まって、車に視線を据えてから、ナイトウォーカーたちに目を向け、次にぼくがまだ手に握っていたウサギの足のキーホルダーを見た。

「なぜこの車に興味があるの、ワージング？」

ぼくは考えなくてはならなかった。〈セクター12〉に知り合いはほとんどいない。ベルギッタはぼくを歩く夕食と見なしていて、ジョーンジーとフォッダーはトッカータに忠実で、ロイドは睡眠塔の円滑な運営を最優先に考えるただの守衛だった。ローラは神話と伝説で頭がいっぱいだし、トリークルは赤ん坊を売買する前科者にすぎない。ぼくには友だちが必要だった。オーロラは命を救ってくれたし——二回も——それだけでも、いちばん友だちになれそうな人と言っていいだろう。

「込み入った話なんだ」ぼくはため息をつき、これまで誰にも話せなかったことをオーロラに打ち明けるしかないのだと気づいた。「この駐車場に足を踏み入れたこともないのに、青いビュイックとウサギの足のキーホルダーを見たことがある」

オーロラが、見えないほうの目の眉をつりあげた。

「……夢のなかで」

記憶が押し寄せてきて、ぼくは身を縮めたが、今回は質感だけだった——木の葉、岩の上に生えたコケの広がり、土のザラザラした手ざわり、ビュイックのバンパーのさび、車体のひび割れた塗装。幻覚を追い払うために、砂浜にいるベルギッタとビーチボールを追いかける子どものケラケラという笑い声を思い描くと、フラッシュバックは消えた。

「つまり、睡眠療法医《ドーメオバス》が必要なんだ」ぼくは情けない感じの声で言った。

オーロラが、自分も素人だったころはよく寝ぼけていたと話し、これから一時間は特に予定がないと言った。

「〈ウィンカーニス〉でコーヒーを飲んでもいいわね」

ぼくは腕時計をちらりと見た。ジョーンジーとの待ち合わせは正午だ。

「ベルギッタをつかまえる時間はあるかな？」

「どうぞごゆっくり」

ぼくは車の下にもぐり、菫色の目を見つめて、こちらを認識したようなしるしはないかと期待したが、ベルギッタはぼんやり見返すだけだった。

「愛してるわ、チャーリー」ベルギッタがささやいた。

「ぼくも愛してるよ」ぼくは心臓をドキドキさせながらささやき返した。本気だということも自覚していた。彼女の夫になったときの気持ちではなく、今では自分自身として。うん、ばかげているし、めちゃくちゃだし、確かにちょっといかれているけど、そうじゃない人がいるだろうか？　ベルギッタは頭がよくて、気力にあふれていて、才能があり、おまけに並外れて美しい。死んでいること以外は完璧だ――あとは、ぼくを愛していないこと、これからも永遠に愛せはしないことを除けば。

「キキにはシリンダーが必要なの」ベルギッタが言った。夢のなかでネスビット夫人がシリンダーを求めたときとそっくりな言いかただった。ぼくはスニッカーズを二個食べさせたあと、車の下から抜ける手助けをした。外へ這いでると、ベルギッタはそこに立って、落ち着きなく体を揺らし、地下室のあちこちを眺め回してから、ぼくを見つけ、しっかり目を合わせた。つかの間、ベルギッタが戻ってきたと思った――が、すぐにまた視線が虚ろに泳ぎ、一瞬の時は消え去った。

「ところで」ナイトウォーカーたちに犬の引き紐をつけ終え、車用出口へ向かいながら、ぼくは言った。「背中のケースに入ってるパンガ刀だけど、実戦に役立つの？」

「そうでもないわ」オーロラが答えて、厚着していると急ぎのときには手が届かないことを実演してみせた。「でも、今すごく流行《はや》ってるのよ。ああ、忠告しておくわ。パンガ刀をナイトウォーカーには使わないようにね。ほんとにグロいことになるから」

〝ギンギラ・ティアラ〟はマルチパックのトイレットペーパーと、〝ひとつ買うともうひとつは無料〟というお得情報についてぶつぶつ言い、エディー・タンジアーズは歩くあいだ通りかかるすべての車と交わろうとし、一度はコンクリートの支柱でも試した。どこか物悲しくて、おもしろいとは思えなかった。

「トラックのなかに、絆創膏《ばんそうこう》と消毒薬があるわ」オーロラが言った。タンジアーズが無傷でいるのは無理だったからだ。

「うん」ぼくは言った。「あれは痛そうだね」

21 〈ウィンカーニス〉

「……それぞれの町の中央広場には、青銅の輪をはめた大きな石のかたまりが置かれていた。死刑に値する犯罪者たちは、裸にされ、その輪につながれて、放置された。生存限界値のマイナス十度以下では、犯罪者たちは二〜六時間しかもたない。恐怖、眠気、無気力、死……」

――イドリス・ロバーツ著『冬季国の法と秩序』

オーロラの車は薄い砂色の迷彩が施された元軍事用の司令車で、車輪の高さがぼくの胸くらいまであった。オーロラがフロントガラスから新雪を押しのけるあいだ、ぼくはナイトウォーカーたちの引き紐を車の荷台に結びつけた。車に乗りこんで、シューという圧縮空気の音とともに出発し、町の中心へ向かってゆっくり歩くような速度で進みながら、ぼくはさっき起こったことを理解しようとした。どうして前の晩に見た夢とそっくり同じことばを現実のベルギッタが言えるのか、まるで説明がつかなかった。筋が通らない。通るわけがない。道理に従うなら、先に目にしたものを夢に見るはずだ。夢は現実のあとに来る。逆はない。

「原子力暖房《ホットポット》の扱いには詳しい？」広告掲示板のところで右に曲がりながら、オーロラがたずねた。

「一般技能訓練以上のことは、ぜんぜん」

「一週間前、〈カンブレンシス〉の原子力暖房《ホットポット》が、不可解な過熱を起こしたのよ」オーロラが窓の向こうにそびえる睡眠塔を指して説明した。

「運よく、煮えたぎったところで燃料棒が池に落ちて、自動停止したの。トッカータは〈カンブレンシス〉を放棄するよう命じたわ。住まいを移った居住者のひとりが、カルメン・ミランダだったの」

「えっ、あのフルーツハットをかぶったブラジルの？」ぼくはたずねた。

「その歌手よ」

「でも、カルメン・ミランダって――大昔の人だよね」

「長生きの秘訣《ひけつ》はサンバだって彼女は言ってるけど」オーロラが言った。「むしろ、老化作用の統計上の気まぐれに近いんじゃないかしら」

「へえ」ぼくはその歌手がまだ生きている、もっと奇妙なことに、この地で生きていると知って驚いた。「今は何をしてるの？」

「特に何も」オーロラが答えた。「ドアをあけたら、ナイトウォーカーになってることがわかったの。ジョーンジーが永眠させせなくちゃならなかったのよ」

轍がついて再凍結した雪をタイヤがザクザクと踏み、車は鉄道駅を過ぎて、ようやく中央広場にたどり着いた。オーロラが車を駐め、三人の〝空家〟を荷台につないだままにした。

町の広場は、白昼に眺めると広く見え、雪と氷が増えたほかは四週間前と変わっていなかった。銅像の横に車を駐めたので、今ではそれが砂岩の台座に据えられた説教師だとわかった。祈禱書《きとうしょ》を抱えて演説している最中で、積もって固まった雪が凍り、解け、また凍ったせいで顔がぼやけ、その姿は憂いに沈んで泣いているように見えた。銅像の下には、男が胎児の姿勢で縮こまり、青白い両腕で膝を抱えて座っていた。

「あれは誰？」ぼくはたずねた。

「ハウエル・ハリスよ」オーロラが答えた。「この近くに住んでた説教師。彼の名前がついた睡眠塔があるわ。前世紀のいつかに死んだの。どうせなら、ドン・ヘクターの銅像にすべきよね――それか、グウェンドリン――えーと今は何世だったかしら？」

「三十八世だと思う。銅像じゃなくて――凍ってる男のこと」

「ああ」オーロラが言った。「彼ね。あれはジェデダイア・ブルーム、地区の便利屋《フットマン》よ」

「何をしたんですか？」ぼくはさらに近づいて目を凝らしながらたずねた。

「ハイバーテックの薬をこっそり持ちだそうとしてるところを、わたしたちがつかまえたの。〝極寒刑〟の適用が決まってる罪よ――たとえ、冬季不眠症患者《ウインソムニアック》に供給したかっただけでもね」

ぼくはブルームをじっと見つめ、それにしても少しきびしいのではないかと考えた。

「そのとき、わたしは非番だったの」オーロラが言った。たぶんぼくと同じことを考えたのだろう。「フック調査員が保安部の長を務めてたのよ。彼はすばらしい資質をたくさん持ってるけど、比例原則という概念はないみたい」

ぼくは膝をつき、病的な好奇心に似た奇妙な感覚をいだきながら死体を観察した。ブルームはすっかり硬く凍っていた。生気のない灰青色の肌は雪でまだらになり、冬の和毛《にこげ》の毛穴はひとつ残らず硬く隆起して、避けられない運命を遠ざける最後の努力をしていた。体じゅうを細かい雪片に覆われているせいで、ふわふわした動物のように見え、白濁した目は見開かれて中空を眺め、表情は穏やかだった。死に近づくと、人は暖かさを感じて、幻覚を起こし、まったく怖くなくなるという。

「まるでつい昨晩死んだみたいだね」ぼくは言った。

「実際そうだもの」オーロラが言った。「冷凍マメみたいに新鮮よ」

ぼくは急いで立ちあがった。死んだのがつい最近だったことで、なんだかこの事件がさらに衝撃的に思えた。ブルームは〝極寒刑〟といういうきびしい現実を見せつけていた。

「これが冬の大事な点よ」オーロラが言った。「病人や重量不足の者や老人を連れていくだけじゃなく、無法者も連れていく。春に備えて、社会の掃除機が、規格外れの者たちを重荷になる前に吸いとってきれいにするの」

オーロラが〈ウィンカーニス〉のほうへ歩き、ぼくはあとをついていった。ドアの上では、トニックワインの看板に描かれたエドワード朝時代風の女が今も冬に向かってにっこり笑いかけていて、その陽気な笑顔と明るいエナメル塗料の色は、季節や寒さなどおかまいなしだった。

受付でうたた寝をしていたらしき〝シャーマン〟・ボブが、目を上げた。

「夢の町行きの夜行列車に乗りに戻ったのかい？」ボブがぼくにたずねた。

「いいえ」ぼくは答えた。

「あなたも、いやらしい嫌睡眠者《スリープシャイ》のお仲間たちも、お元気かしら？」オーロラがたずねた。

「ずいぶんまばらになったみたいね？」

「あなたがよろしく言っていたと伝えておきますよ」〝シャーマン〟・ボブが皮肉をこめて言った。

ぼくたちは喫茶室に足を踏み入れた。テーブルのひとつで四人組がスクラブルをやっていたが、こちらには気づきもしなかった。ジョッシュという名のハイパーテックの受付係がいるのがわかったが、あとは知らない人たちだ。そのほかの客は、ぼくの夢に若いころの姿で登場して興味深い存在になってきた眠らせ屋《ドラウジー》のジャジャと、ウトウトしている十人ほどの夢見者《ドリーマー》だけだった。誰ひとり、ぼくたちに注意を払わなかった。

「地区には今、五十四人の冬季不眠症患者《ウインソムニアック》がいるのよ」オーロラが言って、席に着いて手袋を外した。「で、もう五日ほど死亡者が出てないの。だからトッカータにメモを残して、〈キャプテン・メイベリー〉にビデオが豊富に取りそろえてあることを教えてやったらどう、って伝えたわ。あそこまで歩かせれば、最低でも三十パーセントの減少率が達成できるし、うまく猛吹雪の最中にタイミングを合わせれば、四十パーセントになるかもね」

「それって合法なんですか？」ぼくはたずねた。

「こつは、危険をしっかり理解させたうえで、命取りになるかもしれないことを自発的にやる気にさせることよ。わたしたちはそれを、倫理的削減[52]と呼んでるの」

「〈メイベリー〉に、本当に豊富な品ぞろえのビデオがあればだけど」ぼくは言った。

「そこに問題があるのよ」オーロラが応じた。「品ぞろえは、すばらしいとは言えない。たいていは『ポリスアカデミー』シリーズか、永久に続く『ダイ・ハード』の続編か、『エマーデール農場』と『ダイナスティ』のボックスセット。ちょっと、シャムボブ。コーヒーふたつね」

〝シャーマン〟・ボブがうなり声で答えてから、まるでカタツムリのような速度でコーヒーメーカーのほうへ移動した。

オーロラが編み物の道具を取りだした。今回はポンポンつきの帽子ではなく、アーガイル柄の靴下だった。窓際に座っていたので、ナイトウォーカーたちを見張ることができた。人間が人間を所有することは許されないので、所持——とそれにともなう報奨金——は名目上、とらえてそばに置いておくことが基本になる。とはいえオーロラの地位を考えれば、彼らを盗もうとする者はいそうになかった。

「それじゃ」オーロラが言った。「わたしがあなたの睡眠療法医《ドーメオパス》になるわ。話したいことを好きなだけ話してみて」

ぼくは少し間を置いて考えをまとめてから、青いビュイックの夢がどんなふうに〈セーラ・シドンズ〉に広まっていったかについて話した。最初はあまり深く考えていなかったこと、二級以下の人々が起こす夢によるパニックにすぎないと考えていたことも。

「それは、わたしたちと取締局の見解でもあるわ」オーロラが言った。「あの駐車場に、本当に青いビュイックが駐めてあるとは知らなかったけど。あなたはどんな夢を見たの？」

「想像してた夢とは違ってた」ぼくは話しはじめた。「たとえば、半分しか憶えてない架空の世界とか、とりとめのない、ぼんやりしたものじゃなくて——力強く鮮やかで、細かい部分もくっきりしてた。バカみたいに聞こえるってわかってるけど、自分がドン・ヘクターになった夢を見たんだ。彼の感情や記憶もあった」

「続けて」

(52) 〝予防的間引き〟や〝選別補助〟も同じ婉曲表現だ。

ぼくはできるかぎり詳しくすべてを語ったが、意図的にベルギッタの夢は省いた。子ども時代の休日の記憶とベルギッタの絵が奇妙に混じりあう、不思議なほど私的な夢に思えたからだ。オーロラには青いビュイックのことしか話さず、何か忠告を受けたら別の夢にも当てはめてみようと考えた。

「なぜぼくは、岩や車や動き回る手の夢を見てるんだろう?」

「さあね」オーロラが言った。「一見、すべてがいかれたたわごとみたいだけど、わたしの解釈はこうよ。あなたが人から聞いた部分の夢は、簡単に説明がつく。ただの自己暗示よ。彼らが口に出したから、あなたは夢に見た。騒ぎを見てたし、ジャジャのことも知ってたから、それも出てきた。残りの部分は、あなたが隙間を埋めただけよ」

「そのとおりだと思う」ぼくは言った。「でも、ウサギの足のキーホルダーと、車がまったく同じだったのは? ぼくはそれを夢に見て、あとから現実に存在することを知ったんだ」

「危険な方向へ足を踏みだしそうだけど、わたしに言えるのは、夢を思い起こすのも、後発性の暗示にかかった状態だってことだけ。目覚めたあとも記憶には柔軟性があるし、あなたが夢で見たと考えてるすべてが、実際には夢のなかでまったく起こってなかったのかもしれない」

「つまり」ぼくは慎重に言った。「夢の細かい部分は、後づけでつぎはぎされたってこと? ウサギの足とビュイックの細かい特徴は、夢に出てこなかった?」

「頭のなかは、目覚めるとき地図を書きなおされる必要があるの」オーロラが言った。「そして、何百万もの神経回路が強化される。眠りは生理学的な視点から、かなりよく理解されてるわ。人格と記憶がどうやってシナプスの低速運転の不活発状態から回復するのかは、冬眠の最大の謎なのよ。だから、より新しい記憶が古い記憶の欠けた部分を埋めることもありうると思ってるわ。もっともらしい描写は、既視感《デジャヴュ》の深刻な症例かもしれない。以前何かが起こったという感覚だけじゃなくて、起こったという確信があるの。そしてその確信のなかに、疑いや混乱、恐れ、パラノイアがある」

「それじゃ、ドン・ヘクターになった夢も、実際には見てなかったのかな？　あの車が彼のだと気づいたときに、頭のなかでつくりだしただけ？」

「そこまでは考えてなかったけど、そうね、理にかなった説明だわ」

「うーん」ぼくは言って、考えこんだ。

〝シャーマン〟・ボブが喫茶室に入ってきて、ジャジャの前に大きなフライドポテトの皿を置いてから、コーヒーをふたつ持ってぼくたちのほうへやってきた。

それは本物のコーヒーで、ぼくはうれしい気持ちで豊かな香りを吸いこんだ。

「すべてがデジャヴュってわけじゃないよ」ぼくはまだいくつもの疑問を抱えながら言った。「たとえば、青いビュイック。あれがどうして車庫にあったんだろう？」

オーロラはじっくり考えているようだった。

「あの車は、何年もあそこにあったのかもしれないわね。スージー・ワトソンはビュイックを偶然見つけて、夢見態《ドリームステート》にあるときに車をめぐる悪夢をつくりあげたのかも。それをムーディーたちみんなに話して、彼らがその夢をあなたに語り聞かせ——その結果よ」

「でも、型式まで正確に？」

「あなたは、車が青いビュイックだっていうスージーの話しか聞いてないのよ」オーロラが言った。「現実は——」

「——ぼくが実際に車を見たときに、つけ足されたんだね。なるほど、わかってきたよ」

ぼくはベルギッタのことを考えた。それが本当なら、彼女についても夢の柔軟性が筋書きをつくったことになる。ベルギッタの姓は地下室のドアにチョークで書かれていたのかもしれないし、若葉色の水着姿は、絵に描かれた自分の装いを見て、それと釣りあう彼女の装いを想像したときにつくられたのかもしれない。彼女がチャーリーを愛していると言ったのも、車の下で言ったのが初めてかもしれないし、それはぼくではなく夫に向けてのことばだったのだろう。

ぼくは黙りこんだ。

「納得しづらいわよね、わかるわ」オーロラが言った。「でも、ナルコーシスってそういうものよ。とても興味深いから、ほかにも夢を見たら教えてちょうだい。でも、忠告しておくわ。キャリアを大事にしたいなら、夢のことはほかの誰にも話さないようにね」

「話してないし、話すつもりもないよ」

オーロラが微笑み、両手を広げてぼくのほうに伸ばした。ぼくが自分の手をそのあいだに置くと、ぎゅっと握りしめてから、略式の〝冬の抱擁〟をした。固く信頼に満ちていて、完全な抱擁ではないのに温かささえ感じた。手を握りあったとき、気づいたことがあった。オーロラが失ったのは、片目の機能だけではなかった。薬指がない――どちらの手にも。

オーロラの腕時計のアラームが、ブーンと悲しげに鳴った。

「もう行かないと」オーロラが言って、欠伸を嚙み殺し、見えないほうの目をすばやくパチパチさせた。「それと、もうひとつ言っておくわ。近いうちにトッカータに会うでしょうけど、彼女とわたしはちょっとした……緊張関係にあるの。ここで会ったことは秘密にしておくほうが、わたしたちのどっちにとっても都合がいいはずよ。あなたの話では、駐車場でわたしにナイトウォーカーたちから助けてもらって、〈シドンズ〉の外でわたしと別れた――ってことにしない？」

あまりよいことには思えず、オーロラはぼくが気乗りしていないのを察したようだった。

「これについては誓ってほしいの、チャーリー。二回も命を救ってあげたでしょう、忘れないでね」

「わかった」ぼくは答えた。「誓うよ」

「よかった。ところで、陰険だとか無礼だとか思われたくないんだけど、トッカータは不愉快で信用できない利己的な冷血人間で——深刻な人格障害があるうえに、気味の悪い共食いまでするのよ」

「それって陰険で無礼だし——中傷的に聞こえるけど」

「公正な批判よ。ベルギッタの処理は、あなたに任せるわ。〈シドンズ〉の裏に坑《ピット》があるから、そこで撃って永眠させればいい。いつもは、雪解けが始まったときのために少し石灰をまいておくの。もうひとつ忠告よ。坑《ピット》までは、自分で歩かせること。重いものを運ぶ手間が省けるでしょう。ああ、それから報酬を請求するために、左の親指を切りとるのを忘れないでね」

ぼくは唾をのみこもうとしたが、どうしてもできなかった。

「了解」かすれた声で答えた。「いい忠告を、ありがとう」

「どういたしまして。ところで、あれからヒューゴー・ファウルナップに会った？」

「いいえ、だって眠ってたから」

「そうだったわね。とにかく、目を光らせておいて。もし見かけたら、まずわたしに話してちょうだい。ああ、トッカータにわたしからの伝言よ。〝クイーン側のナイトがビショップを取る。眠りのなかでヘドロにのみこまれるがいい〟。わかった？」

「クイーン側のナイトがビショップを取る……その他もろもろ。うん、わかった」

オーロラが微笑んで、だしぬけにぐっと身を乗りだし、ぼくの首に柔らかい手をかけて、唇にまともにキスをした。ぼくは面食らったが、何か言ったりしたりできるようになる前に、オーロラは立ちあがってドアから出ていってしまった。誰かに見られていなかったかと喫茶室を眺め回すと、〝シャーマン〟・ボブがぞんざいな手つきでコーヒーカップを洗っているのが見えた。

ぼくは、オーロラにキスされた唇に手を当てた。挨拶のキスを間違った場所にしてしまったわけではない。オーロラはほんの少し唇を開いていたので、触れたとき、温かい口の味が感じられた。清潔な洗濯物と、アヴェダのコンディショナーと、ラドローの香水のにおいがして、シャツのボタンはかなり下まで外してあった。身を乗りだしたとき、左胸の上端が見え、柔らかな冬毛のまんなかにくっきりと、ガーンジー島の形の母斑があるのがわかった。

〝シャーマン〟・ボブが歩み寄って、向かいの席に座った。

「こんなに早く戻ってきて、何をしている？」

「まだ発ってないんです」

「秘密捜査《アンダーカヴァー》か？」ボブが共謀者のような口調でたずねた。

「毛布にもぐってました《アンダー・ザ・カヴァーズ》」ぼくは答えた。「〈シドンズ〉で。寝過ごしたんです」

「言いふらしはしないよ」ボブが口もとをゆるめて言った。「初の越冬は、確かにひどく難儀だからな。では、オーロラのことを話してくれ。つき合いは長いのか？」

微睡期間《スランバータイム》中は、うわさ話が不足しがちだ。冬の退屈さに飽き飽きしている者たちにとって、それはタンパク質、暖房、忠誠心に次いで四番めに価値あるものと言えた。けれど、ぼくはふと、オーロラとの交際が自分の有利に働くかもしれないと考えた。ほとんどの人が、彼女を恐れているらしいからだ。

「四週間」ぼくは答えた。嘘ではない。

「なるほど」〝シャーマン〟・ボブがゆっくり言った。「それで——たいへんぶしつけかもしれないが——トッカータ局長は、それについてなんと言っている？」

「関係あるんですか？」ぼくはたずねた。

〝シャーマン〟・ボブが、あんぐりと口をあけた。ぼくは、ボブがなぜショックを受けたような、感心したような、あきれ返ったような、あるいはその三つすべてを混ぜあわせたような顔をしているのか、よくわからなかった。

店を出ようとしたところで、前回ボブと会ったときのことを思い出した。ボブが、モルフェノックスをまぐれ当たりだとかなんとか言ったことだ。あれはどういう意味かと、ぼくはたずねた。

ボブがにやりとした。冬季不眠症患者《ウインソムニアック》は、他人の金で眠らずに過ごすことと同じくらい、陰謀説が好きなのだ。

「モルフェノックスは、もともと平凡な〝F－652〟にすぎなかった」ボブが話しはじめた。「今では中止になった〝夢現空間《ドリームスペース》〟という計画の試験中、夢を見ない対照群をつくるために考案され、強力な夢遮断薬《ドリームブロッカー》として開発されたのだ。ドン・ヘクターはその計画で、人々の見る夢を減らすのではなく、改善しようと努めていた。だがそんなとき誰かが、夢を見ない対照群では、冬眠中の体重減少が著しく少ないことに気づいた。それが転換点だった。その時点まで誰も、夢がどれほど多くのエネルギーを消耗するかに気づいていなかったのだ。夢を遮断すれば、それほど太らずに眠れる。じつに単純だった」

理解するのに少し時間がかかった。

「冗談でしょう？」

「いいや」

「冬眠学の革命」ぼくはゆっくり言った。「富、権力、影響力、そして現在の地政学的状況はすべて、対照群の思いがけない結果から始まった？」

〝シャーマン〟・ボブがにやりとした。

「なかなかすごい話だろう、え？　問題は、彼らが全員に行きわたるだけの薬を決してつくれないらしいことだ。もしわたしがひねくれた人間なら、限定的な流通によって一定の社会統制が行われていると考えるかもしれないな」

メイジー・ロジャーズが同じことを言っていた。線引きは、かなりはっきりしている。おもに経済力と社会階級で決まってしまう。世界的な冬眠村、平等な眠り、平等な尊厳は神話にすぎなかった。

「それに」〝シャーマン〟・ボブが続けた。「全面的な流通を実現する改良型モルフェノックスのニュースには、用心しなくてはいけない。ハイバーテックは、眠りより金に関心があるのだからな」

「ここだけの話にしておきましょう」ぼくは言った。「〝夢現空間《ドリームスペース》計画〟について教えてください。どういう意味なんですか、〝人々の見る夢を減らすのではなく、改善する〟って？」

しかし、ぼくはひとりごとを言っていたらしかった。〝シャーマン〟・ボブは会話に精力を使い果たし、席に座ったままぐっすり眠りこんで、大いびきをかいていた。

22 取締局

「……〝ラッキー〟・ネッド・ファーンズワースとその一団は、いたるところで盗賊《ヴィラン》のシンボルになっていた。ひどく忌み嫌われていたので、訓練学校の射撃の的として使う人形は、ネッドに似せてつくられていたほどだ。ファーンズワースはかつて、株式仲買人であり、マンモス飼育業者であり、切手売買業者であり、プロの賭博師だった。きわめて聡明だがひどく冷酷で、手下には固い忠誠を誓わせ――取締局を恐れることは……」

――カードゲーム〝トップトランプ〟「冬の盗賊《ヴィラン》」の札　一九九四年ごろ

司令車の荷台につながれた三人のナイトウォーカーたちは、硬直麻痺の前兆として体をゆっくり前後に揺すっていたが、オーロラはどこにも見当たらなかった。ぼくはベルギッタの紐を解き、オートミールバーを二本食べさせた。

「愛してるわ、チャーリー」ベルギッタが言った。

「やめてよ」ぼくは抑えた声で言った。「どうにもならないんだ」

「キキにはシリンダーが必要なの」ベルギッタが続けて言った。「それもどうにもならない。どこのキキ？　〈本物の眠り〉のキキかい、それとも別の人？」

ベルギッタは答えなかった。ぼくたちはほとんど黙ったまま〈シドンズ〉に向かって歩いた。ぼくは頭のなかで、夢があとから形づくられたという事実と折り合いをつけようとした。ベルギッタの夢に、この仮説を論破できそうな要素があるか確かめようとしたが、何も見つからなかった。夢のなかで起こったことはすべて、大工が漆喰を塗るみたいに、ナルコーシスで混乱した頭が記憶の裂け目を埋めただけなのだ。ぼくは雪でカチカチになった通りを重い足取りで静かに歩いた。ベルギッタの手を握っていると、完全に片想いではあるけれど、不思議なほど心が安らぐ気がした。

ジョーンジーは、すでに〈シドンズ〉の外で待っていた。わきに駐めた取締局の赤と白のスノートラックは、ほとんどエンジン音を立てず、排気筒上部のレイントラップがかすかにカタカタと鳴っているだけだった。車の横には吹きだまりに半分埋もれた電話ボックスがあり、ジョーンジーは古びた漫画雑誌『ワンダーウーマンと冬の魔物《ウインターフォルク》キッド』を読みながら、ときどきくすくす笑っていた。足もとにはピクニックセットと、その上にきちんとたたんで置かれたタータンチェックの旅行用膝掛け毛布があった。ジョーンジーは〝長年の相棒〟ごっこを真剣にとらえているのだ。

「早くもひとりつかまえたの？」ぼくたちを見て、すぐさまたずねる。「有能だね。やだ、それベルギッタじゃない？」

「法的に言えば、かつて彼女が身にまとって歩き回ってた抜け殻にすぎないけど」

「彼女とは、合唱団でいっしょに歌ったんだよ」ジョーンジーが言った。「去年『ペンザンスの海賊』を上演したときには、なかなかすてきな海賊王の妻をやった。ちょっと怒りっぽいけど、けっこういい子だったな。ワックフォード&コーのチームスカウトからの、子どもふたりで五桁の報酬がもらえる契約を断ったんだよ」

「きっと、すごくかわいい子どもたちが生まれただろうね」

「だから、五桁の報酬なんじゃない。ワックフォードの契約でザ・ドゥージーから抜けだして、こんなうら寂しいところよりましな場所へ引っ越すこともできたのにね。どうしてそうしなかったのか、誰にもわかんなかったわ」

　ぼくには、その理由がわかる気がした。ベルギッタは結婚していたと言ったが、すべては秘密らしかった。もしかすると、ユニオン・ド・ラムール——ふたりだけの個人的な約束で、法的には認められていなかったのかもしれない。

「バギーは何か芸をするの？」ジョーンジーが、ベルギッタを愛称で呼んでたずねた。

「以前は共食いにはまってたけど、今はスニッカーズとつぶやきとショートブレッドにはまってる」

「芸じゃなくて、すぐに永眠させるべき理由に思えるけど？」

「うん、そうだね」

ジョーンジーが腕時計を見た。

「トッカータはまだ戻ってないけど、戻ってきたときに備えてそろそろ移動したほうがいいね。あたしがかわりに永眠させてあげようか？」

ぼくはベルギッタをちらりと見た。心配ごとなど何もなさそうな様子。ぼくは慎重に今の事態について考えた。ベルギッタを処分するのは――たとえ本人はとっくにいないのだとしても――正しいことには思えなかった。ベルギッタを好きになったからだけでなく、彼女が今の状態に陥ったことについて、いくぶんかはぼくにも責任があるという単純な事実からだった。なんと言っても、ぼくがモルフェノックスを渡したのだ。

「何か芸をする可能性があるんじゃないかな」ぼくは控えめに言った。「もしかすると、もう一度――」

「あたしがどうしてこうなったか、不思議に思わなかった？」ジョーンジーがきいて、しなびた傷跡を持ちあげた。右手には、親指以外、一本しか指が残っていなかった。

ぼくは深く考えてはいなかった。取締官は冬によく体の一部をばらまいているし、五回めのシーズンまでに自分のちょっとした切れ端をなくしていない者は、明らかにリスクを避ける人間だった。しかし、ジョーンジーがわざわざ言うからには、何か理由があるのだろう。

「どうしたのかな、とは思ってた」ぼくは調子を合わせて答えた。

「ナイトウォーカーたちに飛びつかれたんだよ」ジョーンジーが淡々と言った。「ビルス・ウェルズで、集団心理を暴走させたやつらにね。めったにないけど、前代未聞ってわけでもない。やつら、体の肉がちょっとでも見えてれば、ぜんぶもぎとっていった。あのときトッカータが飛びこんでこなかったら、あたしはナイトウォーカーに食われてた。あれ以来、相手が誰だろうと殺す。このあいだなんて」目を興奮に輝かせて続ける。「有名人のナイトウォーカーを殺《や》ったんだよ。誰だと思う?」

「カルメン・ミランダ?」

「そう」自分の不穏な自慢話がすでにスクープされていたことにがっかりして言う。「もう聞いたんだね」

ジョーンジーがベルギッタを顎で示した。

「まあ、とにかく。あたしはあいつらを永眠させることなんて、なんとも思わない。じつは、〝地区永眠記録〟で新記録をつくりたいんだ。今のとこ、六十一体処理してる。だから、やらせてくれないかな。お願い」

ぼくはお礼を言ったが、自分でやらなくてはいけないからと断った。

ぼくは三十分後に戻った。ジョーンジーはすでにスノートラックに乗って、短波ラジオで天気予報を聞いていた。ぼくは後部ドアをあけ、そこから乗りこんで運転席のほうへ移動した。たいていのスノートラックは運転手を入れて九人乗りだが、この車は貨物用につくられていた。実用的だが速くはなく、最も重要なのは、効率的な暖房とＨ４Ｓレーダー装置がついていることだった。

しかし、ぼくの頭のなかを占めていたのは、スノートラックの技術仕様ではなかった。ぼくはハンカチに包んだベルギッタの左の親指を、席のわきに置いた。たぶんこれまでの人生でいちばんつらい瞬間だったし、まだ体が震えているのが感じられた。しかし、やるべきことをやったのだ。

「だいじょうぶ、ウォンキー？」ジョーンジーが、ぼくの動揺に気づいてたずねた。

「いや、だめみたいだ――それと、ウォンキーって呼ばないでくれれば、ずっと気分がよくなるんだけど」

「もうそんな仲じゃないでしょ」

ベルギッタの親指を示す。

「初めて？」

ぼくはうなずいた。

「初めてが、いつだっていちばんきついんだ。でも、だいじょうぶ、吐き気はそのうち消えるよ。トッカータが局に戻ったから、あんたが運転して」

冬季取締局までの道筋は単純なはずだったが、ジョーンジーが一方通行の道をぐるっと回ろうと言い張った。そちらは五十五デシベルの騒音制限でものすごくゆっくり走らなければならず、十五分余計にかかった。ゴトゴトと車を走らせていると、ジョーンジーが窓の外の劇場を指さした。

「これから二週間はアンドレ・プレヴューが来るし、そのあと一週間はウルフィット劇団が何かやるみたい。昨シーズンは、縮小版シェイクスピア・カンパニーが、『凝縮するものに関するほぼ全史の名場面集（縮約版）』をやったの」

「おもしろかった？」

「短かった——いつもと比べてもね。ねえ、あたしたちのすてきな思い出話、ほかに何か思いついた？」

「ええと……あまり考えてなかったな」

「あたしは、すごくすてきなやつを練りあげてるの。たぶん何年も前、スウィンドンのホットボックスに行って、ホルロイド・ウィルソンの最後の演奏を聴いたときのこと。あたしたちは外で初めてキスしたんだけど、あたしはすごく酔っぱらってて、あんたの足の上に吐いちゃったわね」

「まだその靴を持ってるよ」ぼくは言った。

「あれを取っておいたの？」ジョーンジーが言った。「あんたったら、いかれたおセンチ坊やね、ウォンキー」

「おセンチだからじゃないよ」ぼくは応じた。「経済上の理由さ。高かったんだ。トッカータは、ぼくに何を言いたいのかな？」

「たぶん、ローガンのことを知りたいんだと思う。それから、あんたをどうするか決めないとね。こっちの配属になるかもしれないよ。最近、補佐取締官をふたり亡くしたから、人手不足なんだ。ひとりは猛吹雪のせいで、もうひとりはバカだったせいで——あたしの元相棒のコットン。睡眠中に死んでるのが見つかったの」

「お気の毒に」

「ナチュラリストのリチャード・ジェフリーズ風に、動物の皮と木の枝でつくった納屋で昼寝しようとしたの。すごくキュートだったけど、あんまり賢くなかったんだよね。一、二回寝たけど、もちろん気晴らしとしてよ」

「なるほど」そういうあけすけな話に慣れてきたぼくは言った。「じゃあ、そのふたりが亡くなって、今取締官は何人いるの？」

ジョーンジーが指を折って数えた。

「局長、あたし、フォッダー——彼とは、オスマントルコでいっしょに軍務に就いたんだよ。見た目は無愛想だけど、とっても優しくていい人。寝たことはいっぺんもないんだけど、コットンが死んじゃったから、可能性はあるね。越冬仲間とは、一度にひとりとしか寝ないのがいちばんだと常々思ってる。そう思わない？」

「それはいい忠告かもしれないね、うん」

「ほかに局の名簿に載ってるのは、スウォンジーから来たフリーランスのダニー・ポケッツ。食糧貯蔵庫防衛の助手として呼ばれたの。彼は日割りで給料をもらってて、あたしたちにとっては公平じゃないんだけどね。ローラ・ストロージャーは、手伝ってるけど民間人だから、まあ、数には入らない。最後は貸付屋《ボンズマン》のジム・トリークルで、あいつは魅力も冬の技能も品位もない、救いようのないうすのろよ。あいつ、あたしが自分と結婚するつもりだと思ってるの」

「するの？」

「フック調査員と結婚したほうがましなくらいよ。でも込み入った事情があるの。うちの母が、金持ちの男やもめを射止めるために、トリークルにものすごい借金をしてね。結局うまくいかなかったから、トリークルが借り手をわたしに書き換えて結婚で返済させることにしたわけ。どうしてそうなったのかも、よくわからないの。とにかく、あたしたちは〝絶対にお断り〟っていう返事をできるかぎり先延ばしにしようとがんばってる。でないと、返済不能になって、トリークルに母の家を取られちゃうから。もしあんたが借債《デット》を帳消しにさせて、トリークルをどっかよそへ追い払えたら、五百ユーロの報酬をあげるよ。あ、どこでもいいから駐めて」

　ぼくは車を道路わきに寄せて停め、エンジンを切る前に圧縮空気溜めが満タンであることを確認した。

「トッカータ取締局長との向き合いかただけど」ジョーンジーが言った。「正直になる以外何ひとつ通用しないから。あと、話しかけられるまで話しちゃだめ。そんなに悪い人じゃないの、ただ気分の波が激しいだけ。でも、怖がらないで。彼女に人間として尊重されれば、何もかもうまくいくよ」

「質問してもいいかな？」

「どうぞ」

「トッカータはミントを添えたナイトウォーカーを食べるって、本当？」

「でたらめよ」

「よかった」

「違うの、あたしが聞いた話じゃ、局長は数週間前からやつらにペパーミントを食べさせるんだって——風味をよくするためにね」

「必要になるまで生かしておくの？」

「冬にはそうするしかないんだよ、ウォンキー。請けあってもいいけど、もしあんたが飢えてたら、死んだ母親の腐りかけた足だって食べるはずよ。七六年の冬に、〈セクター８北〉の取締局員が何を食べたと思うの？　雪？」

ぼくは黙っていた。

「さあ、元気出して」ジョーンジーが言って笑顔を見せ、冬に関するあまりうれしくない真実をいくらか和らげようとした。「あと、もしあたしがあんただったら、トッカータの前でナイトウォーカーを食べる話はしないでおくよ。微妙な話題だからね」

オーロラの四輪駆動車はまだ取締局の近くに駐まっていて、最後に見たときと変わっていなかった。エディー・タンジアーズと〝ギンギラ・ティアラ〟は荷台につながれたままで、寒さに対する防御のために、じっと動かない硬直麻痺状態になっていた。

「あらあら」ジョーンジーが言った。「〈セクター12〉の永眠制度に、さらにふたり加わるのかな」

「あのふたりはオーロラのだよ」妙にかばうような口調になってしまった。「ハイバーテックに連れていこうとしてたんだ」

「時間切れになっちゃったみたいね。トリークルが受付にいる。またあとでね」

ジョーンジーがぼくの肩をポンとたたき、オーロラの四輪駆動車に乗りこんだ。

ぼくは防犯門の電子ロックをあけて、なかに入った。ほとんど何も変わっていなかった。カウンターに置かれた日めくりカレンダーは、春蠢《スプリングライズ》まであと九十一日あることを告げている。奥には書類整理をするローラの姿が見えた。好奇心にあふれた目でぼくを見てから、元気よく手を振ったので、ぼくも振り返した。並んだ机の向こうには内側の局長室に続く曇りガラスの仕切りがあり、半面ガラス入りのドアにはこう書かれていた。

ミズ・A・トッカータ　〈セクター12〉冬季取締局長

曇りガラスを通して、ぼんやりした姿のトッカータが電話で活発な会話を交わしているらしいことがわかった。〝会話〟と言ったが、実際には一方的にわめき散らしているようだ。ガラスは防音なので、声はくぐもっていて不明瞭だが、どうやら相手の無能さについてどなっているようで、熱弁の合間にときどきバラエティー豊かな罵りのことばが差しはさまれた。緊張が高まってきた。楽しくなりそうな予感はしない。

受付の後ろに立って、もっと落ち着いた口調で電話しているのは、ジム・トリークルだった。前回会ったときより太っているように見えた。冬に体重を増やす余裕があるのは貸付屋《ボンズマン》だけだ。トリークルが目を上げて笑みを浮かべ、指を一本立てて、すぐに終わることを示した。

「われわれは現在、五十四名の余計な冬季不眠症患者《ウインソムニアック》を抱えてるんですよ。うちの公式配給量を大幅に超えてます」電話口に向かって言う。「ですから、週末までに最低一日当たり二百人分の食糧をもらえないなら、取締局長が訪ねていって、鋼の大釘を手に、直接あなたに不快感をお伝えすることになります」しばらく間があいた。「そうです。局長ははっきりとそう言いました。ほぼ間違いなく、脅しを実行すると思いますよ。では、ごきげんよう」

トリークルが電話を切り、あの低く響く苦しげな咳をしてから、こちらに顔を向けた。

「やあ、ワージング」にやりとして言う。「とんでもなく寝過ごしたんだって、ジョーンジーに聞いたよ」

「目覚まし時計が壊れてたんです」

「そうだろうね」

トリークルが身を乗りだした。

「ジョーンジーは、ぼくのことを何か言ってなかったかい?」

「いいえ」ぼくは嘘をついた。「言ってないと思います」

「じつは、独占的な子種供給の補足条項つきで、ジョーンジーと結婚するつもりなんだけど、彼女は怖じ気づいてるんだ。どう思う?」

ジョーンジーは、トリークルが結婚での遺伝的権利を求めて契約したとは言っていなかった。かなり重大で、論争の的になっている問題だ。女性は遺伝子を残すうえで、パートナー選びに限らない多くの選択肢を必要とした。その権利を法定化しようという議論もある。ぼくは相手に合わせて声をひそめた。

「大きな決断ですね」

「わかってる。ジョーンジーがベッドをともにしてた取締官がいたけど、そのコットンが死んじゃったから、気晴らしに寝るのを卒業して、とこしえの愛情をぼくに向けてくれないかと思ってるんだ」

「それは……きわめてありそうな多くの筋書きのひとつですね」ぼくは言った。

「そうだよな」トリークルが言った。「でも、きみがここに来ただろう。きみは若いし、ちょっとゆがんだ顔ではあるけど、おっと、気を悪くしないでくれ――」

「別に」

「――やっぱり、きみのいちばんのチャームポイントが効いて、彼女のリスト上できみが急上昇するんじゃないかと心配なんだよ」

「で、ぼくのいちばんのチャームポイントってなんですか？」知りたくなったぼくはたずねた。

「ぼくじゃないってことさ。もしジョーンジーがきみに言い寄ろうとしたら、断ると約束してくれ。それと、はっきりさせておきたいんだが、〝言い寄る〟ってのは、ふつうの同僚としてのふるまいを超えるものはぜんぶだからね。夕食、手をつないで雪のなかを散歩すること、クルードをすること、過去の思い出話をこしらえること。特に、過去の思い出話をこしらえるのはだめだ。いいかい？」

「わかりました」

「よかった。トッカータは、わめき散らすのを終えたらすぐに出てくるよ。コーヒーはあそこにある。何か簡単な質問があるときは、呼んでくれ」

トリークルは立ち去って書類仕事に取りかかり、ぼくはトリークルが鷹揚《おうよう》にもコーヒーと表現したものを注ぎに行った。恐る恐るにおいをかぐ。腐りかけたマッシュルームを灯油に混ぜこんだみたいなにおいがして、味もだいたいそんな感じだった。

「まだコーヒーを飲んでないんだけど」背後から声がした。「そのにおいと見た目からすると、やめておいたほうがいいかな」

ローラ・ストロージャーが、挨拶するためにぶらぶらと近づいてきたのだった。ぼくが寝過ごして忘れ去られていたことを知っていて、からかうのではなく同情的な態度を示してくれた。おかげで気分が変わった。トッカータもこんな感じならいいのだが。

「グロンクは姿を現した？」ぼくはたずねた。

「今のところまだ」ローラが答えた。「でも、あと九十一日もあるでしょ。地域の何カ所かの重要地点にたたんでない服を並べてあって、これからじっくり観察するつもりなの。これをどう思う？」

ローラがショルダーバッグからポラロイド写真を出し、ぼくに見せた。目に映ったのは、ガス灯わきの雪のなかにあるかたまりだけだった。ぼくはしばらくのあいだ写真をじっと眺めた。

「これ、けっこう動いてた？」

「ううん、ほとんど」ローラが答えた。ぼくが興味を示したことがうれしそうだった。

「霜小鬼《フロストゴブリン》は、長い時間ひとつの場所で待ち構えてから飛びかかることで知られてるの」

「飛びかかって何をするの？」

「誰にもわからない」ローラが目を見開いて言った。「だから、わたしが研究してるの」

ぼくは写真を返した。

「これは消火栓じゃないかな？」

「うん」ローラがしゅんとしてポラロイド写真を見つめながら言った。「たぶんそうね。トリークルは、写真による証拠でもいいって言ったの」続けてこうたずねる。「カメラ持ってる？」

持っていないと答えると、ローラは取締局支給のコダック・インスタマチックに新しいフラッシュキューブを取りつけ、箱に入れたふたつのスペアといっしょにぼくに渡した。粗末な機器だが、電池がまったく必要ないので、市販のどんなカメラより、氷点下では信頼できた。

「撮りたいだけ撮ったあと、カメラを返してね。でも、フィルムを巻きあげるときには気をつけて。寒さでフィルムがもろくなるから」

「グロンクは写真に撮れるのかな？」ぼくはカメラをかばんに入れながらたずねた。

「さあね」ローラが答えた。「もしかすると冬の魔物《ウインターフォルク》は、心の恐怖に形を与える重い夜驚症に似たものかもしれないと考えはじめてるの。そうなると、トリークルを納得させるのがずっとむずかしくなる。まず第一に、主観的な恐怖は実体のある恐怖と同等と言えるか、もし同等であってそれが人を死なせるとしたら、存在が証明されたと見なせるのかしら？」

「きみは本当に十六歳なの？」ぼくはきいた。「なんかすごく……頭がいいみたいだね」

「その言いかた、ものすごく偉そうよ」ローラが言った。「でも、許してあげる。わたしは視床下部に遺伝障害があって、冬眠ができないの。一年じゅう、二十四時間のうち八時間くらい眠ってる。だから、友だちがむだにぐうぐう眠ってるあいだ、わたしは知識基盤を広げて成熟度を増してるの。精神年齢は二十二歳くらいよ。賢者ってほどじゃないけど、ティーンエイジャーとは違うんだから」

「それってめったにない病気？　聞いたことがなかったな」

「めったにない」ローラがため息をついた。「だから賭けになったの」

「余計なお世話だってわかってるけど」ぼくは言った。「なぜグロンクみたいな漠然としたものに、第一子を賭けたりしたんだい？　こう言っちゃなんだけど、とんでもなく無謀な気がする」

　ローラが少しのあいだぼくをじっと見た。

「第一子じゃない」ゆっくりと言う。「第二子よ」

「どんな違いがあるの？」

「じゃ、説明するね。わたしが二歳のとき、両親が賭博の借金を返済するために、わたしの第一子のオプションをパートウッド・アソシエイツに売ったの。オプションは何度か転売されて、そのうちほかのサブプライム・チャイルド・オプションと抱き合わせにされて、最終的に担保つきチャイルド債券の一部としてジム・トリークルの手に渡った。遺伝的な睡眠障害があるってことはつまり、わたしはハイバーテックがたいへんな興味を示してるゲノムを持ってるわけ。でもわたしは、自分の遺伝的権利の使用を認めないことにした。将来生まれるわたしの子も、その権利を持ってる。自分の子をハイバーテックに送りこんで何か――よくわからないけど――実験室のラットみたいなものにさせたくないの」

「第一子のチャイルド・オプションは、どのくらいの値打ちがあるの？」

「トリークルは、わたしが十八歳になったら二百万ユーロ欲しいってハイバーテックに持ちかけた」

「きみは半分もらえる。そういう取り決めだよ」

「お金の問題じゃないし、会社はわたしに子どもを産むことを強制できない――でも、わたしは産みたいと思うし、もし産むなら、そうね、法的義務に縛られずに生まれてきてほしい」

「なるほど、でも買い戻し条項を行使できるはずだ。法律上、必ず買い戻し条項がある」

「そのとおり。でも、法廷で五万ユーロと判定されて、わたしは千ユーロも持ってない」

「つまり、きみが賭けに負けると」ぼくはゆっくり言った。「ふたりの子どもの遺伝的権利を失い、トリークルときみは金持ちになる――そのかわりハイバーテックが、貴重なゲノムを持つかもしれないふたりの子どもを実験台にする法的権利を手に入れるんだね？」

「そういうこと。でも、わたしが賭けに勝てば」ローラが言った。「お金はもらえないけど、子どもたちの権利を失わずに済む」

「きみはすごく勇敢だね」

「ううん」ローラが悲しげに言った。「ほかにどうしようもない——ひどい両親を持ったただの女の子よ」

「もっと悪い状況だってありえたかもしれないよ」ぼくは言った。「両親がきみの十六歳の誕生日翌日に、きみの卵子をぜんぶ採取して売って、そうだな——新しい屋根とかキッチン増築とか小型バスの代金を支払ったかもしれない」

「かもね。でも、トリークルが応じそうな賭けはこれしかなかったの。グロンクはきっといる。わたしは証拠を見つければいいだけ。カメラを手もとから離さないでね」

　ローラは座っていたカウンターから飛び降り、快活な笑みを向けてから、仕事に戻った。厳密にはローラは冬季不眠症患者《ウインソムニアック》だが、自分で生活費を稼いでいる。有益な目覚めと無益な目覚めには、大きな違いがあるものだ。

　ぼくは視線をさまよわせ、行方不明の人々の写真で覆われた壁に目を向けた。たくさんの顔、虚ろな表情ばかり。さまざまな年齢、あらゆる性別、パターンはない。張り紙を眺めていると、重なりあう大量の失われた魂のなかに埋もれていたひと組の目が、ぼくの注意をとらえた。夢のなかで、ポラロイド写真からぼくを見つめ返したあの目だった。ガウアーの写真屋が撮った、ぼくとベルギッタの写真。チャールズ。ベルギッタのチャールズだ。ぼくは手を伸ばし、掲示板から張り紙をむしりとった。

行方不明のその男は、かつてハイパーテックで用務員として働いていて、名前はチャールズ・ウェブスター、とあった。三年前、冬季が始まった直後に失踪した――ベルギッタが語った行方不明の夫の特徴とほとんど同じだった。

そんなことはありえないのに。

ぼくは彼の容姿を知らないのだから、張り紙を見てわかるはずがないのだ。先に現実があって、次に夢がある。また頭がくらくらしてきて、オークの葉のあいだから漏れるまだらの光がオフィスの床に広がりはじめた。ぼくは体をテーブルにもたせかけ、ゆっくり深く息を吸った。トリークルはぼくがナルコーシスの発作を起こしていることに気づかず、ローラは書類整理に忙しく、トッカータはまだガラスの仕切りの向こうでわめき散らしていた。ぼくは落ち着こうとし、胸のなかで〝ベルギッタ、ベルギッタ、ベルギッタ、ベルギッタ〟と繰り返して、わきあがる恐怖を抑えた。それはうまくいき、だいぶ落ち着いたので、ありそうな筋書きを考えてみた。ぼくは自分の夢に、あとからチャールズ・ウェブスターの名前と顔をまとわせた。彼のファーストネームがぼくと同じなのはただの偶然、それだけだ。

「何を見つけたんだい？」

ぼくはぎょっとしたが、トリークルが話しかけてきただけだった。

「ウェブスターって名前の人」ぼくはぼそぼそと言って、張り紙を渡した。「三年前に失踪したんだ」

トリークルが写真を見てうなずいた。

「ぼくがここに来た最初のシーズンだ。彼は見つからなかった。じつを言えば」少し間を置いて続ける。「捜さなかったんだ。ハイバーテックの職員は、ハイバーテックの問題だからね。なぜ興味を持ったんだい？」

ぼくはすばやく考えを巡らせた。

「同じ養育院《プール》出身なんです。十歳違いだけど。彼はシスターたちに人気があって、今ごろどうしてるだろうねってよく話題になってたから」

「ふうん」トリークルが言った。「欲しければ、取っておきなよ」

「ありがとう」ぼくは言って、張り紙をたたんでポケットに入れた。

「ああ、トリークル」防犯門から入ってきたジョーンジーが言って、腰を下ろし、ブーツを脱いだ。「これを害獣対策局の帳簿につけて、あたしの記録を集計してくれる？」

切りとったばかりの二本の親指が入った証拠物件袋を、机の上にポンと放る。

「了解」トリークルがいそいそと応じた。「これで六十二本めだよね？」

「六十三本めよ」

曇りガラスの奥から、またくぐもった強烈な罵詈雑言《ばりぞうごん》が聞こえてきた。

トリークルとジョーンジーは、いつものことだと言うようににんまりした。電話がたたき切られたあと、何かが蹴られたか、部屋の向こうに投げられたかのようなドカンという大きな音が聞こえた。

「彼女はちょっと……口が悪いね」ぼくは言った。

「トッカータが本気で怒ったときの毒舌っぷりを見るべきよ」

ぼくはふと思いついて、ベルギッタの親指をポケットから出した。まだハンカチに包まれていて、今では血が暗褐色に固まっていた。吐き気がこみあげてくるのを感じながら、それをジョーンジーに手渡す。

「ほら」ぼくは言った。「これをあなたの記録に加えたければどうぞ」

「わあ、優しいのね！」ジョーンジーが言って、大喜びで贈り物を受けとり、ほかの二本と並べてカウンターにそっと置いた。トリークルは、まるでぼくが彼女に花とチョコレート、トグ値二十八のコート、さらにカードまで贈ったかのように、こちらをにらみつけた。

「いざこざを起こさないって言ってなかったか？」ジョーンジーが声の届かないところへ行くと、トリークルが言った。

「たかが親指一本ですよ」ぼくは小声で返した。

「コットンとはそうやって始まったんだよ」トリークルがぼやくような声で言った。「最初は親指一本、次に贈り物、〈ウィンカーニス〉での本物っぽいコーヒー。気がついてみると、きみは彼女の寝てもいいリストの一位に格上げされてるんだ。ほんとにそうなったら、どんな感じだったか三百ユーロで詳しく教えてくれないか？」

「いやです」

「コットンは応じてくれたよ」トリークルがすねたような声で言った。

「ぼくはコットンじゃありません」

ジョーンジーは、このやり取りに気づいていなかった。タイプライターというより古風なパイプオルガンに似た機器をつついて、報告書をつくるのに忙しくしていた。トリークルが、ベルギッタの親指を持ちあげた。

「ところで、これは誰の親指だい？」

「ベルギッタです」ぼくは答えた。「〈シドンズ〉の」

「バギーがナイトウォーカーに？」トリークルがつぶやいた。「それは残念だな——彼女はいつだってカリカリしてたけど、すごく華のある人だった。うっとりさせる目をしてて、優れた画家でもあった。いっぺんデートしたんだよ」

「本当に？」ぼくは、あまり疑わしげな声にならないように気をつけて言った。トリークルがため息をついた。

「知りたいなら教えてあげるけど……〈セクター12〉の養育院《プール》を援助する慈善オークション

で、彼女とのデートを買ったんだよ。バギーは、ぼくのどんな冗談や逸話にもまるっきり興味を示さなくて、お休みを言うとき、もしキスしようとしたら顔に嚙みついてやると脅したんだ。はっきりとは言われなかったけど、二度めのデートは論外だと察した」

「引き際を心得てますね」

トリークルが二本の親指を持ちあげて、しげしげと眺めた。

「大きいほうがエディー・タンジアーズっていう、旅の子種供給者です」ぼくは言った。

「小さいほうは女性で、同じく〈シドンズ〉に住んでて、二十代半ば、新婚でした」

「ロイドに電話しておこう」トリークルがぶつぶつと言った。「名前がわかるだろう」

トリークルが紙片に〝タンジアーズ〟、〝マンダレー〟、〝〈シドンズ〉の新婚〟と書き、確認のためにその場を離れた。

「どう思う？」ジョーンジーがたずねた。報告書を書き終え、ホチキスを探しているのだが見つからないらしかった。

「何をどう思うって？」

「トリークルのこと」

「ローラのチャイルド・オプションを所有してることで、ちょっとした悪役に見えるね」

「貸付屋《ボンズマン》にとっては、いい商売よ——合法だしね。ローラが十八歳になったら、ふたりとも大金持ちになれる。でも、ローラの言い分もわかるよ。それは別にして、どう思うかってこと」

「あなたにすごく執着してるよ」

「わかってる」ジョーンジーが、がっくりした様子で言った。「あいつを殺して、グロンクの襲撃に見せかけるべきだと思う？　ローラのことも助けられるしね」

「結婚せずに借金を返済できるかもしれないよ」ぼくは言ってみた。

「へえ、そう――で、誰からお金を借りるわけ？　トリークル本人？」

「違うよ、もしかして――」

最後まで言い終えないうちに、局長室のドアが開いた。ぼくは、冬季取締局長トッカータとの対面を予期して振り返った。しかしそこにいたのは――オーロラだった。ぼくは口をあけて挨拶しようとしたが、はっと動きを止めた。外見は同じだったが、物腰がまったく違うように見える。オーロラは気さくで愛想がいいが、この女はきびしく激しやすくユーモアのかけらもなさそうだった。自信たっぷりに肩をそびやかし、明らかに攻撃的な意図を持って、こちらへ大股で歩いてくる。ほかに見てとれる違いは、今では取締局の制服に変わっている服装と、目だった。オーロラとは逆に、トッカータの右目はあらぬ方向をぼんやり見つめていて、左目は鋼のように冷ややかにぼくをにらんでいた。

しかし、ふたりは双子ではなかった。オーロラとトッカータは、同一人物だったのだ。


（下巻へ続く）

Mystery & Adventure

〈シグマフォース〉シリーズ⓪
ウバールの悪魔　上下
ジェームズ・ロリンズ／桑田 健 [訳]

神の怒りで砂にまみれて消えた都市〈ウバール〉。そこには、世界を崩壊させる大いなる力が眠る……。シリーズ原点の物語！

〈シグマフォース〉シリーズ①
マギの聖骨　上下
ジェームズ・ロリンズ／桑田 健 [訳]

マギの聖骨――それは〝生命の根源〟を解き明かす唯一の鍵。全米200万部突破の大ヒットシリーズ第一弾。

〈シグマフォース〉シリーズ②
ナチの亡霊　上下
ジェームズ・ロリンズ／桑田 健 [訳]

ナチの残党が研究を続ける〈釣鐘〉とは何か？　ダーウィンの聖書に記された〈鍵〉を巡って、闇の勢力が動き出す！

〈シグマフォース〉シリーズ③
ユダの覚醒　上下
ジェームズ・ロリンズ／桑田 健 [訳]

マルコ・ポーロが死ぬまで語らなかった謎とは……。〈ユダの菌株〉というウィルスが起こす奇病が、人類を滅ぼす⁉

〈シグマフォース〉シリーズ④
ロマの血脈　上下
ジェームズ・ロリンズ／桑田 健 [訳]

「世界は燃えてしまう――」〝最後の神託〟は、破滅か救済か？　人類救済の鍵を握る〈デルポイの巫女たちの末裔〉とは？

Mystery & Adventure

〈シグマフォース〉シリーズ⑤
ケルトの封印　上下
ジェームズ・ロリンズ／桑田 健［訳］
癒しか、呪いか？　その封印が解かれし時――人類は未来への扉を開くのか？　それとも破滅へ一歩を踏み出すのか……。

〈シグマフォース〉シリーズ⑥
ジェファーソンの密約　上下
ジェームズ・ロリンズ／桑田 健［訳］
光と闇の米建国史――。アメリカ建国の歴史の裏に隠された大いなる謎……人類を滅亡させるのは〈呪い〉か、それとも〈科学〉か？

〈シグマフォース〉シリーズ⑦
ギルドの系譜　上下
ジェームズ・ロリンズ／桑田 健［訳］
最大の秘密とされている〈真の血筋〉に、ついに辿り着く〈シグマフォース〉！　組織の黒幕は果たして誰か？

〈シグマフォース〉シリーズ⑧
チンギスの陵墓　上下
ジェームズ・ロリンズ／桑田 健［訳］
〈神の目〉が映し出した人類の未来、そこには崩壊するアメリカの姿が……「真実」とは何か？「現実」とは何か？

〈シグマフォース〉シリーズ⑨
ダーウィンの警告　上下
ジェームズ・ロリンズ／桑田 健［訳］
南極大陸から〈第六の絶滅〉が、今、始まる……。ダーウィンの過去からの警告が、明らかになるとき、人類絶滅の脅威が迫る！

〈シグマフォース〉シリーズ⑩
イヴの迷宮 上下
ジェームズ・ロリンズ／桑田 健［訳］

〈聖なる母の遺骨〉が示す、人類の叡智の根源とその未来――なぜ人類の知能は急速に発達したのか？ Σ VS中国軍科学技術集団！

〈シグマフォース〉外伝
タッカー&ケイン 黙示録の種子 上下
ジェームズ・ロリンズ／桑田 健［訳］

〝人〟と〝犬〟の種を超えた深い絆で結ばれた元米軍大尉と軍用犬――タッカー&ケイン。〈Σフォース〉の秘密兵器、遂に始動！

〈シグマフォース〉シリーズⓍ
Σ FILES〈シグマフォース〉機密ファイル
ジェームズ・ロリンズ／桑田 健［訳］

セイチャン、タッカー&ケイン、コワルスキのこれまで明かされなかった物語＋Σをより理解できる〈分析ファイル〉を収録！

THE HUNTERS
ルーマニアの財宝列車を奪還せよ 上下
クリス・カズネスキ／桑田 健［訳］

ハンターズ――各分野のエキスパートたち。彼らに下されたミッションは、歴史の闇に消えた財宝列車を手に入れること。

THE HUNTERS
アレクサンダー大王の墓を発掘せよ 上下
クリス・カズネスキ／桑田 健［訳］

その墓に近づく者に禍あれ――今回の財宝探しは最高難易度。地下遺跡で未知なる敵が待ち受ける！ 歴史ミステリ×アクション!!

Mystery & Adventure

イヴの聖杯 上下

ベン・メズリック／田内志文［訳］

「世界の七不思議」は、人類誕生の謎を解く鍵だった!!『ソーシャル・ネットワーク』の作者が壮大なスケールで描くミステリー。

ロマノフの十字架 上下

ロバート・マセロ／石田享［訳］

それは、呪いか祝福か——。ロシア帝国第四皇女アナスタシアに託されたラスプーチンの十字架と共に死のウィルスが蘇る！

クリス・ブロンソンの黙示録①
皇帝ネロの密使 上下

ジェームズ・ベッカー／荻野融［訳］

いま暴かれるキリスト教二千年、禁断の秘密！　英国警察官クリス・ブロンソンが歴史の闇に埋もれた事件を解き明かす！

クリス・ブロンソンの黙示録②
預言者モーゼの秘宝 上下

ジェームズ・ベッカー／荻野融［訳］

謎の粘土板に刻まれた三千年前の聖なる伝説とは——英国人刑事、モサド、ギャング・遺物ハンター……聖なる宝物を巡る死闘！

クリス・ブロンソンの黙示録③
聖なるメシアの遺産（レガシー） 上下

ジェームズ・ベッカー／荻野融［訳］

イギリスからエジプト、そしてインドへ——迫り来る殺人神父の魔手を逃れ、はるか二千年前に失われた伝説の宝の謎を追え!!

TA-KE SHOBO

ロンギヌスの聖痕　上下
グレン・クーパー／石田 享［訳］

所有する者に〝世界を制する力〟を与えるという、キリストの聖遺物と聖痕を巡る謎がいま明かされる。歴史冒険ミステリー！

覚醒兵士アレックス・ハンター クウォトアンの生贄　上下
グレッグ・ベック／入間 眞［訳］

ここは謎の生命体の餌場なのか——南極の地下洞窟を舞台に、食物連鎖の頂点を賭けて人類と〝クウォトアン〟の闘いが始まる！

チェルノブイリから来た少年　上下
オレスト・ステルマック／箸本すみれ［訳］

その少年は、どこからともなく現れた。見た者も噂に聞いた者もいない。誰ひとり、彼の素姓を知る者はいなかった……。

地獄の門　上下
ビル・シャット、J・R・フィンチ／押野 慎吾［訳］

アマゾン奥地に日本軍の巨大潜水艦が出現!! 深い霧と断崖絶壁に守られた秘境で行われる人体実験とロケット開発の真の目的は!?

海難救助船スケルトン 座礁した巨大石油タンカーを救出せよ！
ショーン・コリダン、ゲイリー・ウェイド／水野 涼［訳］

緊急救難要請受診！ 倒産寸前のサルベージ会社が受診したSOS。ライバルを出し抜き、石油採掘権を獲得せよ。海洋サスペンス！

雪降る夏空にきみと眠る〔上〕

2019年7月4日　初版第一刷発行

著　者　ジャスパー・フォード
訳　者　桐谷知未
カバーイラスト　げみ
装　幀　坂野公一(welle design)

発行人　後藤明信
発行所　株式会社 竹書房
〒102-0072
東京都千代田区飯田橋2-7-3
電話03-3264-1576(代表)
03-3234-6383(編集)
http://www.takeshobo.co.jp
印刷所　凸版印刷株式会社

定価はカバーに表示してあります。
乱丁・落丁の場合には竹書房までお問い合わせください。

ISBN978-4-8019-1923-5　C0197
Printed in Japan